www.bbulmedia.com

혈
왕
전
서

혈왕전서

1판 1쇄 찍음 2014년 6월 23일
1판 1쇄 펴냄 2014년 6월 26일

지은이 | 미르영
펴낸이 | 정 필
펴낸곳 | 도서출판 **뿔미디어**

편집장 | 이재권
기획·편집 | 윤영상
편집디자인 | 김병희

출판등록 | 2002년 9월 11일 (제1081-1-132호)
주소 | 경기도 부천시 원미구 상동로 117번길 49(상동) 503호 (우)420-861
전화 | 032)651-6513 / 팩스 032)651-6094
E-mail | bbulmedia@hanmail.net
홈페이지 | http://bbulmedia.com

값 8,000원

ISBN 979-11-315-2511-1 04810
ISBN 979-11-7003-272-4 04810 (세트)

血王全書

마교일전(魔敎一戰)

4

혈왕전서

미르영 신무협 장편 소설

목차

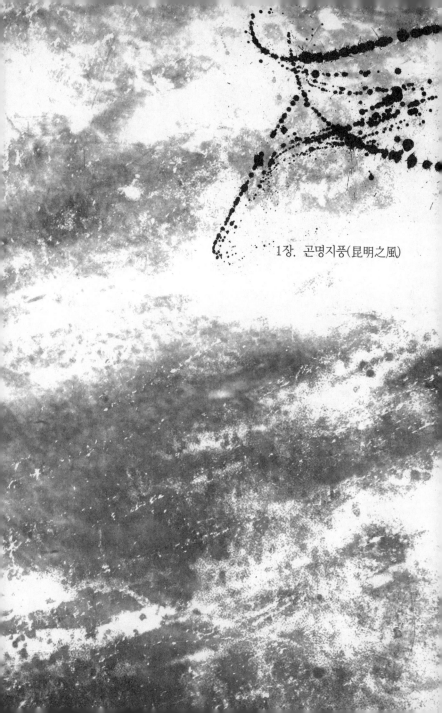

1장. 곤명지풍(昆明之風)

성겸의 마음을 뒤 흔들 정도로 서신의 내용은 특별했다.

쥬신은 핏줄을 중요시하지 않는다. 하지만 뜻을 같이
하는 형제는 자신의 핏줄보다 중요하게 여긴다. 핏줄이
다르지만 쥬신의 형제들은 지금까지 그 의리를 지켜 왔
다. 원이 그랬고, 요나 금, 그리고 멀리는 연나라까지
말이다. 내 너희들을 가르친 것도 그 때문이다. 너희 또
한 쥬신의 형제니 말이다.

서린이를 대신에 천잔도문에 든 아이가 혈왕이다. 쥬
신의 마지막 왕가를 이은 아이라는 뜻이다. 너희들을
가르치며 앞으로 따라야 할 사람이 있다는 것을 알려

주었을 것이다. 함께하고 있는 아이가 바로 너희가 앞으로 따라야 할 주군이다. 이는 천명이니 거역치 말아야 할 것이다.

천잔도문으로 돌아가면 알겠지만 그곳에 있는 계중 또한 고려의 맥을 이은 형제 중 하나다. 궁금한 것이 많을 것이나 계중 그 아이가 모든 것을 설명해 줄 것이다.

그리고 너희와 함께하고 있는 아이가 진짜 천서린이다. 여기에 얽힌 사연은 또한 계중이 알려 줄 것이다.

"으음!"

서신을 읽으며 마지막에 되어 있는 표시가 자신들을 가르친 호연자의 표시임을 알 수 있었기에 성겸이 신음을 삼켰다.

성겸은 편지를 서린에게 건넸다. 마지막에 남겨진 내용은 자신들도 의아했기 때문이다.

사령오아에게 편지를 건네받은 서린은 천천히 읽어 내려가다 자신이 진짜 서린이라는 말에 곤혹스러웠다.

'그럼 내가 그 천계중이란 분의 아들이라는 뜻인가? 도대체 알 수가 없는 일이로군. 할아버지가 나에게 숨기신 일이 있다는 말일지도 모르는 이야기인데. 북경으로 돌아가면 그분에게 모두 들을 수 있으니 지금은 일단 의문을 접어야

겠구나.'

의문이 일었지만 서린은 지금으로서는 의문을 풀 수 없다는 것을 알 수 있었다.

천계중을 통하지 않는 한 지금은 알려고 해도 알 수가 없기에 잠시 의문을 접기로 했다.

말없는 여섯 사람으로 인해 주위가 조용해지자 김천후의 목소리가 들려왔다.

"이제 줄 것은 주어야겠구나. 그래야 나를 풀어 줄 수 있을 테니 말이다."

"무슨 말씀이십니까?"

"서린아, 네가 내 몸에 베풀어져 있는 혈왕의 기운을 수거해 간다면, 난 너에게 자연스럽게 사왕의 기운 또한 줄 수가 있다. 그러면 나에게 베풀어진 금제를 풀 수 있단다."

"그럼 사조님의 몸에 할아버지께서 혈왕기를 베풀어 금제를 해 놓으셨다는 겁니까?"

"그렇다. 그러니 관을 열고 내 미간에 손을 댄 뒤 거두어 가거라. 그러면 자연스럽게 사왕의 기운도 모두 가져갈 수 있을 것이다."

"알겠습니다."

서린은 기천후의 말에 관을 열었다.

눈을 감고 누워 있는 김천후가 보였다. 서린은 그의 미간에 장심을 댄 후 기운을 살폈다. 김천후의 말대로 그의 머리에는 혈왕의 기운이 머물고 있었다. 그것도 아주 패도적인 기운이었다.

—의아한 모양이구나!

서린의 살피는 것을 잠시 멈추자 뇌리로 김천후의 사념이 전해졌다.

—동요하지 말고 침착하게 잘 듣거라. 내게 머물고 있는 혈왕의 기운이 네가 가진 것과는 다르기는 하지면 전혀 다른 게 아니다. 넌 전해지는 것을 얻은 것이고, 지금 내게 머물러 있는 기운은 네 할애비가 스스로 쌓은 것이라서 그렇다. 그러니 그리 머뭇거리지 말고 흡수하도록 해라.

김천후의 사념을 들을 서린은 서서히 천세혈왕삼극결을 운용하기 시작했다.

서린은 흡자결을 운용해 김천후의 몸에 머물고 있는 혈왕기가 조금씩 빨려 들어왔다.

붉은 기운이 서린의 손에 머물다가 팔을 타고 가슴에 있는 중단전으로 몰려들기 시작했지만 서린은 무척이나 조심스러웠다. 자신이 가진 것과는 이질적이었기 때문이다.

—서린아, 너에게 있는 것은 순수한 혈왕기다. 하지만 내가 지닌 것은 내공과 섞여 있다. 너희 할애비가 나를 통해 너에게 전하는 것이니 모두 받아들이도록 해라.

김천후의 사념을 들은 서린은 흡수하는 속도를 빠르게 했다.

—지금 흡수하고 있는 기운은 네 할애비의 모든 것이라 할 수 있는 것이다. 또한 너에게 지금부터 전하는 것은 사사밀혼심법의 후반부로 만들어진 것이기도 하다. 최후의 경지를 얻기 위해서는 반드시 네 것으로 만들어야 하니 지금부터 내가 하는 말을 잘 새겨들어야 할 것이다. 사사밀혼심법…….

　서린의 뇌리로 사사밀혼심법의 후반부 구결이 흘러들었다.

　더불어 사이로우면서도 끈적한 기운도 혈왕기와 함께 흘러들었다. 바로 사왕기였다.

　한동안 그렇게 구결과 함께 사왕기가 흘러들어, 다시금 김천후의 사념이 그에게 전해졌다.

　—너도 알다시피 십왕계의 주인이 가지고 있는 기운은 초자연적인 것이다. 사실 무공하고는 차원이 다른 것들이라고 할 수 있다. 오랜 옛날부터 십왕계의 주인들은 초자연적인 자신들의 기운을 무공을 하나로 만드는 데 주력해 왔다. 사사밀혼심법의 후반부 또한 그 결과물이다. 아마도 너 또한 혈왕기를 통해 너만의 무공을 만들어 가고 있을 터. 내가 알려 주는 후반부의 구결이 도움이 될 테니 참고하도록 해라.

　놀라는 서린은 아랑곳하지 않고 김천후의 사념은 계속해서 이어졌다.

─다시 한 번 말하지만 넌 사왕의 전인이 될 수 없는 몸이다. 인연이 여기까지밖에 허락하지 않기 때문이다. 인연이 되지 않음에도 이렇게 할 수 밖에 없는 것은 혈왕기의 주인인 너라면 사왕의 기운을 어느 정도 갈무리하고 다른 이에게 전해 줄 수 있을 것이기 때문이다.

서린으로서는 뜻밖의 말이 아닐 수 없었다.

─걱정하지 마라. 너는 충분히 내 바람을 들어줄 수 있다. 난 저 아이들이 사왕의 전인이 되었으면 하니 말이다. 그리해 줄 수 있겠느냐?

거대한 힘을 남에게 전하는 것이지만 사령오아라면 믿을 수 있기에 서린은 알았다는 뜻으로 눈을 깜빡였다.

─알아들었다니 다행이다.

안도하는 것 같은 김천후의 사념이었다.

─이제 홀가분하구나. 너에게 사왕의 기운을 모두 전해 주고 이 세상을 떠날 수 있으니 말이다.

최후를 언급하는 김천후의 사념에 서린의 눈빛이 흔들렸다.

─미안해하지 마라. 사실 그 친구가 나를 이렇듯 죽지도 살지도 못하게 묶어 놓은 것은 내 생명이 경각에 달려 있었기 때문이다. 그렇지 않았다면 사왕의 후인을 보지도 못하고 이 세상을 떠날 수밖에 없었으니 말이다. 그 친구에게 고맙다고 해야 할 일이지.

어느 정도 짐작은 하고 있었지만 스스로 원해서 이런 상태가 되었음을 알 수 있었다.

—서린아, 네가 이루려는 것은 나 또한 바라 마지않는 것이다. 천우신경을 찾고 진정한 혈왕이 되도록 해라.

'그리하겠습니다.'

서린은 김천후의 사념이 진심임을 알 수 있었기에 눈을 깜박였다.

—하하하, 이제 끝이구나. 우리 민족이 저 드넓은 중원을 호령하는 날을 저세상에서도 지켜보도록 하마.

'사, 사조님.'

사왕의 기운을 전하는 일이 끝난 것인지 마지막 사념을 보내고 난 후 김천후는 숨을 거두었다.

하늘을 거슬러 수명을 연장하고 있던 힘이 사라진 때문이었다. 그의 모습은 전과 변함이 없었지만 생명력은 이미 사라지고 없었다.

"말씀하신 뜻을 받들겠습니다, 사조님!"

서린은 숨이 끊어진 것을 확인하자 뒤로 물러서더니 관을 향해 이 배를 했다. 죽은 자에 대한 예의였다.

절을 마치자 옆으로 다가선 사령오아는 다시 유리관의 뚜껑을 들어 관을 덮었다. 이제는 온전히 망자를 보호하는 관이 된 것이다.

관이 덮이자 서린은 사령오아를 바라보며 입을 열었다.

"아저씨들, 지금까지 속여서 미안합니다. 아마도 이제까지 들어서 잘 알 것입니다. 사사묵련을 속이기 위해서는 어쩔 수 없었습니다. 그렇지 않았다면 이곳까지 오지도 못했을 테니까요. 지금부터 사조께서 남기신 힘을 아저씨들에게 나누어 주겠습니다. 지금은 비록 씨앗의 정도의 크기일 것이나, 나중에는 커다란 고목이 되어 아저씨들에게 머물 것입니다."

"감사합니다."

자신의 주군이라는 것을 알았기에 성겸의 대답은 이전과 달랐다. 목소리에 경외심이 담겨 있었다.

"제가 전할 기운은 아저씨들이 익히고 계신 무공과는 상성이 잘 맞을 겁니다. 사밀혼에서 익힌 것도 그렇고 말입니다. 하지만 사밀혼이 아저씨들이 가지게 될 이 기운에 대해 알게 해서는 곤란합니다. 알게 되면 우리들은 대륙천안의 실체에는 접근도 하지 못하니 말입니다."

"무슨 뜻이신지 알겠습니다."

"그리고 그들이 가르쳐 주는 것을 익히십시오. 그리고 제가 알려 주는 것도 같이 익혀야 합니다. 이리하는 것은 아저씨들에게 도움이 되기도 하지만 해야 할 역할이 크기 때문입니다."

"저희들이 무엇을 해야 합니까?"

"우리는 많은 준비를 해야 합니다. 일이십 년에 끝날 일이 아닙니다."

"장기전이라는 말씀이군요."

"맞습니다. 우리는 세 종류의 싸움을 해야 합니다. 대륙천안이라는 중원을 암중 지배하는 세력과의 싸움과, 십왕계라 불리는 초인들과의 싸움, 그리고 마지막에는 나라와 나라 간의 싸움입니다. 그중 십왕계의 싸움은 제가 도맡을 겁니다. 하지만 대륙천안과 나라 간의 싸움은 아저씨들이 나서야 할 것입니다. 그래서 우리는 한동안 완전한 사사묵련의 사람이 되어 그들 속에 머물러야 합니다. 그들의 실체가 완전히 밝혀질 때까지 말입니다. 그러니 사밀혼에는 마음을 두지 마세요."

"무슨 말씀인지 잘 알겠습니다. 호연자께 들어서 저희가 무엇을 해야 하는지 어느 정도는 알고 있었습니다."

"호연자께 들었다는 말입니까?"

"많은 것은 아닙니다. 호연자께서 요동지방 쪽에서 무엇인가 준비하시고 계시다는 것만 알고 있습니다."

"아시고 계시다니 이해하셨을 겁니다. 아저씨들의 역할이 아주 중요하다는 것을 말입니다. 그럼 이제부터 사조님께서 남기신 것들을 전해 드리도록 하겠습니다. 모두들 가부좌를 틀고 앉으세요."

사령오아는 즉시 행동을 했다.

서린은 가부좌를 틀고 앉은 사령오아에게 기운을 전해

주었다.

성겸부터 시작해 명문혈에 장심을 대고는 일정한 사왕의 기운을 나누어 주었다.

사왕기의 전달이 끝난 후에는 전음으로 김천후가 알려 준 후반부의 구결을 들려주기 시작했다.

"이제 됐습니다."

한 시진 정도의 시간이 지나자 서린은 모든 것을 끝낼 수 있었다. 뇌리에 새긴 것이라서 한 번으로 마무리를 한 것이다.

"당부 드리지만 우리들은 사조님께 사왕의 기운만을 전해 받은 것입니다. 이제부터 무공에 대한 전수는 전적으로 사밀혼들이 할 것이고요. 그러면 알려 드린 구결을 잘 활용하셔서 각자에 맞게 익히시기 바랍니다."

"알겠습니다, 주군!"

서린은 사령오아에게 당부를 끝내자 한쪽으로 가 기관을 눌렀다. 죽기 전 김천후가 알려 준 것이었다.

문이 열리고 서린은 사령오아와 함께 신전을 나섰다. 신전을 나서자 분지의 한쪽에는 사밀혼이 그들을 기다리고 있었다.

"어르신께 받았느냐?"

"받았습니다. 어르신께서는 영면에 드셨습니다."

"다행이다. 너희들은 이제부터 운남에 가서 우리들에게

사사밀혼심법이 후반부를 배울 것이다. 익히고 나면 너희들이 총단에서 배운 무인정(無印晶)과 사밀야혼(死密若偓), 그리고 참절백로(斬截百路)를 완벽하게 시전 할 수 있을 것이다. 그런 연후에 너희들은 대륙천안이라는 곳으로 가게 될 것이다. 너희들은 모르겠지만 그곳은 사사묵련 위에 군림하는 진정한 하늘이다. 그곳에서 너희들은 새로운 세상을 보게 될 것이다."

"알겠습니다. 잘 부탁드리겠습니다."

서린과 사령오아는 장호기의 말에 포권을 하며 알겠다는 뜻을 표시했다.

"그럼 이제 그만 가도록 하자. 우리는 지금부터 곤명으로 갈 것이다."

서린과 사령오아는 사밀혼을 따라 분지를 나섰다.

서린은 분지를 나서며 협곡의 입구에 있는 기관을 작동시키는 것을 잊지 않았다. 김천후의 부탁 때문이었다.

사밀혼과 사령오아가 이곳을 나서고 나면 이곳으로 들어오는 통로 자체가 완전히 바뀌어 있을 것이기에 이제는 서린을 제외한 그 누구도 이곳을 찾지 못할 터였다.

*　　　*　　　*

토번이 당 제국의 붕괴와 함께 와해된 후, 티베트 고원은 삼백여 년간이나 정치적으로 분열되어, 수많은 정치 세력들에 의해 분점되었다.

그 후, 몽고가 세계 제국을 세우고 원조를 수립할 무렵, 티베트와 중국의 관계는 매우 주요한 전기를 맞이하였다.

티베트의 최고수장인 대라마(大喇嘛) 살가(薩迦)와 몽고제국 대칸(大汗)사이에 서로 공여할 수 있는 관계가 이루어진 것이다.

이를 배경으로 티베트의 대라마가 최고의 권위를 장악하게 되었고, 몽고제국의 대칸은 중국 등을 지배하는 원의 황제를 겸하였기 때문에 라마교는 원의 국교가 될 수 있었다.

하지만 원을 지배하던 큰 세력 중 하나였던 라마교의 밀승들은 원의 멸망과 함께 티베트로 물러날 수밖에 없었다.

오랫동안 살아와 아직도 티베트에서 신으로 추앙받고 있는 살가는 중원으로 권토중래하기 위해 절치부심하고 있었다. 풍요로운 중원을 잊지 못하고 있었던 것이다.

그는 사사밀교에 원나라 시절 축적한 막대한 부를 이용해 재정적인 면을 지원하고 있었는데, 사사밀교에서 재신의 지위를 맡고 있는 쿠베라가 바로 라마교 출신이었다.

고원지대를 가로지르는 일행들이 있었다.

서린을 비롯한 사령오아는 사밀혼을 따라 살가가 지배하는 티베트를 가로지르고 있는 중이었다.

거의가 고원 지대인 곳이라 숨을 쉬기가 곤란하기에, 이동이 수월찮은 곳이라 일행은 묵묵히 발걸음을 옮기고 있었다. 무공이 있다고 해도 경공을 사용할 수 없기 때문이다.

속도가 그리 나지 않는 여정이지만 그리 나쁜 것만은 아니었다. 사밀혼들에게 사사밀혼심법을 배우며 운남으로 향하고 있는 중이었던 까닭이다.

"으음!"

골짜기를 모퉁이를 지나 붉은색의 만기가 색이 바랜 채 커다란 바위에 걸려 있는 모습이 보이자 장호기가 신음을 흘리며 안색이 굳혔다.

'왜 저러시지?'

운기조식을 하며 노숙을 하고, 허기는 육포로 때우며 여러 날 지나 온 여정 동안 한 번도 보여 주지 못한 모습이었다.

"왜 그러십니까?"

"이곳부터는 사사밀교와 관계가 있는 라마의 밀승들이 지배하는 곳이다."

장호기가 굳은 어조로 대답했다.

"라마교의 밀승들이 이곳을 지배한다는 말입니까?"

"그렇다. 이곳에 있는 고산족들 대부분이 라마교를 믿고 있다. 그들이 바로 밀승들의 눈이요, 손발이기 때문에 이곳에서는 사람의 눈에 띄지 않는 것이 좋다. 될 수 있으면 그들과 부딪치지 말아야 하니 말이다."

"밀승들은 어떤가요?"

두려워하는 것이 아닌 것 같지만 경시하는 것도 아닌 것 같기에 서린이 물었다.

"밀승은 무서운 존재들이다. 원이 지배할 무렵 황가에서 지배하는 땅 전역을 같이 지배할 정도로 그 저력이 깊고도 넓다. 또한 경지를 추측할 수 없는 고수들이 즐비하다."

"고수들이 많다는 말씀입니까"

"그렇다. 강한 자들이 많지. 다른 자들은 그리 문제가 될 것이 없겠지만 혈수팔불(血髓八佛)은 다르다."

"혈수팔불이요?"

"밀승 중에 가장 무서운 존재들이다. 우리도 승부를 장담하지 못할 정도로 무공이 상당히 고강한 자들이지. 특히 그들이 펼치는 혈수대진은 혼자서 감당한다면 필살일 만큼 아주 무섭다."

"그렇군요. 그럼 만약 그들을 상대해야 한다면 어떻게 해야 합니까?"

혹시나 모르기에 서린이 물었다.

"밀승들의 무공은 중원의 무학과는 판이하게 다르다. 그들 대부분이 익히고 있는 것은 반탄(反彈) 기운을 가진 것들이라고 상대하기가 아주 까다롭다."

"반탄강기라도 쓰는 겁니까?"

"그것보다 더하다. 대성하게 되면 자신에게 쏘아진 경기들을 몇 배로 증폭해 되돌리기도 하니 말이다."

"그렇군요."

"그들은 비발(飛鉢)과 계도(戒刀)를 주로 사용한다. 특히 그들이 사용하는 비발은 허공에서 자유자재로 방향을 틀기 때문에 위험하다."

"이기어검술처럼 기로 움직이는 것입니까?"

서린이 놀라 물었다.

"후후, 그렇다면 벌써 중원무림은 그들의 발아래 쓰러졌을 것이다. 그들은 비발의 회전력에 이용하는 것이지 이기어검 같은 것은 아니다."

"그랬군요."

"비발뿐만이 아니다. 계도를 이용한 그들의 도법은 무척이나 패도적이다. 막으면 막을수록 경력이 점점 더 증가하기 때문에, 도에 죽는 것보다는 경력에 심맥이 파열되어 죽는 것이 대부분일 정도다."

"정말 대단한 자들이군요."

"그렇다고 할 수 있다. 혈수팔불이라면 중원에 들어온다면 백대고수 안에 들 정도다. 그리고 그들의 우두머리인 살가라면 십대고수 정도는 될 것이다."

"살가라면 티베트의 대라마 말씀이군요?"

"밖으로 드러난 신분은 그렇지만 밀승들의 수장이기도 하다. 나이를 알 수 없는 괴물인 놈이지. 머릿속에 꼭 염두

해 두어야 할 자들이다."

"알겠습니다."

"밀교에 대해서는 그들 외에도 알아야 할 것이 많다. 가는 동안 설명을 해 주도록 하마."

"예, 어르신."

일행은 다시 여정을 시작했다.

목적지로 가는 동안 장호기는 라마교와 밀교에 대한 여러 가지 이야기를 해 주었다.

밀교의 특성과 무공의 정도, 그리고 상대할 때는 어떻게 하는 것인지 효과적인지 세세하게 설명해 주었다. 그를 통해 이곳의 풍습과 지리, 그리고 중원무림과의 관계 등을 소상히 알 수 있었다.

여정을 시작한 지 여러 날이 지날 동안 다행스럽게도 밀교와의 충돌은 없었다.

그러다가 다시 만기가 걸려 있는 바위를 발견할 수 있었다.

"또 영역 표시로군요?"

"그래, 이제 조금 있으면 놈들의 영역을 벗어날 수 있겠다. 이제 고원지대를 벗어난 것 같으니 경계를 지나게 되면 곧바로 곤명으로 들어갈 것이다. 아직 정확한 계획을 세울 수는 없겠지만 운남에서의 일은 곤명으로 간 후에 생각하기로 하자."

"그럼 곤명에서 수련을 시작하는 건가요?"

"남의 눈에 띄는 것은 좋지 않다. 곤명에서 한다면 중원 무림이나 사사밀교의 눈에 띌 수 있으니 말이다. 그리고 너희들의 수련은 그런 곳에서 할 수 있는 것이 아니다. 특성상 노산이나 대설산 같은 여러 산지에서 할 수밖에 없으니 말이다. 하지만 계속해서 떠돌 수는 없으니 거처를 마련하는 것이 좋다. 그래서 곤명에 가는 것이다."

"알겠습니다."

곤명에서 거처를 마련 한다는 이야기에 서린은 어느 정도 사밀혼의 생각을 짐작할 수 있었다.

'연락을 취한 후에 본격적으로 시작하겠구나.'

사밀혼의 최종 목적지가 운남의 성도인 곤명인 것은 분명했다.

곤명에 거처를 마련하고 그곳을 기반으로 움직일 생각인 것이다.

'일단 사사묵련의 일을 곤명에서 볼 것이 틀림없다. 그것이 무엇인지는 모르지만 아는 척하지 말자. 괜히 관심을 가졌다가는 타초경사할 우려가 높으니까. 그렇다면 수련이 문제겠구나. 곤명에 거처할 곳을 마련한 후에 운남성을 가로지르는 노산산맥(怒山山脈)으로 들어가 나와 아저씨를 가르칠 생각인 것 같은데 쉽지 않은 여정이겠구나.'

노산산맥은 사천성(四川省), 운남성(雲南省)의 서부와

서장(西藏) 동부에 걸쳐 남북 방향으로 나란히 달리는 횡단산맥(橫斷山脈)의 일부다.

사밀혼이 생각하는 수련의 여정은 서쪽으로부터 동쪽으로 진행되는데, 백서랍령(伯舒拉嶺), 즉, 이곳 말로는 가오리궁산인 고려공산(高黎貢山)에서부터, 노산(怒山), 영정산(寧靜山)과 운령(雲嶺), 사노리산(沙盧里山), 대설산(大雪山)이 이어진 산을 따라갈 것이 분명했다.

수련을 한다고는 하지만 워낙 험한 곳이라 서린은 자연과의 싸움이 위주가 될 것 같은 생각을 지울 수 없었다.

*   *   *

휘―이이잉!

눈바람이 몰아치는 길을 뚫고 사밀혼이 백서랍령에 도착한 것은 천불동을 떠난 지 정확히 넉 달이 지날 무렵이었다.

"불빛이 보입니다."

"가자."

불빛이 보이자 일행은 발걸음을 빨리했다.

어느 정도 거리를 좁히자 객잔임을 알리는 등(燈)이 보였다.

눈에 덮여 제 모습을 다 확인하기는 곤란하지만, 눈발이 몰아치는 곳에서 객잔은 오랜 동안 고원을 가로질러 온 이들에게는 구원의 등불이나 마찬가지였다.

"객잔이구나."

"이제 조금 쉴 수 있겠군요."

"그래, 다행히 길을 맞게 찾아온 것 같구나. 저기서 쉬어 가도록 하자. 너무 오랜 동안 노숙을 했으니 저곳에서 좀 쉰 뒤에 곤명으로 향하도록 한다."

"알겠습니다."

밀교승들이 장악한 지역을 별다른 충돌 없이 횡단을 했지만 피곤한 여정이었다.

따뜻한 방과 제대로 조리된 음식을 먹을 수 있다는 생각에 일행의 눈빛이 빛났다.

끼이이익!

객잔의 문은 수리를 하지 않은 듯 삐걱거렸다.

눈발이 등 뒤로 몰아치며 한기를 보태고 있었기에, 객잔 안의 온기는 그들을 재촉하며 안으로 몰고 있었다.

객잔 안은 쏟아지는 눈발로 인해 발이 묶인 것으로 보이는 상인들과 몇몇 무인이 자리에 앉아 술잔을 기울이고 있었다.

─무인들이 잘 나타나지 않는 곳인데, 눈에 이리 많이 띠는 것을 보니 무슨 일이 있는 것 같다.

일행은 묵묵히 고개를 끄떡였다.

장호기의 전음이 끝나자 일행이 들어온 것을 본 점소이
가 다가왔다.

"어서 오십시오. 저리로 가서 앉으십시오."

　나이가 좀 있어 보이는 점소이의 안내에 일행은 가장 안
쪽에 있는 탁자로 가서 앉았다.

"무엇을 올릴갑쇼?"

"배가 고프니 빨리 될 수 있는 음식하고 따뜻하게 몸을
데울 수 있는 술이나 몇 병 가져오게."

"알겠습니다. 그런데 묵어가실 예정입니까?"

"여기도 간신히 찾아왔는데 이 폭설에 어디를 갈 수 있
겠나. 묵고 있는 이가 적지 않은 것 같은데 방이 있나?"

"묵으실 만한 방은 몇 개가 남아 있습니다. 열 분이시니
최소한 세 개는 잡아야 하실 겁니다."

"알겠네. 그렇게 잡아 주도록 하게. 식사가 끝나면 목욕
물도 준비해 주게."

"알겠습니다."

　주문을 받은 점소이가 물러나고 장호기는 주위를 둘러본
후 일행에게 주의를 주었다.

　─아무래도 분위기가 심상치 않다. 상인으로 보이는 자
들도 내력을 감춘 고수들이 분명하고, 주위에 있는 자들 또
한 무림인들이 분명하니 이곳에 무슨 일이 있는 것이 분명
하다.

―그런 것 같습니다, 대형. 아무래도 주의하는 게 좋을 거 같습니다. 괜히 시비가 붙어 여정에 차질이 빚어지면 곤란하니 말입니다.

―그렇겠지.

화경의 끝자락에 든 자신들이라 두려워할 것은 없지만, 사사밀교의 이목이 있는 곳이라 주의를 해야 했다.

―식사를 한 후에 쉬도록 한다. 심상치 않은 일이 벌어진 듯하니 너희들도 쓸데없는 시비가 붙지 않도록 주의해라. 이목을 끌어서는 좋을 것이 하나도 없다.

장호기는 서린과 사령오아에게 당부하는 것을 잊지 않았다.

상인으로 위장해 앉아 있는 자들 중 자신과 맞먹을 정도로 깊은 내력을 가진 이가 눈에 띄었기 때문이었다.

잠시 후 점소이가 양손에 쟁반을 들고 나타났다.

"자! 음식 나왔습니다."

가져다준 음식이 탁자 위에 올려졌다. 김이 모락모락 나는 것이 한기와 노숙에 지친 일행들의 식욕을 자극했다.

"오랜만에 제대로 된 음식을 먹는 것 같군. 자, 들자!"

장호기의 말을 끝으로 일행은 말없이 젓가락을 놀리기 바빴다. 눈발이 날려 재료를 조달하기 힘들었을 텐데도 불구하고 신선한 재료를 사용했는지 상당히 맛이 있었다.

벌컥!!

일행은 한창 식사에 열중하던 중에 거센 소리를 지르며 객잔의 문이 열렸다.

시선을 돌려 입구를 바라보니 눈발을 피하려 했는지 방갓을 쓰고 천으로 얼굴을 가린 이들이 들어왔다.

세 사람은 모두 피풍의를 걸치고 있었는데, 한 손에는 검을 들고 있는 게, 누가 보아도 무인인 것을 알 수 있었다.

"아이구! 눈발이 몰아치는데 오시느라 고생하셨습니다."

사람들이 들어오자 점소이가 달려 나가며 그들을 맞았다.

눈발이 몰아치는데도 불구하고 손님들이 계속 들어오는 것에 기분이 좋은지 점소이는 연신 사람 좋은 미소를 흘리며 그들을 안내했다.

"자, 이리로 앉으십시오."

"제일 빨리 되는 것으로 가져와라. 우리는 식사를 마치는 대로 길을 떠날 것이니 갈 때 가져갈 수 있도록 육포와 건량을 충분히 준비해 주거라."

피풍의도 벗지 않고 일행의 수장으로 보이는 자가 말을 하며 자리에 앉았다.

"알겠습니다. 준비해 놓겠습니다. 잠시만 기다리십시오."

점소이는 말을 마치고 바로 주방으로 달려 들어갔다.

'저들을 기다린 모양이군.'

세 사람이 자리에 앉자 한쪽 구석에서 여태까지 술을 마시며 이야기를 하고 있는 자들 중 하나가 일어서더니 새로 들어온 일행에게 다가왔다.

다가온 자는 붉은 옷에 얼굴에는 우락부락한 수염이 가득한 자로 왼손에는 대감도 한 자루를 들고 있었다.

"안녕하신가? 난 곤명사도(昆明四刀) 중 사도(四刀) 음추령(蔭酋領)이라고 하는데, 어디서들 오시는 길손들이신가?"

음추령은 운남 일대에서 도법으로 유명한 곤명사도의 막내였다.

곤명사도하면 대감도를 잘 다루는 자들로 개개인으로는 이류급인 자들이었으나, 합격을 통한 사방진이 일류를 상회할 정도여서 운남에서는 유명한 자들이었다.

또한 곤명에 자리 잡고 있는 살도문(煞刀門)의 향주(鄉主)들이기도 했다.

"무슨 일인가?"

"요즈음 운남으로 어중이떠중이인 놈들이 들어와서 말이야. 신원이 불확실한 놈들은 꼭 사고를 치거든."

관아와 연관이 있다고 알려진 살도문이었기에 임무를 대신하는 것인지, 음추령은 아직도 면사로 얼굴을 가리고 있는 세 사람의 신분을 캐묻고 있었다.

"너 따위가 알 수 있는 사람들이 아니다. 경을 치기 전에 자리로 돌아가도록 해라."

무척이나 싸늘한 음색이 사나이의 입에서 흘러나왔다.

"너 따위라. 크크, 죽고 싶어 환장한 놈이로군."

살도문이 그래도 운남 일대에서는 알아주는 곳이었다. 이런 말을 들어 본 적이 없는 음추령은 사나이의 말에 비웃으며 대감도의 검병을 잡았다.

"우리는 식사를 마친 후 곧바로 떠날 것이다. 그러니 더 이상 시비를 걸지 마라. 계속한다면 내 검이 야속하다 원망하게 될 것이다."

"호—오!"

사나이가 불필요한 다툼을 피하려 함에도 음추령은 계속해서 시비를 걸고 있었다.

객잔을 지키고 있는 것은 공명 일대를 찾아 들어오는 자들을 파악하기 위함이었다. 살벌하게 눈이 오는 날씨라 사흘이나 객잔에 틀어박혀 있는 것이 못내 답답했던 음추령이었다.

사나이들의 분위기가 심상치 않아 보이기는 했으나, 그렇다고는 해도 자신의 실력이며 밀릴 것 같지는 않았다.

더군다나 자신은 맡은 임무가 있었다. 그동안의 지겨움을 씻어 보고 싶기도 했지만 싸움을 통해 무공 내력을 파악해 보고자 하는 의도도 있었다.

스르르릉!

눈짓으로 형제들이 승낙하자 음추령은 도집에서 칼이 뽑

아 사나이를 향해 겨누었다. 객잔 안에 있는 사람들의 시선이 일제히 음추령과 사나이를 향해 모아졌다.

잠시 후면 격전이 벌어질지도 모를 일이었는데도 그들은 바라보는 장내의 눈동자들엔 호기심만이 가득할 뿐이었다.

"한번 해보지. 그토록 자신이 있다면 한 번 손속을 나누어 보는 것도 나쁘지 않을 테니 말이야."

사실 음추령은 어느 정도 상대의 정체를 파악하고 있었다.

객잔 안에 들어와서도 얼굴을 가리고 있는 것은 그들이 정체를 밝혀서는 안 되는 이유가 있다는 것을 잘 알고 있었다.

음추령이 짐작하고 있는 사나이들의 정체는 바로 청성사수(靑成四秀)였다. 청성일수 유하문이 사천에 있고 나머지 세 사람이 운남을 향해 떠났다는 것을 풍문으로 전해 들었던 것이다.

"귀하가 누구인지 모르겠지만 더 이상 우리에게 시비를 건다면 그대의 사지 중 하나를 잘라 낼 것이다."

음추령의 계속되는 시비에 사나이의 목소리가 싸늘해졌다.

"하하하! 어디 해보라니까?"

번쩍!

"크…… 으윽!"

쨍그렁!

음추령이 웃으며 말을 잇다가 번쩍이는 검광과 함께 비명을 터트렸다. 사나이의 검집에서 뽑힌 검이 그의 팔을 찌른 것이었다. 그야말로 눈 깜짝할 사이에 벌어진 일이었다.

'대단하군. 사일인가?'

검을 빼어 들고 음추령의 오른손을 찌른 것은 일수유였다. 보고서도 피하지 못할 정도로 빠른 쾌검이 그의 손에서 펼쳐진 것이다.

손속을 아끼지 않았다면 음추령의 팔은 주인을 잃고 그의 도와 함께 바닥에 뒹굴 터였다.

사나이의 손에 들린 은은한 푸른빛이 도는 검신에는 붉은 빛 혈흔이 감돌고 있었다.

"이건 전적으로 귀하의 잘못이다."

스르르릉!

찰칵!

사나이는 검신에 묻은 혈흔을 털어 낸 후 검집에 넣었다.

"으…… 의! 네놈이? 정, 정말 수상한 놈들이로구나!"

음추령은 피를 흘리는 팔을 움켜쥐고는 사나이를 노려보았다.

음추령이 분을 못 이겨 하고 있을 때 그의 뒤에 나서는 자들이 있었다.

음추령과 같이 살도문의 향주를 맡고 있는 자들이었다. 음추령과 함께 곤명사도로 칭해지는 일도 제인호(除人豪),

이도 갈연(葛延), 그리고 삼도 서문하(西門夏)였다.

"응?!"

검을 집어넣은 사나이의 눈에 이채가 발해졌다.

곤명사도와 함께 나오는 자는 그 또한 알고 있는 사람이 었기 때문이었다.

"청성의 인물들이 어째서 이곳 운남까지 온 것인가? 그 유명한 청성의 칠십이파검(七十二破劍)을 사용한 것을 보 면 청성사수 중 하나인 일쾌섬(日快閃) 단문호(鍛文豪)인 것 같은데 손속이 과한 것이 아닌가?"

문사건을 쓰고 단아한 모습의 중년인이 청성이수인 단문 호의 행동을 비난하듯 말하며 나섰다.

그 또한 단문호가 손속을 자제했다는 것을 알고 있었지 만, 도를 떨어뜨려도 될 것을 굳이 팔을 찌른 것은 평소의 단문호가 보여·준 모습이 아니었기 때문이었다.

"교문자(巧吻者) 설 형은 언제 살도문에 들어가신 거요?"

교문자 설인상(薛寅尙)은 유창한 언변과 함께 지닌바 쾌 도가 운남에서는 알아 주는 자였다.

원래는 혼자 행동하기를 좋아하는 자였던 탓에 단문호는 그가 살도문에 몸을 담고 있다는 사실이 의외인 듯 물었다.

"후후! 나야 도사령(刀射零) 막 문주의 청을 거절치 못 해 몸을 담았지. 막문주가 해 주시는 대우를 받는 것도 쉽 지 않아서 말이야."

'살도문주(煞刀門主) 막수창(郞壽昌)이 설 형을 빈객으로 맞아들였다니 의외로군? 아무래도 본 파에서 막수창이라는 인물에 잘못 알고 있는 것인지도 모르겠구나.'

단문호는 제법 까다로운 인물인 교문자를 빈객으로 맞아들인 막수창에 대해서 생각해 보지 않을 수 없었다.

그가 알기로는 막수창이 도밖에 모르는 자로 문파의 내실을 기한다거나 하는 일에는 그다지 적합하지 않은 사람으로 알고 있었기 때문이었다.

"설 형! 미안하지만 설 형도 보았다시피 난 경고를 했건만, 그가 하도 시비를 과하게 걸어서 어쩔 수가 없었소. 이대로 마무리하면 좋을 것 같은데 어떻게 생각하시오?"

설인상과 안면이 있었기에 단문호는 자신이 어쩔 수 없었음을 상기시켰다.

화해의 뜻을 보냈지만 설인상의 표정은 굳어 있었다. 지금 일어난 일보다는 다른 일이 그의 심중에 가득하기 때문이었다.

"좋소. 손속에 사정을 둔 것을 생각해 이번 일은 없던 것으로 하겠소. 그렇지만 한 가지 알아야 하겠소."

"무엇이오."

"청성일수께서는 사천에서 바쁘실 터이고, 나머지 세 분이 이곳에 온 연유가 무엇이요?"

이미 어느 정도 알고는 있지만 확인할 필요는 있기에 설인상은 물었다.

"그건 본 파의 일이니 살도문에서 관여할 바가 아니요. 아무리 설 형이라고 해도 말이오."

"그렇소?"

서인상의 표정이 풀렸다. 청성의 인물들이 이곳에 온 까닭을 확실히 알 수 있었기 때문이다.

단문호는 그의 사제들인 일송향(一松香) 장무린(張戊鱗), 청천검(靑天劍) 서연문(徐衍文)과 함께 사문의 밀명을 받고 운남으로 온 것이 분명했다. 자신의 물음에 답할 수 없는 밀명라면 생각하고 있는 것이 맞은 확률이 구 할이 넘었다.

"호오! 검반향(劍班香)의 비전을 찾으러 왔으면 왔다고 할 것이지 감추는 이유는 무엇이오? 이미 알 만한 사람은 다 아는 이야기인 것을! 쯧쯧!"

교문상이 비꼬듯 이죽거리며 혀를 찼다.

"흥! 우리가 무엇을 하건 당신들이 관여할 바가 아니요. 설 형! 괜한 시비는 걸지 말도록 하시오. 석년의 안면이 아니었다면 내 설 형이더라도 검을 들 수밖에 없소."

'확실하군.'

단문호가 단호히 말하는 것을 본 설인상은 의구심이 들었던 나머지 일 할을 채울 수 있었기에 물러서기로 했다.

비록 자신이 단문호에 뒤지지 않는다고는 해도 그와 함

께 온 청성사수 중 이수가 문제였다.

일송향(一松香) 장무린(張戊鱗)은 한줄기 송향을 남기며 바람 같은 검법인 송풍검법(松風劍法)을 펼치는 고수였고, 청천검(靑天劍) 서연문(徐衍文) 청풍검법(淸風劍法)의 대가였다.

일개인이라면 모를까 셋이 한꺼번에 나선다면 살도문의 곤명사도와 함께라고는 해도 대적하기 힘들다는 것을 아는 까닭이었다.

"알았소. 그대들의 신원은 확인이 되었으니 뭐라고 하지는 않겠소. 하지만 만약 검반향의 비전을 얻기 위해 온 것이라면 이만 포기하고 돌아가도록 하시오. 이건 전적으로 단 형을 위해서 하는 말이오."

"무슨 뜻이오?"

단문호는 안광을 쏘아 내며 물었다.

"살도문과 흑야애(黑夜崖)는 이미 이번 검반향의 일에 힘을 합하기로 결정을 내렸소."

단문호뿐만 아니라 주위에 있는 모두 사람들이 들으라는 듯 설인상의 말소리는 조금 큰 편이었다. 객잔에 있는 무림인들이 모두 놀라는 표정을 지었다.

"설 형! 그것이 정말이오?"

"그렇소. 내가 이렇게 두 단체의 합작을 알리는 것은 쓸데없는 피를 흘리지 않기 위함이오."

"으음……."

단문호가 신음을 흘리자 설인상은 객장에 머물고 있는 이들에게 시선을 돌리며 말을 이었다.

"여기에 청성에서 오신 분들 말고 암암리에 각 파에서 검반향의 비전을 얻기 위해 오신 걸로 알고 있소. 내 말을 허튼소리로 들으면 곤란하오. 두 파가 합작을 했으니 더 이상 헛되이 시간을 낭비하지 말고 돌아가도록 하시오. 이미 살도문이 흑야애와 손을 잡은 이상 여러분의 몫은 없을 것이니 말이오. 가자!"

설인상은 좌중을 향해 큰 소리로 말하더니 이내 음추령을 비롯한 곤명사도를 이끌고는 객방으로 향했다.

단문호는 곤란한 듯 잠시 머뭇거리더니 이내 탁자에 앉았다. 그러자 그를 따라 일어서 있던 장무린과 서연문 따라서 자리에 앉았다.

"이사형, 흑야애와 살도문이 힘을 합쳤다면 정말 곤란하지 않습니까?"

장무린은 설인상의 말을 듣고 자신들의 임무를 수행하는 것에 곤란을 겪지 않을까, 하는 마음에 단문호를 향해 걱정스러운 듯 물었다.

"곤란할 것 없다. 사문의 명이니 우리는 우리의 임무만 확실히 수행하면 되는 것이다."

단문호는 별 상관하지 않는다는 듯 말을 마친 후 얼굴을 가리고 있던 천을 걷었다.

"시, 식사를 가져올까요?"

겁을 먹고 있던 점소이가 다가와 물었다. 살벌한 무인이라는 것을 알고 있음에도 자신의 소임에 충실한 점소이였다.

"위험은 없을 것이니 가져 오도록 해라."

"예."

점소이는 부리나케 주방으로 가서 음식을 날랐다. 음식이 식탁에 차려졌다.

"이사형!"

"사형!"

"먹자."

담문호는 사제들의 물음에 대답하지 않고 젓가락을 들고는 묵묵히 식사를 하기 시작했다.

"알겠습니다."

단문호의 두 사제 또한 입을 다문 채 음식을 먹기 시작했다. 침착하기 그지없는 모습이었다.

장내가 정리되자 객잔 안에 있는 무림인들은 각자의 무리들을 중심으로 전음으로 서로 의견을 나누는 듯 정적이 찾아왔다.

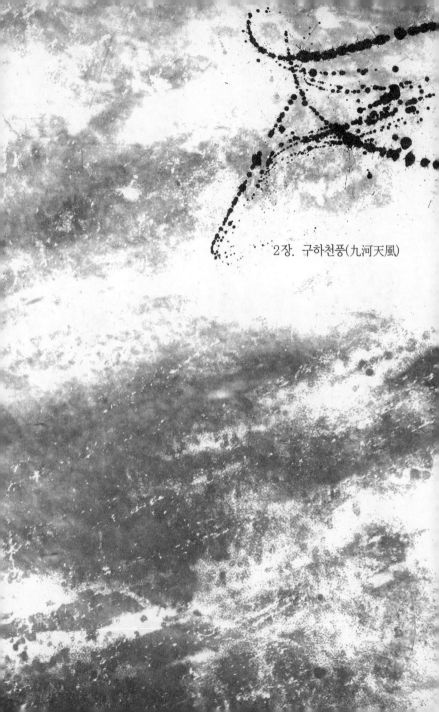

2장. 구하천풍(九河天風)

청성삼수가 식사를 마치고 점소이가 전해 준 식량을 들고 밖으로 나갔다. 지켜보고 있던 장호기는 묵묵히 식사를 하고 있는 서린과 사령오아를 향해 조용한 목소리로 입을 열었다.

"검반향에 대해서 아느냐?"

"무슨 말씀입니까? 검반향이라니요?"

시비에 휘말리지 않도록 하라던 장호기가 일부로 말을 거는 것임을 모르지 않는 서린이 물었다.

"하하, 모르고 있구나."

"그렇습니다. 검반향이 무엇입니까?"

주변에서 일고 있는 궁금증을 대변하는 것처럼 서린이

검반향에 대해 물었다.

"청성에는 구하천풍검법(九河天風劍法)이라는 비전의 검법이 있었다. 바로 검반향이라는 전설을 남긴 검법이지."

"아! 그렇군요."

"후후후, 사실 구하천풍검법은 원래 사천에 있는 청성파에서 만들어진 것이 아니었다. 청성의 이름 모를 파문제자가 사천에서 운남으로 도망친 후 완성한 검법이지."

"청성의 파문제자가 만들었다는 말입니까?"

"그렇다. 들리는 말로는 청성의 파문제자는 운남과 서장의 산야를 돌아다니며 자신이 느낀 자연의 위대함을 검법에 담았다고 한다. 그것이 구하천풍검법이지."

"아주 뛰어난 검법인 것 같네요?"

"파문제자가 만들었다고는 믿을 수 없을 정도로 아주 뛰어난 검법이지. 구하천풍검법이 유명해진 것은 백여 년 전 화산검선(華山劍仙)과의 대결 때문이었다."

"우와!"

파문제자와 그 당시 최고의 검수라는 검선의 대결이라는 말에 서린이 탄성을 토했다.

"그 당시 화산검법의 끝이라 불리는 검향(劍香)을 피울 수 있는 자는 검선이 유일했다. 그런 검선과 구하천풍검법을 펼치는 청성의 파문제자가 사소한 다툼을 벌였고, 그로 인해 대결이 벌어졌다고 하는구나."

"어떻게 됐습니까?"

서린이 흥미로운 듯 물었다.

"모두들 청성의 파문제자가 질 것이라고 예상했는데 결과가 반대로 나왔다."

"파문제자가 이긴 거예요?"

"그래, 두 사람은 치열한 대결을 벌였다고 한다. 거의 대등하게 싸웠다고 하지. 그렇게 치열하게 싸우던 그들이 마지막 수를 나눌 때 이변이 생겼다. 검선의 마지막 절초인 매화만리향(梅花萬里香)이 잘리고만 것이다. 그 일 때문에 모두가 놀라야 했다. 비록 치열하게 대결을 벌이기는 했지만 매화만리향이 청성의 검을 누를 것이라고 다들 생각했으니 말이다."

"이변이 일어났네요."

"완전히 이변이었지. 그래서 이름도 모르는 청성의 파문제자에게 검반향이라는 별호가 붙는 전설이 생겼다. 매화만리향을 반으로 잘랐다고 해서 말이다. 사실 나도 들은 것은 이것뿐이다. 수많은 검호들 사이에서는 둘의 대결이 진실이다 아니다 논란이 많지만, 아무래도 청성에서 저리 나선 것을 보면 진실일 확률이 높은 것 같구나."

"그렇군요."

서린은 검반향이라는 전설에 대해서 흥미를 느꼈다.

화산이라고 하면 무당과 함께 검으로는 수위를 다투는

문파.

　그중 화산 검선은 화산의 검호 중 가장 강했다고 일컬어지는 사람이라 흥미를 끈 것이다.

　"그런데 세인들 사이에 떠도는 이야기 중 더욱 재미있는 것은 그 당시 검파로서 무당과 화산, 그리고 아미에 뒤지는 명성을 가지고 있던 청성에서는 검반향의 모든 잘못을 덮어버리고 그들 다시 제자로 받아들이려고 했는데, 그가 종적이 묘연하게 사라졌다는 것이다. 화산검선과의 대결에서도 공공연하게 자신은 청성의 제자라고 했으면서도 말이다."

　"그래서 청성에서 이번에 저들을 보낸 거군요."

　서린은 어째서 청성삼수가 이곳 운남까지 한겨울에 어려운 걸음을 했는지 알 수 있었다.

　"후후, 그렇지. 청성에서 저리 나섰다는 것은 아무래도 검반향의 진전이 나타난 모양이다. 청성사수라고 하면 청성 장문이나 장로들을 제외하고 가장 강한 자들이니 말이다. 세인들의 말처럼 검반향이 어째서 파문되었는지는 아직도 알려지지 않았지만, 지금도 청성에서 이리 찾는 것을 보니 그가 파문당한 이유는 아무래도 개인적인 일이 아니었나 싶다. 청성에서 대외적으로 알려진 고수들을 보내 그의 진전을 찾으려고 할 정도라면 말이다."

　'검반향이라는 사람을 다시 받아들이려고 했다면 파문된 이유가 그리 큰 잘못은 아니었을 것이다. 명문대파에서 제

자를 파문하고 다시 받아들이는 경우는 전례가 없으니까.'

청성에서 어째서 그 같은 자를 파문했는지 모르겠지만, 서린은 나중에 다시 받아들이려 했다면 그 이유가 큰 잘못은 아니었을 것이라는 생각이 들었다.

"아주 재미있는 일이네요. 그 구하천풍건법이라는 것이 얼마나 대단하기에 파문한 제자를 다시 받아들이면서까지 얻으려고 하는 것인지 말이에요."

"모르지. 하지만 어떤 무예든 수련하는 자가 얼마나 고련을 했는가가 중요하다. 그것이 어떤 무예가 되었든 말이다. 난 검반향이 화선검선에게 승리를 거둔 것은 그의 고련이 화산검선을 앞질렀기 때문이라고 생각한다. 이곳 운남과 서장의 자연환경은 인간이 견디기에는 혹독한 것이니까. 그걸 이겨 내고 수련을 해냈다면 검반향의 검법은 이미 화산검선을 능가했을 수도 있지. 우리가 지금 이곳까지 오면서 기초적인 단련을 했던 것도 사사밀혼심법을 완전하게 수련해 내기 위해서였다. 그러니 너도 자신이 가지고 있는 무예를 단련하는 데 게을리 하지 말아야 할 것이다. 그동안 고생이 많았으니 목욕을 한 후에 방 안에서 푹 쉬도록 해라. 그리고 쓸데없는 시비에 휘말리지 말도록 하고. 내일 아침 일찍 떠날 것이니 준비를 하도록 해라."

"알겠습니다."

식사를 마치자 장호기는 모두들 방 안에서 쉬도록 했다.

그와 더불어 곤명의 심상치 않은 분위기 때문인지 각자 행동에 주의할 것을 당부했다.

　식사를 마치고 준비된 목욕물로 각자 목욕을 끝낸 일행은 긴 여정으로 인해 몰려온 피곤을 씻기 위해 방으로 들어가 쉬었다.

　사밀혼이 방 한 개, 그리고 서린과 사령오아가 방 두 개를 나누어 쉬고 있었다.

　"검반향이라는 별호를 가진 사람에 대해 아저씨들은 아세요?"

　"글쎄요. 저희들은 잘 모르겠습니다. 무림의 비사가 어디 한둘이겠습니까만, 검반향에 대해서는 금시초문입니다."

　"그렇군요. 아마도 이쪽 운남이나, 사천 근처에서 전해지는 이야기가 아닌지 모르겠습니다. 전 당시 최강의 검호라 일컬어지는 화산검선이 패했다는 이야기는 들어 본 적이 없으니 말입니다."

　"그렇군요."

　"숨겨진 비사가 있거나 헛소문일 것이라는 게 검절님의 말씀을 듣기 전까지의 제 생각이었습니다."

　"지금은 아니라는 말씀입니까?"

　"이런 소문이 공공연히 퍼지고, 청성에서 검반향을 쫓는 것을 봐서는 사실일 확률이 높습니다. 당시에는 세상에는 알려지지 않았지만 검호들 사이에 전해지는 이야기가 세간에 흘러나왔을 겁니다. 검절님께서도 검에 있어서는 일가견을 이루신 분이라 들었을 확률이 높고 말입니다."

"소문주님 말씀이 맞습니다. 같은 구대문파 간의 일이라 서로 치부를 감추었을 수도 있으니 세인들에게는 알려지지 않을 수도 있었을 겁니다. 검절님께서 말씀하신 것이 사실이라면 구하천풍검법은 대단한 검법일 것입니다."

"한번 보고 싶군요."

"소문주님. 검절님께서 쓸데없는 시비에 휘말리지 않도록 하라고 하셨으니 앞으로 그 일에는 관심을 갖지 마십시오. 우리는 우리의 수련을 완성하기에도 시간이 모자랍니다."

"알겠어요."

성겸의 단호한 말에 서린은 자신의 잘못을 즉시 알아차렸다.

'내가 주어진 것도 다 챙기지 못하면서 다른 일에 흥미를 갖다니 나도 아직 멀었군.'

무슨 뜻으로 하는 말인지 알고 있었다. 진짜 사사밀혼심법과 사사묵련에서 전해진 나머지 세 가지 절기를 완성하는 것도 힘든 일이었기 때문이었다.

다음 날 일찍 열 사람은 객잔의 식탁에 앉아 식사를 마치고 사밀혼의 이야기를 듣고 있었다.

"일단 우리는 곤명으로 간다. 곤명에 가서 상부에 보고를 한 후 너희들의 수련 장소를 물색해 볼 것이다. 하지만 만약 상부에서 너희들을 호출이라도 한다면 수련은 다른 곳에서 진행될지 모른다. 이미 너희들의 무위나 성취 결과는 보고되었으니 어떤 결정을 내려질지 모르니 말이다."

오면서 간간히 어디론가 떠났다가 돌아온 장호기가 그사이 사사묵련에 보고를 한 모양이었다.

"그동안 우리에게 수련을 받았던 것들은 우리가 가르칠 수 있는 모든 것이나 다름없다. 너희들은 사사밀혼 심법에 대해 거의 다 배운 것이나 다름없다는 말이지. 그러니 어디 조용한 연공관이나 심산에서 수련하는 것이 너희들에게는 오히려 나을 수도 있다."

"그럼 앞으로 우리가 어떻게 될지는 확실하지 않은 모양이로군요."

"그렇다. 사사밀교로 인해 사사묵련의 돌아가는 모양새가 심상치 않은 것 같으니까 말이다. 너희들은 어떻게 했으면 좋겠느냐? 난 너희들의 의견을 존중하겠다."

"저희야 어디에 얽매이는 것보다 각자 나름대로 수련을 하는 것이 좋을 것 같습니다만."

"알았다, 고려해 보도록 하지. 일단 곤명으로 간 후 그곳에서 더 생각해 보기로 하자."

"알겠습니다."

서린은 대답을 한 후 짐을 챙기기 위해 각자의 방으로 갔다.

'으음, 간밤에 어디론가 다녀오더니 무슨 일인가 있는 모양이로군. 그렇지 않으면 우리에게 이런 말을 할 이유도 없으니까.'

서린은 어젯밤 눈이 그친 후 장호기가 객잔을 빠져나가 어디론가 갔다 온 것을 알고 있었다. 객잔을 벗어나는 그의 존재감이 혈왕기에 감지되었던 것이다.

'상황이 변했다고 해도 그리 크게 변하지는 않았을 것이다. 일단 이대로 따라가 보자.'

방에서 짐을 챙긴 서린은 일행이 기다리고 있는 주루로 갔다. 사령오아 또한 이미 나와 있었는데, 서린이 내려오자 일행은 곧바로 객잔을 나섰다.

장호기는 객잔에서 얼마 떨어지지 않은 마방으로 일행을 이끌었다. 어느새 말을 구입한 모양이었다. 같은 이름을 쓰는 것으로 봐서는 객잔과 주인이 같은 마방으로 보였다.

"곤명까지는 말로 이동을 한다."

모두 말을 탈 줄 알기에 일행은 말을 타고 서둘러 곤명으로 향했다.

'움직일 폭이 늘어날 수도 있겠구나. 그동안 진짜 사사밀혼심법을 익히는 데 사밀혼들의 눈을 의식해야 했는데 내가 예상한 대로 된다면 우리에게는 큰 도움이 될 것이다.'

마을 타고 가는 것은 예정에 없던 일이었다.

장호기가 서두는 것이 어째서인지는 모르겠지만 자신과 사령오아에게 사밀혼의 눈을 피할 수 있는 시간이 더욱 많아 질 것 같은 예감이 들었다.

'그런데 어째서 이렇게 서두는 것이지? 혹시……'

곤명으로 향하는 여정 동안 서린은 청성사수를 운남으로 오게 한 이유가 사밀혼을 서두르게 한 것은 아닌가 하는 생각이 들었다.

만약 사밀혼의 말대로 구하천풍검법이 화산검선을 꺾은 절기라면 무림인이라면 누구나 탐낼 만한 가치가 있었기 때문이다.

특히 무공의 성취를 위해 물불을 가리지 않은 무림인들이라면 그 도는 더했으면 더했지 못하지 않을 것이라는 데 생각이 미쳤다.

'으음, 우리가 익히고 있는 무인정, 사밀야혼, 그리고 참절백로만 하더라도 초절정무예. 수련생의 신분인 우리가 익히는 것이 이 정도일진데 그걸 탐낼 이유가 없다. 상층부로 갈수록 우리가 익힌 것보다 더 뛰어난 절기들을 익힐 테니 그것은 아닐 터. 분명 다른 이유가 있을 텐데……'

사사묵련에서 검반향의 절기를 얻기 위한 것보다는 다른 이유가 있을 것 같다는 생각이 들었다.

사밀혼의 무예만 하더라도 자신이 생각하기에 화산검선

에 버금가거나 그 보다 뛰어날 것라는 생각 때문이었다.

'검반향의 움직임이 촉매가 돼서 무림의 움직임에 변화
가 생겼을 수도 있다. 이거 재미있겠군.'

어찌되었던 자신들이 나설 일은 아니었다.

대륙천안으로 들어가게 될지도 모르는 상황에서 다른 것
에 신경을 쓸 여유가 없었다. 살아남아야 되니 어떻게든 실
력을 키워야 하는 것이 지금의 상황에서 자신에게 주어진
명제였다.

'지켜보기만 하자.'

아직 관망해야 한다는 생각에 서린은 마음을 숨기고 여
정을 따랐다.

말을 타고 간다고는 하지만 곤명까지 가는 길도 상당히
바빴다.

사밀혼들이 마상에서도 가르침을 쉬지 않았기 때문이다.
자신들이 겪어 왔던 싸움을 논검의 형식을 빌려 서린과 사
령오아에게 가르쳤기 때문이다.

그렇게 객잔을 나선 지 육 일 만에 일행은 곤명에 도착할
수 있었다.

대도시라고 할 수 있는 곤명에는 어느새 겨울의 차가운
바람은 불지 않고 있었다.

*　　　*　　　*

곤명은 중원에서 운남의 밀림으로 가기 위한 마지막 도시라고 할 수 있다.

독립왕국이었던 남조(南詔)가 있었고, 이후에는 남조를 계승한 대리국(大理國)의 영토였던 곳이다. 그러다 원나라 시절에 중원으로 편입된 곳이 바로 곤명이었다.

곤명은 중원과 운남을 잇는 주요한 두 교역로가 합류하는 지점이기 때문에 근처 지역의 교통의 중심지라 할 수 있다. 운남의 어디를 가든 반드시 거쳐야 하는 곳인 것이다.

동쪽으로는 험난한 산길을 통해 귀주성(貴州省)의 귀양(貴陽)에 이르며, 그곳에서 호남성(湖南省)으로 이어진다. 북동쪽으로는 양자강(揚子江)에 면한 사천성(四川省)의 의빈(宜賓)까지 잘 닦여진 무역로가 있다.

그러나 이 길은 노선 전체가 극히 험난하기 때문에 노새 행렬이나 화물을 운반하는 짐꾼만이 지나갈 수 있다.

운남의 주요 교통로 중 하나는 서쪽으로 대리(大理)와 등월(騰越)을 경유해서 가는 길이며, 다른 하나는 남쪽으로 몽자(蒙自)를 거쳐 홍강으로 가는 길이다.

명이 들어선 이후 꾸준한 이주 정책으로 많은 한인들이 살고 있지만, 아직도 백족이 주류를 이룰 만큼 곤명은 중원에서 본다면 외진 곳이었다.

"도착했군요."

"그래 그동안 고생 많았다. 일단 객잔에 여장을 풀어라. 난 다녀올 곳이 있으니."

"알겠습니다. 다녀오십시오."

곤명에 도착한 장호기는 일행을 객잔으로 향하게 한 뒤 곧바로 어디론가 떠났다. 말을 달려가는 그의 모습은 어쩐지 서두르는 모습이 역력했다.

"저기로 가자. 대형께서 가신 곳은 그리 멀지 않은 곳이니 곧 오실 것이다."

"예!"

광절이 앞장서자 사밀혼을 비롯해 서린과 사령오아도 그의 뒤를 따랐다. 사밀혼들은 이곳에 많이 와 본 듯, 말을 타고 거리를 걷는 모습에 여유가 있어 보였다.

그렇게 곤명의 거리를 반 각쯤 걸어 서린 일행은 객잔 앞에 멈추어 섰다.

"이곳 천해루(天海樓)가 우리가 머물 곳이다."

광절의 안내로 일행은 말에서 내려 고삐를 묶은 후 천해루 안으로 들어갔다. 객잔 안은 꽤나 시끌벅적하니 시끄러웠다.

"으음, 이곳도 무림인들 천지로구나. 어째서 곤명에 이리 무림인들이 많은 것인지. 허허, 검반향의 전설이 그토록 탐이 났더란 말인가?"

파절 등섭인이 주위를 둘러보더니 혀를 차며 고개를 저

었다.

"어쩔 수 있습니까? 칼밥을 먹는 인생들이 강한 무예를 얻을 수 있는 기회가 찾아왔는데 부나방처럼 나설 수밖에요."

성겸이 화답하듯 말을 받았다.

"하긴, 일단 들어가서 식사나 하자."

아홉 명의 사람들이 일제히 객잔 안으로 들어왔기에 객잔 안에 있는 사람들의 일제히 쳐다보았지만 이내 모두들 자신들만의 일에 빠져들었다.

일행은 자리가 넓은 쪽으로 가서 앉자 이내 점소이가 나타났다.

"무엇을 드시겠습니까?"

"이곳에서 제일 잘하는 것으로 사람 수대로 내오너라. 그리고 밖에 말이 있으니 여물을 충분히 주도록 하고. 옜다."

주문을 하며 파절이 점소이에게 은원보 하나를 건넸다.

"감사합니다, 나으리."

점소이가 부리나케 주방으로 달려가 주문을 한 후 말에게 먹이를 주기 위해 밖으로 나갔다.

특별히 부탁을 한 것인지 얼마 지나지 않아 음식이 나오기 시작했다. 먹음직스럽게 보이는 요리들을 먹기 시작한 일행의 눈빛이 감탄으로 물들었다.

"정말 특이하군요. 맛도 훌륭하고 말입니다."

"그렇지. 이곳의 음식은 천혜의 자연에서 나오는 것들이라 아주 싱싱하다. 해산물을 먹을 수 없는 것이 흠이기는 하지만, 천산에 있을 때 비하면 이곳에서 먹는 것은 황제가 부럽지 않을 지경이지."

광절의 말대로 음식들은 많은 이들이 자리를 잡고 있을만큼 훌륭한 것이었다.

'재미있군. 상인들도 알고 있다니 말이야.'

풍족한 요리에 말없이 식사를 하던 서린의 주의를 끈 것은 옆자리에 있던 상인들이었다. 상인들의 이야기가 관심을 가질 수밖에 없었다. 그것은 다른 일행도 마찬가지였다.

"이보게. 이곳에 무림인들이 이렇게 많은 이유를 아는가?"

"자네는 알고 있다는 말인가?"

친우의 말에 상인의 눈이 호기심으로 물들었다.

"물론이지. 이곳 곤명에 내 처남이 살고 있지 않은가."

"이곳 토박이라고 했지?"

"맞네. 객잔을 하고 있어 소문에 해박하지."

"궁금하니 어서 말해 보게. 처남이 뭐라고 했나?"

"처남이 이야기하는 바로는 이곳에 무림인들이 많아진 이유는 검반향인가 하는 전설 때문이라고 하더군."

"검반향?"

"그래, 백여 년 전에 운남 출신이었던 사람이 청성에 입문했다가 파문을 당한 후에 절치부심하여 검을 익혀 화산의 검선을 꺾었다고 하더군. 그래서 매화의 향기를 꺾었다고 해서 검반향이라는 전설을 만들어 냈다고 하는데, 그의 절기를 익힌 사람이 나타났다는 소식이네."

"운남 출신이 검선을 꺾었다는 말이 정말인가?"

"그렇다고 하더군. 백족(白族) 출신이라고 하는데 어려서 운남을 떠나 사천에서 청성에 입문을 했다고 하네."

"그런데?"

"처음에는 두각을 나타내지 않았다고 하더군. 나중에도 그렇고 그런데 어느 날인가, 파문을 당했다고 하더군. 이유라는 것이 족이 아니라는 것 때문이었다고 하던데, 그것도 확실한 것은 아니네."

"하기야. 중원에서 이족이 발을 붙이기는 어려운 일이지."

지금도 공공연한 일이라 상인이 혀를 찼다.

"청성에서는 별다르게 전수한 무학도 없고 해서 그를 파문한 후에도 별 신경을 쓰지 않았다고 하네. 그런데 그가 파문당하고 이십여 년이 흐른 후 화산의 검선을 꺾은 것이지. 화산의 검선을 꺾고 어디론가 사라졌었는데, 이곳 운남에 그의 진전이 남겨진 곳을 찾을 수 있는 검 한 자루가 나타났다는 것일세."

"그가 사용하던 검이 나타났다는 것인가?"

처남이 알려 준 소식을 전하는 상인이 고개를 끄덕였다.

"려강(麗江) 쪽에 나타났다는 소리를 들었네. 그래서 이곳에 무림인들이 몰려든 것이지. 사천의 청성은 물론이고, 아미, 점창, 그리고 사천당문도 이곳으로 왔다는 소식이네. 그리고 곤명의 살도문을 비롯해 흑야애까지, 안 나선 곳이 없다는 말을 들었네."

"살도문과 흑야애까지 나섰다면 머지않아 피바람이 불겠군. 무린인들이란! 쯧쯧!"

"우리야 장사치이지 않은가."

"그런 소리 말게. 욕심에 물든 무림인들이 그런 것을 가리겠는가? 만약 우리가 검반향의 전설이 담긴 검을 얻는 것을 보기라도 했다가는 몰살일세. 비밀이 새어 나갈 수도 있다고 생각해서 죽일 수도 있다는 말일세."

"그렇군. 잘못하면 칼바람을 맞을지 모르니 얼른 이곳에서 일을 마치고 사천으로 돌아가세나."

"그래야겠지. 빨리 식사를 마치고, 일을 보러 가세."

서린의 옆자리에 앉아 있던 상인들은 대화를 마친 후에 분분히 식사를 끝내고는 서둘러 객잔을 나섰다. 용무를 마친 후에 곤명을 벗어나려는 뜻이 역력했다.

"검반향에 대한 열풍이 운남과 사천 일대에 몰아닥친 모양이로군요."

"그런 것 같다. 일개 상인이 알고 있는 것을 보면 아마 도 사천뿐만이 아닐 것이다. 화산도 왔을 테니까."

장사꾼이 검반향의 전설을 알고 있다면 운남과 사천의 무림인들이 모두 몰려 왔을 가능성이 높았다.

"그렇겠지요. 아무래도 사건 당사자일 테니까요."

—그리고 그동안 보이지 않던 마두들도 나타난 것 같다. 검마(劍魔) 곽효상(郭曉尙)이 나타난 것을 보면 말이다.

난데없이 광절의 전음이 날아들었다.

—검마라니요?

전음을 날린 것이 목소리를 숨기고자 함을 깨달은 서린 도 광절에게 전음을 보냈다.

—저기 왼쪽 구석에 얼굴에 검상이 나 있는 자가 보이느 냐?

—꽤 날카로운 인상이군요. 저자가 검마라는 자인가요?

광절이 가르킨 곳에는 회의를 입은 중년인이 보였다. 얼 굴에 나 있는 검상이 꽤나 날카로워 보이는 자로 홀로 음식 을 들고 있는 있었다.

—그렇다. 무서운 자지. 대형도 쉽게 승부를 장담할 수 없을 만큼 무서운 자다. 중년인으로 보이지만, 실상은 백세 에 가까운 노마다. 아마도 반로환동한 것 같다. 주로 귀주 성 쪽에서 활동하다 은거한 것으로 알고 있는데 이번에 검 반향 때문에 은거를 깨고 나온 것 같구나.

'으…… 음!'

서린은 광절의 말에 혈왕기를 움직였다.

혈혈기감을 펼치기 위해서였다. 혈혈기감은 상대의 기척을 알아낼 수 있기도 하지만 내력을 파악할 수도 있기에 펼친 것이다.

검마가 검절과 비등한 실력이라면 이미 화경을 끝에 이르러 현경의 초입에 앞에 둔 자란 뜻이었다.

현경에 들지 않았음에도 반로환동을 한 자라는 광절의 말에 그의 내력이 궁금했기 때문이었다.

찌릿!

혈혈기감이 그의 주위에 가까이 이르자 마치 송곳에 찔리는 느낌이 전해졌다. 검마가 운용하고 있는 독특한 내력 때문인 것 같았다.

'상당히 날카로운 예기를 가진 사람이다. 마치 검을 대하는 것처럼 전신에 예기가 흐르다니…….'

검마의 전신에서 풍기는 기운은 잘 벼린 검처럼 날카로웠다.

'이크! 안 되겠다. 혈왕기를 거두어들여야지.'

이상한 기운을 느낀 것인지 검마가 자신을 향해 고개를 돌리려 하자 서린은 재빠르게 혈혈기감을 거두었다.

'아직은 내력이 부족해 저런 초강자들에게는 잘 통하지 않는구나.'

서린의 내력은 일 갑자를 이제 넘어선 상태였다.

만년혈옥진액이나 한 노인이 남긴 것은 내력과는 무관한 것이었기 때문이었다.

그나마 일 갑자를 넘어선 것은 철한풍의 수련과 사사묵련에서의 수련으로 얻은 기운들을 이용해 지금까지 천세혈왕삼극결을 꾸준히 운용해 왔기 때문이었다.

'괜히 저자와 시비가 붙어서 좋을 것은 없으니 나중에 한 번 알아봐야겠다. 앞으로 당분간 운남에 머물 것 같으니 시간은 충분하겠지.'

그리 약한 편은 아니지만 아직은 강자들을 상대할 실력이 부족함을 알기에 서린은 검마를 살피는 것을 포기했다.

"식사들을 하고 있었나?"

언제 들어온 것인지 장호기가 일행을 쳐다보았다. 볼일을 벌써 마치고 오는 길인 모양이었다.

"예, 먼저 먹고 있었습니다."

"잘했다."

장호기가 식탁에 앉으며 전음을 보냈다.

─아무래도 일이 심상치 않다.

─일이 심상치 않다니요?

검절이 안색을 굳히며 말하자 광절이 물었다.

─검반향에 대한 건은 우리가 맡을 공산이 크다. 상부에서는 우리 보고 검반향을 회수하거나 없애라는 명령이다.

해서 서린이와 사령오아의 수련은 자율에 맡겨졌다. 대신 운남을 벗어나서는 안 된다는 전언이다.

─검반향이 그토록 중요하다는 이야기입니까?

─그렇다. 이곳에서는 자세히 이야기할 바가 못 되는 것 같으니 객방에 들어간 다음에 알려 주마.

─알겠습니다.

장호기는 점소이를 불러 일단 객방을 잡았다. 마침 빈방이 있었기에 일행은 서둘러 식사를 마치고 객방으로 올라갔다.

"무슨 일입니까?"

객방으로 들어온 장호기는 광절의 물음에 자신이 사사묵련의 상부인 대륙천안에서 내려온 명령을 전달했다.

"검반향의 전설이 남겨진 검에는 멸망한 남조(南詔)와 남조를 계승한 대리국(大理國)이 남긴 보물들이 있는 장진도(藏珍圖)도 같이 기재되어 있다는 첩보가 입수되었기 때문이다."

"왕국들의 보물이 있는 곳을 알려 주는 장진도가 그 검에 있다는 말입니까?"

"그렇다. 검을 가지고 있는 자가 대리 단가의 마지막 후손이라는 것이다. 검에 장보도가 새겨진 것이 아니고, 그자가 바로 보물이 감추어진 곳을 알고 있다는 것이다."

"골치 아파지겠군요. 대리국이라면 이곳에서도 부국에

속했던 왕조가 아닙니까? 각 문파들이 눈에 불을 켜고 달려들겠군요. 문파의 성세를 키울 수 있는 일이니 말입니다."

"그렇다. 무림맹도 나섰다는 전언이다."

"무림맹이요?"

"그래 자칫하면 큰 혈란이 일어날지도 모르기 때문에 무림맹에서는 사전에 차단하려는 것 같다."

"무림맹까지 나섰다면 일이 예상외로 커지는군요."

"그러니 우리보고 회수하라는 것이다."

"하지만 아까 들어오시면서 보셨을 것 아닙니까."

"검마 말이냐?"

"검마가 나섰다면 그와 비슷한 실력을 가진 이들도 나섰을 공산이 크니 쉬운 일이 아닐 겁니다.

"검마가 나섰다면 나머지 사마도 나섰을 가능성이 크지. 다른 자들도 마찬가지고."

"맞습니다. 이곳에 중원의 이목이 집중되고 있으니 그들이 나서지 않았을 리가 없습니다. 그러니 우리만으로는 힘들지도 모릅니다."

"그것은 걱정하지 마라. 살도문이 나설 것이니."

"살도문이 말입니까?"

"상부에서 온 전언이다. 그들도 예하 단체 중 하나라고 하니, 충분히 우리가 하려는 일에 도움이 될 것이다."

"그렇겠군요. 그럼 서린이와 사령오아들은 이번 일에서 제외되는 것입니까?"

"그렇다. 이번 일은 너도 알다시피 위험한 일이다. 사사묵련에서 상부로 나갈 수 있는 자질을 가진 아이들은 그 아이들뿐이다. 그러니 향후 사사묵련의 장래를 위해서라도 그 아이들은 수련을 위해 이곳에 남긴다. 아이들을 부르도록 해라."

"알겠습니다, 대형."

사밀혼들은 검반향을 추적하기 위해 서린과 사령오아를 남겨야 했다. 시간이 급한 일이기에 서린과 사령오아를 불렀다.

장소는 이미 정해 놓은 터라 생활할 물품만 챙기면 되었기에 장호기는 수련할 장소를 이야기해 주었다.

"너희들은 이곳 곤명에 남을 것이다. 수련할 곳은 이미 마련하였으니 사람이 오면 그를 따라가도록 해라."

"말씀은 알겠습니다만 괜찮겠습니까?"

"이곳으로 오면서 너희에게 가르칠 것은 전부 알려 준 상태다. 이제부터는 그것을 어떻게 자신의 것으로 만들지는 너희가 할 탓이다."

"무슨 일이 계신지는 모르겠습니다만, 그렇게 하도록 하겠습니다."

장호기의 말대로 수련해야 할 것은 전수를 받은 상태라

서린은 더 이상 묻지 않았다.

"너희도 우리가 무엇 때문에 여정을 바꾼 것인지 짐작하고 있을 것이다. 당부한다만 검반향에 대해 호기심이 들더라도 끼어들 생각은 말아라. 너희들은 잘 모르겠지만 검마가 이곳에 와 있다. 그런 강자들이 이번 일에 끼어들었으니 검반향을 노렸다가는 생사를 장담 못한다. 그러니 너희들은 다른 일에는 신경을 쓰지 말고 수련만 해야 할 것이다."

"명심하겠습니다."

엄하게 당부하는 장호기를 보며 서린은 건반향의 전설을 쫓는 자들이 만만치 않음을 느낄 수 있었다.

"우리는 이만 떠날 것이다."

"안녕히 다녀오십시오."

"기대하고 있으마."

서린의 인사를 받은 사밀혼은 객잔을 나와 곧장 대리로 향했다.

처음 검반향에 대한 풍문이 돈 곳이 바로 대리였기 때문이었다.

서린은 사밀혼이 떠나고 얼마 있지 않아 상인으로 보이는 중년인이 서린 일행 묵고 있는 객방으로 찾아왔다.

"누구십니까?"

"어르신께서 보내서 왔습니다."

"곧바로 나서야 합니까?"

66 **혈왕전서**

"그렇습니다. 머무실 곳이 마련되었으니 가시면 됩니다."

"알겠습니다."

서린과 사령오아는 중년인을 따라나섰다. 중년인은 곤명의 중심에서 조금 떨어진 곳으로 안내를 했는데, 그곳에 장원이 있었다.

'옛날에 마련한 거점인데 그동안은 사용하지 않았나 보구나.'

고색이 창연해 보이는 장원은 조금은 낡았는데 사람이 살지 않았던 듯 여기저기 잡초가 무성했다.

고택의 앞에는 누군가 서린과 사령오아를 기다리고 있었다.

"어서 오십시오. 기다리고 있었습니다."

"누구신지?"

"살도문에서 온 유원기(瑜原基)라고 합니다. 이곳에서 당분간 머무신다고 하여 식량과 가재도구를 가져다 놓았습니다."

"그러셨군요, 감사합니다."

"인적이 드문 곳에 거처를 마련하느라 이곳으로 정하셨다고 합니다. 머무시는 기한이 얼마나 걸릴지 모른다고 하셔서 넉넉히 가져다 놓았습니다. 그리고 수발을 들어 드릴 시비 하나가 있으니 어려운 점이 있으시면 그 아이를 통해

전하시면 됩니다. 조금 불편하시겠지만 지내시기는 괜찮을
겁니다."

"알겠습니다."

"그럼 전 이만 가 보도록 하겠습니다. 문 내에 급한 일
이 있어서 말입니다."

"그러십시오."

예의 바르게 인사한 유원기는 무엇이 그리 급한지 말을
마치자마자 떠나 버렸다.

"살도문에 급한 일이 있는 모양이군요. 일단 안으로 들
어가시지요. 어르신의 말씀을 전해 드리겠습니다."

서린은 중년인을 따라 문이 열려진 장원 안으로 들어갔
다. 장원 안도 수리를 하지 않은 탓인지 많이 낡고 헐어 있
었다.

'저 여자가 시비인가 보군.'

안으로 들어서자 어디선가 조그만 여자 하나가 그들을
맞으러 총총걸음으로 나왔다.

"어서 오십시오. 기다리고 있었습니다. 산산(蒜蒜)이라
고 합니다. 비록 낡은 장원이지만 대청 쪽은 머무실 만할
겁니다. 대청은 저쪽입니다. 따라오십시오."

"알겠다."

서린과 사령오아는 산산의 안내로 대청으로 갔다.

급히 수리를 했는지 나무 냄새가 진동하고 있었지만, 머

물기에는 그리 불편하지 않을 것 같았다.

"이곳에서 기거하시면 됩니다. 그리고 대청 뒤쪽에 널따란 연무장이 있습니다. 잡초를 제거한 상태이니 수련하시는 데는 지장이 없으실 겁니다."

"연무장이 있다니 다행이다."

"그리고 각자 방이 있으셔서 생활하시는 데 방해를 받을 염려는 없으실 겁니다."

"불편함이 없도록 배려를 했구나. 살도문주께 감사드린다고 전해 드리도록 해라."

"예, 나으니. 전 이만 점심을 마련해야 하니 나가 보도록 하겠습니다."

"그래라."

산산은 말을 마치고 곧바로 부엌으로 갔다.

대청을 나서는 산산의 가벼운 걸음걸이와 몸의 움직임이 무공을 익힌 것이 분명했다.

"아저씨들, 대리로 가야 할 것 같은데 대리에 가 보신 적이 있으신가요?"

"저희들은 아닙니다만, 도운이 이곳 운남 출신입니다. 아버님이 엽사시라 웬만한 지리는 잘 알 겁니다."

"잘됐군요."

"어떻게 하실 생각이십니까?"

"수련을 하며 대리 쪽으로 한번 가 볼 생각입니다."

"저들의 이목에 걸릴 수도 있습니다."

"계획을 잘 세워야겠지요. 사사묵련의 이목이 검반향 쪽으로 몰려 있으니 잘만 하면 이목을 피해 살펴볼 수 있을 겁니다."

"정말 검반향의 전설을 쫓으실 작정이십니까?"

"그래 볼 요량입니다."

"도운이 있으니 쫓는 것이야 문제가 없겠지만, 자칫 문제가 되지 않겠습니까?"

"걱정할 것 없어요. 반드시 검반향에 대한 전설을 얻고자 하는 것이 아니까 말입니다. 내가 검반향을 쫓고자 하는 이유는 당금 무림의 실정이 어떤지 알고 싶어서입니다. 무림맹까지 나선 상태라면 대부분의 무림인들이 이곳으로 몰려왔다고 해도 과언이 아닐 겁니다. 그러니 이번 기회에 무림의 판도가 어떤지 알아보고 싶은 겁니다."

"그러시군요. 그런데 사밀혼들에게는 뭐라고 하실 작정입니까? 이곳을 떠난다면 바로 알려질 게 빤한데 말입니다."

"곤명에서 수련을 하라고 했지 장원에서만 수련을 하라고는 하지 않았습니다. 이곳에만 있으라는 법은 없으니 수련을 하러 심산유곡을 찾았다고 하면 됩니다. 살도문도 바쁜 것 같으니 우리에게 신경을 쓸 여력이 없을 거구요. 다만 한 가지! 저 산산이라는 시비가 문제인데. 아무래도 보통 사람이 아닌 것 같아서 걱정입니다. 아저씨들도 느꼈을 테지만 저 여자 무공이 보통이 아닙니다."

"보통이 아닌 것 같기는 하지만 그렇다 하더라도, 그리 문제가 될 것은 없다고 봅니다. 소문주님 말씀대로 이곳 운남에는 수련할 곳이 많고 여자가 쫓아오지 못할 곳도 많습니다."

"알겠습니다. 일단 그렇게 결정을 본 것으로 하고 앞으로 주의사항에 대해 말씀을 드리겠습니다. 아저씨들과 저와의 관계는 북경으로 돌아가서 명확하게 정해질 겁니다. 그렇지만 앞으로 벌어지는 상황에 대해서는 전적으로 제 말씀을 따라 주셨으면 합니다."

"알겠습니다. 그 점은 염려하지 마십시오."

지금까지 잘 따라 주고는 있지만 서린은 앞으로도 잘 따라 주기를 바라며 당부를 했다.

지금부터는 본격적으로 중원의 사람들과 상대를 해야 하기에 어쩔 수 없는 일이었다.

북경에 가야 관계가 명확해진다고는 하지만 사령오아는 이미 주군으로 여기고 있었기에 서린의 염려는 기우에 지나지 않았다.

"시비가 오는군요."

"그런 것 같네요."

맛있는 음식 냄새와 함께 기척이 일자 일행은 대화를 중

단했다. 산산이 쟁반 가득 음식을 가지고 대청으로 오고 있었다.

"식사를 차리겠습니다."

"고맙다."

산산이 대청에 있는 식탁에 식사를 차리기 시작했다. 음식 솜씨가 좋은 듯 코를 자극하는 냄새가 대청 안을 진동했다.

"입맛에 맞으실지 모르겠지만 어서 드십시오."

"맛있겠군."

"달리 하명하실 일이 있으십니까?"

자리를 물러나려 하는 것인지 산산이 물었다.

"오늘하고 내일 아침만 식사 준비를 하면 될 거다."

"무슨 말씀이십니까?"

"운남의 산천을 돌아보며 수련을 하려고 하니 달포가량 먹을 수 있는 식량을 준비해 다오."

"저는 이곳에서 수련을 하신다 해서 도와드리라고 지시를 받았습니다."

"남의 이목 때문이라도 이곳에서 할 수련이 아니다. 달포 정도는 수련을 하며 돌아올 작정이니 그리 준비해다오."

"알겠습니다. 식량을 준비해 놓도록 하겠습니다. 그리고 언제 돌아오실지 모르니 저는 이곳에 있도록 하겠습니다."

산산이 서린의 뜻을 순순히 받아들였지만 눈빛에는 의문이 가득했다.

"식량은 건량하고 육포로 준비를 해 주었으면 한다."

"그리 준비해 놓도록 하겠습니다."

산산은 서린의 말에 준비를 하려는 듯 대청을 나갔다.

산산은 곤명 시내로 향했다. 서린이 수련을 위해 떠난다는 것은 그녀로서도 예상치 못한 일이었기에 서둘러 살도문으로 향했다.

남아 있는 서린과 사령오아는 산산이 차려다 준 음식들을 먹기 시작했다.

"상당한 솜씨로군요."

"그렇습니다. 무공도 그렇고 재주가 많은 것 같습니다."

음식은 상당히 훌륭한 편이었다.

야채의 풍미와 고기의 육질을 잘 살린 것이 그만이었다.

"그나저나 순순히 우리말을 듣는 것을 보면 대리까지 가는 행보에는 그리 지장이 없을 것 같습니다."

"그것은 모르는 말입니다. 저런 사람을 시비로 붙였다면 나름대로 이유가 있을 테니 말입니다. 그리고 식사를 마치시고 나면 가지고 계시는 무기들을 점검하시고 푹 쉬십시오. 내일 떠나는 데 지장이 없도록 하세요."

"알겠습니다, 소문주님!"

식사를 마친 서린은 자신에게 지정된 방으로 들어갔다. 떠날 준비를 해야 했기 때문이다.

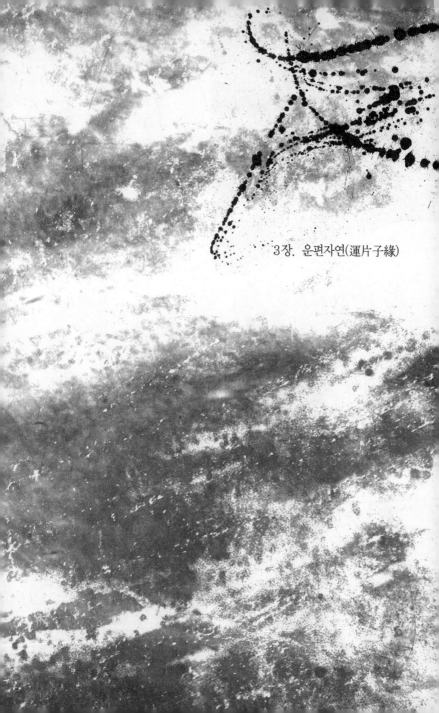

3장. 운편자연(運片子緣)

살도문은 곤명의 중심가에 자리 잡고 있는 도문(刀門)이다.

변방에 위치한 터라 군부와는 달리 관부의 입김이 그다지 크지 않기 때문에 살도문의 권세는 막강하다.

살도문이 협조하지 않는다면 백성들을 다스리는 것이 용이하지 않아 관부에서 치안의 대부분을 위임하다시피 한 탓이 컸다.

관부와 밀접한 관계를 맺고 있기에 곤명에서 살도문의 비위를 거스른다는 것은 섶을 쥐고 불에 뛰어드는 것이나 다름없을 정도로 위세가 등등한 곳이다.

오늘 살도문의 정문은 지키는 위사들만이 고요히 오갈

뿐이었다. 산산은 그들을 본 체도 안 하고 살도문으로 들어 갔다. 위사들도 산산을 잘 아는 듯 제지하지 않고 고개를 숙여 인사만 할 뿐이었다.

살도문으로 들어온 산산은 거대한 연무장을 지나 안쪽의 커다란 전각을 향해 바삐 걸어갔다.

연무장에는 상당수의 문도들이 거대한 도를 들고 도법을 연마하고 있었는데 그런 그녀를 향해 눈짓으로 인사를 했 다.

전각 안으로 들어선 산산은 탁자를 두고 앉아 고민에 빠 져 있는 장한에게로 다가갔다.

굵은 눈썹과 두툼한 입술을 가진 장한은 한눈에 보기에 도 무척이나 다혈질로 보이는 사람이었다.

그가 바로 살도문의 문주이자 산산의 아버지인 도사령 (刀射零) 막수창(鄭壽昌)이었다.

"다녀왔습니다. 아버님!"

"어떻더냐?"

"기세를 알 수 없는 자들이었습니다. 사밀혼들이 그자들 을 이곳으로 데리고 온 이유가 수련을 시키기 위해서라지 만, 이미 그자들은 저로서도 넘보지 못한 정도의 무예를 지 니고 있었습니다. 특히 이제 겨우 약관이 된 녀석은 저로서 도 파악이 불가능했습니다."

"사밀혼들이 심혈을 기울이는 자들이니 그렇겠지. 어느

정도 무예를 전수 받았는지는 모르겠지만 강한 것 같다니 염려를 덜었구나."

"그런데 아버님, 그자들이 이곳 곤명을 떠나 다른 곳에서 수련을 하려고 하는 것 같습니다. 아무래도 당부를 어기고 검반향을 쫓으려는 것이 분명합니다."

"후후후, 관심이 없을 수가 없겠지. 검반향을 얻는다면 단숨에 절세고수가 될 수 있으니 말이야. 그냥 내버려 두어라. 이번 기회에 사사묵련이 어떤 힘을 가지고 있는지 알아보는 것도 좋을 것 같으니 말이다. 사실 이 애비도 가입하기는 했지만, 관부와 연계되어 있다는 것만 짐작할 뿐, 아직 정확한 실체를 모르는 단체니 이번 기회에 실체를 파악해 보는 것도 좋다."

"모 대인도 사사묵련의 실체를 모른다는 말입니까?"

"모 대인도 그저 황실에서 떨어진 지시로 돕기만 하는 거라고 하더구나."

"그럼 이번 기회에 아버님 말씀대로 사사묵련이 가지고 있는 힘이 어느 정도인지 한번 알아봐야겠군요."

"산산아, 그들을 따라나설 참이냐?"

"아버님도 사람을 풀었지만 저도 한번 가 보고 싶군요. 흑야애가 함께 나선 이상 그자의 종적은 우리가 가장 먼저 찾아낼 테니 일단 문의 사람들은 제가 지휘하도록 하겠습니다."

"그래, 나도 내심 누굴 보낼까 걱정이었다만 네가 간다니 안심을 해도 되겠구나."

"걱정하지 마세요. 제가 가면 검반향의 전설은 우리 것이 될 테니까요."

"알았다. 그럼 가는 길에 곤명사도를 데리고 가거라. 도움이 될 것이다."

"알겠어요. 의심할지도 모르니 이만 가 볼게요."

"그렇게 하도록 해라."

산산은 막수창과 대화를 마친 후 바로 살도문을 나섰다.

건량과 육포를 준비하기 위해서였다. 내일 서린과 사령오아가 떠나고 나면 그녀 또한 곤명사도를 이끌고 서린을 뒤쫓을 예정이었기에 준비할 것이 많았다.

다음 날 아침 서린과 사령오아는 산산이 챙겨 준 건량과 육포와 여러 가지 잡다 한 물품을 챙기고는 바로 길을 떠나 대리로 향했다.

인적이 없는 곳에 당도하면 경공을 시전 해 갈 작정이었기에 바쁘게 길을 서둘렀다.

"아가씨, 이제 우리도 출발해야 하지 않겠습니까?"

서린과 사령오아가 떠나고나자 누군가 산산의 곁으로 다가왔다. 곤명사도의 수장인 일도 제인호(除人豪)였다.

"출발해야지요. 일단 조금 거리를 두는 편이 좋을 것 같아요. 사령오아라는 자들의 실력도 예상외지만 그 청년이 제법인 것 같으니 말이에요. 저도 파악할 수 없는 알 수 없는 기운이 그 청년에게서 흐르고 있었어요. 아직 나이도 얼마 먹지 않은 것 같은데 그런 기운을 흘린다는 것은 보통 일이 아니니 조금 기다렸다가 출발하는 것이 좋아요. 두 시진 후 출발할 것이니 그리 알고 준비하도록 하세요."

"알겠습니다, 아가씨!"

사실 막산산은 세인들에게는 잘 알려지지 않은 존재다.

막수창 다음 가는 실권을 지니고 있지만 살도문에서도 몇몇을 제외하고는 그녀의 진실한 정체에 대해 알지 못하고 있는 것이다.

제인호는 살도문주의 딸인 막산산이 얼마나 무서운 여자인지를 잘 알고 있었다.

그녀가 익힌 표류연화도(漂流煙花刀)는 살도문주인 막수창도 비급을 얻은 후 십 성 이상 익히지 못한 상고의 도법이었다.

진실한 위력이 어떤 것인지 짐작조차 못하는 상고의 도법을 이미 십이 성 대성했다는 사실을 제인호만 알고 있었다.

산산은 살도문을 창건한 막수창이 작심을 하고 키워 낸 인재였던 것이다.

그리고 그보다 무서운 것은 막수창이 살도문의 대소사를

의논할 정도로 깊은 심계를 지니고 있다는 것이었다.

제인호를 비롯한 곤명사도는 산산의 말대로 떠날 준비를 마친 후 두 시진 후 산장을 떠날 수 있었다.

산장을 떠난 산산은 얼마 지나지 않아 앞서 간 서린 일행을 따라붙을 수 있었다.

서린 일행도 산산 일행이 너무 티를 내기에 그녀가 움직이고 있음을 바로 알 수 있었다.

"소문주님, 그녀가 따라올 것 같은데 어찌하실 겁니까?"

성겸이 염려스러운 듯 물었다.

"저리 대놓고 기척을 내는 것을 보면 우리에게 알리려는 것이 분명합니다. 따라오겠다면 그냥 놔두어야지 어떻게 하겠습니까. 그녀의 실력도 녹록치 않기도 하고."

"그럼 주변에 있던 놈들은요?"

"성겸 아저씨, 그녀 주위에 은잠해 있는 자들은 호위들 같습니다. 객잔에서 보던 것과는 완전히 다르군요."

"실력을 감추고 있었던 것이 분명합니다. 전에 청성사수와 대치하고 있었을 때도 그렇고, 부상을 당하면서까지 제 실력을 감추다니 재미있는 놈들입니다."

"살도문은 의외로 막강한 전력을 보유하고 있는 것 같습니다. 그런 자들이 일개 향주니 말입니다."

"그렇겠지요. 명색이 운남을 지배하는 자들이니 말입니다. 거기다가 세상에 알려진 것과는 달리 살도문은 흑야애를 부리고 있는 것 같습니다."

"흑야애를요?"

"합작했다고 핑계를 대고는 있지만 분명 살도문이 흑야
애를 거느린 것이 분명합니다. 아까 그곳에는 살도문만 있
는 것이 아니었으니 말입니다. 곤명사도 말고도 다섯이나
은잠해 있었는데 무인이 아닌 살수들이 분명합니다. 운남에
서 그런 살수들을 보유하고 있는 곳은 흑야애뿐입니다. 그
들은 분명 산산이라는 여자를 호위하고 있었습니다."

"어쩐지, 그들 말고도 다른 존재가 있다는 느낌을 받기
는 했지만 흑야애의 살수들이라니. 이번 길은 재미있을 것
같군요. 구대문파를 능가하는 힘을 가진 살도문과 무림맹,
그리고 그동안 은거해 있던 기인들까지 나타나고 있으니 말
입니다. 아무래도 복잡한 일이 얽혀 있는 것이 분명합니다.
중원에서는 오지라고 할 수 있는 이곳 운남에서 이런 일이
벌어진다는 것이 말입니다."

"그럼 최대한 빨리 대리로 가야겠군요."

"검반향은 대리에는 없을 겁니다. 소문이 계속 퍼지고
있는 것을 보면 말입니다."

"그럼 어떻게 할까요?"

"그래도 일단 대리로 가야 할 겁니다. 처음 소문이 난
곳이니. 그리로 가다 보면 다음 할 일을 알 수 있을 겁니
다."

곤명 쪽으로 소식이 몰려오고 있었다. 곤명에 나타났던 무인들도 대리 쪽으로 향하고 있었다. 그렇다는 것은 검반향의 전설을 가진 자가 곤명으로 오고 있다는 뜻이었다.

"가시죠, 소문주님."

"서둘러야겠습니다."

파파팟!!

서린과 사령오아는 경공을 펼쳐 길을 서둘렀다.

장천산행은 산야에서 펼치는 경공 중 손을 꼽을 정도로 뛰어난 경공이었기에 그들이 달리는 속도는 마치 바람이 치달리는 것 같았다.

타타탁!

서린과 사령오아가 속도를 높이고 난 뒤 얼마 안 있어 산산과 곤명사도가 서림 일행이 머물던 자리에 나타났다.

"무서운 속도입니다, 아가씨."

"그렇군요. 처처가 산지인데 이런 속도를 낼 수 있다는 것은 그들이 무서운 실력자임을 말해 주는 것입니다. 지금까지 장장 열 시진이 넘게 경공을 펼쳤음에도 이렇게 다시 가속을 하다니 믿을 수 없는 자들입니다."

"그렇습니다. 이런 정도라면 사밀혼들과 비교해도 뒤지지 않을 것 같군요. 아무리 생각해도 사사묵련에서는 괴물들을 만들어 내려고 하는 것 같습니다."

제인호는 추적해 오면서 상당히 놀라고 있었다.

아무리 경공의 고수라고는 해도 이곳은 천험의 산야가 늘러져 있는 운남이었다. 그런데도 마치 제집안방을 거닐 듯 치달리는 서린 일행의 경공은 자신들로서도 따르기 힘든 것이었기 때문이다.

특히나 대리로 향하는 것을 알지 못했다면 따르지 못했을 만큼 은밀하면서도 빠른 경공이었다.

이런 경공을 시전 하는 서린 일행을 생각하면 어느 정도의 실력을 가진 자들인지 짐작조차 하지 못하기에 마음이 무거워지고 있었다.

산산 또한 서린과 사령오아의 시력을 다시 생각하게 되는 계기가 되었기에 앞으로 신중을 기해야겠다는 생각이 들었다.

"사사묵련에 가입하기는 했지만 이런 실력자들이 있다는 것은 우리에게 상당히 불리할 수가 있어요. 앞으로 주의를 기울여 이들을 살펴야 할 거예요."

"알겠습니다, 아가씨!"

"자, 빨리 가요. 이러다가 놓칠지도 모르니 말입니다."

산산은 서둘러 서린 일행을 쫓기 시작했다.

이들의 경공 또한 장천산행에 비해 못지 않았다. 빠르게 서린의 뒤를 쫓기 시작한 것이다.

산산이 자신들의 뒤를 쫓고 있음을 잘 알고 있는 서린은 장천산행을 최대한 발휘해 이틀이 지나지 않아 대리에 도착할 수 있었다.

일행이 최대한 빠르게 경공을 펼쳐 대리로 온 것은 일이 급한 탓도 있었지만, 자신들을 쫓아오는 산산 일행의 실력을 가늠하기 위해서였다.

"이제 대리에 다 왔군요."

고성이 바라다 보이는 언덕에서 서 있는 서린은 이제 자신들이 목적지에 왔음을 알 수 있었다. 늦은 저녁이었지만 서린은 대리 고성을 향해 걸어갔다.

옹기종기 모여 있는 고색창연한 건물들이 옛날 대리국 왕조의 도읍지였음을 말해 주고 있었다.

"쫓아오는 자들도 상당한 경지에 이른 자들이로군요."

"그렇습니다, 소문주님. 일개 변방의 방파라고는 믿을 수 없을 정도입니다. 저 정도의 실력이라면 구대문파의 장로급과 맞먹는 실력일 겁니다."

산산 일행이 멀지 않은 곳까지 쫓아왔다는 것을 느낀 서린은 살도문 예상외로 실력자들을 보유한 방파임을 알 수 있었다.

성겸 또한 그것을 느낀 것인지 서린의 의견에 동조했다.

"나중에 아시게 되겠지만 이번 일에 제가 무리하는 이유는 여러 가지가 있습니다. 그리고 이번 일로 사사묵련에서 우리를 의심하는 일은 없을 겁니다. 일단 이곳에서 사사묵련의 인물들은 사밀혼들뿐일 것입니다. 다른 인물들은 사사밀교와의 일로도 정신이 없을 겁니다. 그리고 사밀혼의 인정만 받는다면 이번 일에 우리가 나선 것을 그렇게 문제 삼지 않을 겁니다. 그들도 우리를 필요로 하고 있는 것 같으니 말입니다."

"다른 수련생들과는 다르게 우리를 특별 대우하는 것을 보면 틀림없이 우리를 필요로 하는 것 같긴 합니다. 하지만 그래도 걱정이 되긴 하군요."

서린이 무엇인가 알고 있는 것 같이 말을 흘리자 성겸은 그래도 걱정스럽다는 듯이 서린을 바라보았다.

어렵게 침투한 사사묵련에서의 일이 틀어질 것을 저어한 것이다.

"후후! 사사묵련을 부리고 있는 자들은 우리에게 신경을 쓰고 싶어도 쓰지 못할 것입니다. 요녕에서 일이 벌어지고 있을 테니 말입니다."

"요녕에서요?"

"그렇습니다. 그러니 그 부분에 대해서는 신경을 쓰지 마십시오. 아직까지는 아저씨들께는 알려 주지 못하는 일이니 너무 서운해하지 마시고 말입니다."

"그렇다면 알겠습니다. 그리고 중요한 계획인 것 같으니 서운해하지는 않습니다."

"조만간 세상 모두가 알게 될 것입니다. 그때 아셔도 늦지 않으니 우리는 이번 일만 신경 쓰시면 됩니다."

"알겠습니다."

요녕에서는 지금 호연자와 다른 서린이 일을 꾸미고 있었다.

그들이 꾸미고 있는 일은 무림의 세력을 묶는 일이었다. 요동방면의 세력들을 하나로 묶어 하나의 단체를 만드는 작업을 진행 중이다.

완성되지 않은 것이라 아직까지는 비밀을 요하는 일이기에 사령오아에게도 말해 주지 않는 것이다. 만약의 사태가 발생하기라도 하면 큰일이기 때문이었다.

"그럼 사밀혼을 만나면 어떻게 하실 예정입니까?"

"그건 나에게 맡겨 두세요. 방법이 있으니 말입니다."

"알겠습니다."

성겸은 서린의 말을 들으며 무엇인가 별도의 계획을 준비하고 있다는 것을 알았다.

"일단 이곳을 장악하고 있는 암흑가의 패거리들을 찾는 것이 중요합니다. 사사묵련에 의해 흑도가 통합되었다고는 하지만, 그들에게 소속되지 않은 패거리들이 있을 겁니다. 이곳에서 일어나는 밑바닥 사정까지 알고 있을 테니 그들에게서 정보를 얻는 것이 중요합니다. 그 일은 호명 아저씨와 백천 아저씨가 맡아 주십시오, 우리들은 객잔을 잡고 이곳의 분위기가 어떤지 파악해 볼 테니까요."

"알겠습니다, 소문주님."

호명과 백천은 서린의 지시에 저자거리로 보이는 곳으로 갔다. 북경의 암흑가를 주름잡았던 사람들이었기에 서린의 명령은 어기지 않을 터였다.

"소문주님 일단 객잔을 잡으시지요."

"알았습니다. 제가 보기에는 이곳 대리에 사밀혼들이 없는 것 같기는 하지만 혹시 나타날지 모르니 주의해서 객잔을 잡도록 하세요."

"알겠습니다."

대리에는 예상외로 무림인들이 없었다.

검반향의 전설 때문이라면 무림인들이 넘쳐 났어야 정상일 텐데 객잔을 비롯해 거리에서도 무림인들은 보이지 않았던 것이다.

"아무래도 검반향의 전설을 쫓아서 모두들 대리를 떠난 것 같습니다."

"그런 것 같습니다. 저기 저 객잔으로 가시지요. 아무래도 대리에서 저곳이 제일 큰 곳일 것 같으니 어쩌면 검반향에 대한 소식을 들을 수 있을 지도 모르겠습니다."

"그렇게 하도록 하지요."

서린과 성겸 등은 제일 커 보이는 객잔으로 향했다. 청아루(淸雅樓)라 이름 붙은 곳으로 삼 층으로 이루어진 객잔이었다.

안으로 들어서자 사람들이 별로 없었다. 무인은 없었고,

장사치로 보이는 자들과 몇몇 술을 나누는 주호(酒豪)들만
이 보일 뿐이었다.

서린과 성겸 등은 한쪽 구석에 자리를 잡고 앉아 주호들
이 하는 대화에 귀를 기울였다.

"이봐!"

"왜 그려!"

"글쎄 이곳에 얼마 전 피바람이 불었다고 하더만."

"파바람?"

"그려! 그 왜, 하늘을 훨훨 날아다니는 사람들 있잖아?"

"무림인들 말인가?"

"그려. 이곳에 무림인들이 떼로 몰려왔다고들 하데. 검
반향인가 뭔가 하는 것을 얻으려고 말이야."

"무슨 일이 있었구만?"

"맞네. 그 검반향인가, 뭔가를 쫓다가 시비가 붙어서 여
기저기서 피바람이 불었다고 하더라고."

"사람 목숨을 개돼지보다 못하게 취급하는 놈들이니 그
럴 만도 하겠지."

"그런데 그중에 혼암마가 끼어 있었다는 이야기를 들었
어."

"호, 혼암마가 있었다는 것이 정말인가?"

장사치 하나가 놀라 물었다.

"정말인 것 같더라고. 여강(麗江) 쪽으로 가는 길에 심

장을 잃어버린 시체가 여러 구 있었다니 정말인 것 같으이."

"휴우! 이거 장사하기 그른 것 같네. 혼암마라고 하면 세속의 사람들도 아랑곳하지 않고 심장을 뜯어 먹는 자이니 말이야."

못 들을 걸 들었다는 듯 몸을 부르르 떠는 장사꾼은 이번 상행이 재수가 없다는 생각을 했다.

"그거뿐이 아닌 같으이. 그보다 무서운 작자들도 나타났다고 하는데 자네 말대로 이번 장사는 그른 것 같네. 여강 쪽으로 향했다고 하니 말이야."

"젠장할!"

이번에 상행을 나갈 지역이라 상인이 인상을 구겼다.

"애고! 술추렴이나 하세. 장사는 그른 것 같으니 말이야. 이곳에서 며칠 머루다가 바람이 잠잠해지면 가는 것이 좋겠네."

"기다릴 수야 있지만……."

"어쩔 수 없는 일이지. 그때까지도 계속 그러면 이번 장사는 접는 수밖에."

"휴우, 할 수 없지. 그러는 것이 좋을 것 같네."

두 장사치가 이야기를 하는 것을 유심히 듣던 성겸은 서린을 쳐다보았다.

"소문주님, 아무래도 격전이 있었나 봅니다. 혼암마 같은 마도의 거물도 나타났다니 일이 쉽지가 않겠습니다."

"그럴 것 같군요. 그자의 혼암시혈공(混暗屍血功)은 상대하기 까다로운 것이니까 말입니다."

서린은 인상을 찌푸리며 성겸의 말을 받았다.

서린도 혼암마의 정체를 잘 알고 있었던 것이다.

혼암마는 청해성일대를 무대로 활동하는 자로 마교에서 흘러나왔다는 혼암시혈공을 익힌 거마였다.

사람의 심장을 취해 익히는 극악한 마공인 혼암시혈공은 정파에서 금단의 마공이라 선포되어 익히는 자는 죽음을 면치 못했지만, 혼암마는 지금까지 청해성을 주름잡고 있는 자였다.

무림인들은 추적을 뿌리친 실력도 실력이지만 감쪽같이 흔적을 감추는 것이나 지금까지 정파의 눈을 피해 살아 있는 것을 보면서 마교와 연관이 있을 것이라는 추측을 낳게 하고 있었다.

"아무래도 마교도 이번 검반향의 일로 움직이는 것 같습니다. 마교에는 검반향의 전설을 능가하는 수많은 마공이 있는 만큼 대리국이 남긴 보물 때문인 것 같습니다."

"그런 것 같습니다. 아무래도 마교가 이번 기회를 틈타 서서히 기지개를 켜는 모양입니다. 아저씨."

"마교가 움직이기 시작한 것이 우리에게 도움이 될지 모르겠습니다. 싸움이 붙으면 중원의 전 시선이 그곳으로 쏠

릴 테니 말입니다. 하지만 그로 인해 엄한 사람들이……."

"그럴 가능성도 많지만 아직은 섣불리 움직이지는 못할 겁니다. 당금 정파의 위세는 그 어느 때보다 욱일승천하고 있습니다. 그리고 명이 들어서고 움츠러들었던 마교가 다시 움직이려면 시간이 더 필요한 상황입니다. 이번에 움직이는 것도 아마 대리국의 보물을 이용해 세력을 키우려는 의도 같으니 아직은 심려하지 않아도 될 겁니다."

"알겠습니다."

"어느 정도 대략의 윤곽을 잡은 것 같으니 호명 아저씨와 백천 아저씨가 돌아오면 나머지를 알아본 후에 여강 쪽으로 가는 것이 좋을 것 같습니다."

"알겠습니다."

일행은 객잔에서 두 사람이 오기를 기다렸다.

대리 고성으로 들어서며 헤어진 호명과 백천이 한 시진이 조금 지나자 객잔으로 찾아왔다.

기다리고 있던 서린이 물었다.

"암흑가 패거리가 남아 있던가요?"

"자도방(刺刀幇)이라고 이십여 명 정도 되는 양아치들이 뭉친 패거리들이 있습니다. 놈들의 본거지가 그리 멀지 않은 곳이니 일단 그리로 가시지요."

"알겠습니다."

일행은 객방에서 나왔다. 일행이 막 객잔을 나서려는 찰나 다섯 사람이 객잔 안으로 들어서고 있었다. 변장한 곤명사도와 산산이었다.

'살도문이 만만한 문파가 아니구나.'

서린 일행은 객잔 안으로 들어와 자신들로 인해 자리를 잡지 못하고 서성이고 있는 산산 일행을 지나쳤다.

산산은 남자로 변복을 하고 역용고로 얼굴을 바꿨지만 서린은 혈왕기로 그녀가 바로 산산임을 알아볼 수 있었다.

'꽤나 정묘한 역용이다. 가까이 봐도 그녀가 변장한 것이라는 것을 알 수가 없으니.'

어찌나 변장이 교묘한지 서린의 혈왕기가 아니었다면 눈치채지 못할 정도였다.

서린 일행이 밖으로 나서는 것을 보면서도 산산 일행은 곧바로 뒤를 쫓지 못했다. 속내가 빤히 보이는 일이었기 때문이다.

빠른 걸음으로 객잔을 나선 서린이 성겸에게 전음을 보냈다.

―조금 전에 객잔에 들어온 일행들 보셨습니까?

―상당한 실력자들이더군요.

―산산하고 곤명사도입니다.

―모습을 다른 것을 보니 변장을 한 모양이군요.

성겸은 놀라지 않고 대답을 했다.

―지금이야 눈치를 봐서 쫓지 않지만 곧 뒤를 밟을 겁니

다. 곤란할 수도 있으니 빨리 가야겠습니다.

—그렇군요.

—저쪽으로 길은 돈 후에 즉시 사밀야혼을 이용해 흔적을 지우고 자도방으로 가야 할 겁니다.

—알겠습니다, 소문주님.

서린은 앞으로의 행적을 쫓기지 않기 위해 신형을 감추기로 작정을 했다.

사사묵련의 절기인 사밀야혼이라면 자신들을 쫓는 산산 일행을 따돌릴 수 있으리라 생각한 것이다.

골목길로 들어선 후 흔적을 지울 생각이었다.

파파팟!

골목길로 접어들자 일행은 사밀야혼을 펼쳤다

일단의 사람들이 순식간에 사라지자 지나가던 행인이 어리둥절한 표정을 지었다.

방금 전까지 보이던 사람들이 감쪽같이 사라졌기 때문이었다.

서린 일행이 사라지고 난 뒤 얼마 지나지 않아 객잔에서 사람이 나왔다.

곤명사도 중 삼도(三刀)인 서문하(西門夏)였다.

빠르게 서린이 간 방향을 향해 뛰어갔던 서문하는 당혹해할 수밖에 없었다. 바로 따라 나섰는데도 불구하고 서린 일행이 감쪽같이 사라졌기 때문이었다.

"이런!"

서문하는 급하게 다시 객잔으로 돌아갔다.

"아가씨! 그자들이 사라졌습니다."

"방금 나갔는데 그사이 미행을 따돌렸다는 말인가요?"

그야말로 촌각의 시간이었기에 산산으로서는 의문이 아닐 수 없었다.

"어쩌면 우리가 따르고 있다는 것을 알고 있었을지도 모르겠습니다. 이토록 순식간에 사라진 것을 보면 말입니다."

"그럴지도 모르겠군요. 으음⋯⋯."

서문하의 말을 듣고 산산은 심사숙고하기 시작했다.

아직은 감추어져 있어야 하는 힘이었지만, 지금 자신들이 따르고 있는 서린 일행은 사밀혼들이 중요하게 여기는 자들이라 쫓을 필요가 있었기에 그녀의 고심은 오래가지 않았다.

"본 문의 힘을 가동시키세요."

"하지만 아가씨!"

갑작스러운 말에 제인호가 반대하는 뜻을 표했다.

무엇보다 아직 완성되지 않은 힘이었기에 잘못하면 살도문의 진정한 정체를 들킬 우려가 있었던 것이다.

"괜찮아요. 다른 일에는 끼어들지 말도록 하고 그들을 찾는 데 주력하라고 하세요. 그 정도면 정체가 탄로 나는 일은 없을 거예요."

"알겠습니다."

제인호는 산산의 말대로 한다면 그리 위험하지 않기에 찬성을 표시했다.

그 정도라면 충분히 정체를 들키지 않고 서린 일행이 어디로 향했는지 알 수 있을 것이 분명했다.

*　　　*　　　*

"따르는 자들은 없습니까?"

산산 일행을 따돌린 서린은 뒤에 남아 저들이 뒤따르는지 살폈던 명수에게 물었다.

"따돌린 것 같습니다. 꽤나 집요한 자들입니다. 하지만 그들이 뜻밖에도 곤명사도라니 의외입니다. 그리고 그런 실력자들이 청성삼수에게 당했다는 것이 믿기지 않습니다."

"실력을 감추고 있었을 겁니다."

"비밀이 많은 자들이군요."

"그런 것 같습니다. 이곳 곤명을 지배하는 자들이니 나름대로 감추고 있는 비밀이 있을 겁니다. 그건 나중에 알아보아도 되니 그만 가도록 하지요."

"예, 소문주."

사밀야혼을 시전 했던 여섯 사람은 자신을 따르던 산산 일행을 따돌린 것을 확인한 후 대리 고성의 후미진 곳으로 향하고 있었다. 자도방이 둥지를 틀고 있는 곳이었다.

"이곳입니다, 소문주님!"

백천이 안내한 곳은 번듯한 방파가 아닌 허름하게 보이는 객잔이었다.

워낙 오래된 듯 풍상에 닳고 낡아 보이는 객잔에는 손님이 들까, 하는 의문이 들 정도였다.

"이곳 지하에 이곳 암흑가를 장악한 패거리들의 도박장이 있습니다."

"그렇군요."

백천의 안내를 받은 일행은 객잔 안으로 들어갔다.

객잔 안으로 들어선 순간 퀴퀴한 음식 냄새와 어우러진 썩는 악취가 코를 찔 정도의 악취가 풍겨 나왔다.

객잔의 분위기와는 달리 이곳저곳에서 술판이 벌어지고 있었다. 빈민가의 사람인 듯 모두들 허름한 옷차림을 하고 있었다. 그들의 얼굴에는 대부분 절망의 빛이 흐르고 있었다.

"어떻게 오셨소?"

우람한 덩치에 한쪽 눈에 칼자국이 선명한 자가 서린 일행을 맞았다. 평범한 차림을 했지만 이런 자가 점소라면 무서워서라도 객잔에 들고 싶지 않을 정도로 인상이 험악한 자였다.

"운편자(運片子 : 주사위)가 어떤지 운수나 한번 시험해

보려고 왔네."

자도방의 비밀도박장을 호위하고 있던 장칠이 흠칫 거렸다.

백천이 말한 것은 지하도박장을 출입하는 암호였지만, 서린 일행은 대리에서 처음 보는 자들이었기 때문이었다.

"운편자는 사람을 가리는데?"

"운이 따르지 않는다면 그냥 물러나겠지만, 속임수가 있다면 운편자가 품고 있는 비수는 그쪽에서 감당해야겠지."

장칠이 신분을 재차 확인하는 암호를 던졌지만 백천은 정확하게 대답했다.

'두 번에 걸친 암호를 정확히 댄 것을 보면 상단 행수 이상의 소개를 받고 온 모양인데……. 어디 부잣집 도령이 운수를 한번 시험해 보러 온 모양이군.'

백천이 댄 암호를 생각하며 장칠은 이들이 상단에 속한 자들임을 알 수 있었다. 대리를 출입하는 상단사람들 중 도박에 미친 자들이 대는 암호가 분명했기 때문이다.

"들어오슈!"

장칠은 서린 일행을 후미진 구석으로 안내했다.

주렴이 쳐져 있는 곳으로 안내된 서린 일행은 주방으로 통하는 길이었기에 진한 음식 냄새를 맡을 수 있었다.

주방으로 들어섰지만 하나 있는 숙수는 서린 일행을 아는 척도 하지 않았다. 그저 자신의 일만 충실하고 있을 뿐이었다.

장칠이 안내한 곳은 주방의 한쪽 구석에 있는 물통이었다.

사람 키 정도 크기의 나무 물통이 놓여 있는 곳이었다. 장칠은 옆으로 물러서더니 물통을 밀었다.

드르르르!

밑에 도르래가 장치가 되어 있어 물통은 쉽게 옆으로 비껴 났다. 물통 뒤에는 허리를 숙여야 간신히 들어갈 수 있는 조그마한 문이 있었다.

"안으로 들어가면 쭉 가시오. 가다 보면 맞이하는 사람이 있을 거요. 다 잃고 저기 있는 놈들처럼 술 푸념하지 말고 운수 대통이나 하쇼."

서린 일행은 장칠의 말을 들으며 문 안으로 들어갔다.

탁!

통로는 횃불을 받아 그리 어둡지 않았다.

통로는 지하로 비스듬히 나 있었다. 도박장이 지하에 마련되어 있는 것이 분명했다. 길은 외길로 나 있어 방향을 잃어버리는 일은 없을 것 같았다.

반 각여를 걸었을까. 통로가 세 갈래로 갈라져 있었다.

"맞이하는 자가 있을 거라더니 어디 있는 것인지?"

마중하는 자가 있을 거라는 말과는 달리 갈림길이 나왔는데도 아무도 없자 성겸이 불평을 터트리듯 말했다.

"가다 보면 알게 될 겁니다. 이쪽에서 인기척이 느껴지니 이곳으로 가 보는 것이 좋겠습니다."

서린은 왼쪽 통로로 향했다.

한참을 지나야 갈림길로 나오겠지만 누군가 나오는 기척이 느껴지고 있었다.

사령오아 또한 서린의 능력을 알기에 말없이 뒤를 따랐다.

무공과는 차원이 다른 힘으로 기운을 감지한다는 것을 잘 알고 있었기 때문이었다.

통로 안으로 얼마간 걸어 들어가자 사령오아 또한 사람의 기척을 느낄 수 있었다. 누군가 분분히 통로 안쪽에서 걸어오고 있었다.

"누구요?"

마중하러 온 자는 자신이 당도하기 전 누군가 들어오자 무척이나 놀란 표정을 지으며 서린의 정체를 물었다.

"운편자를 시험하러 온 사람들이네."

"갈림길에서 기다리고 있어야 하는데 어떻게 이곳인 줄 알고 왔소?"

"오늘 운세가 어떤지 한번 시험해 봤을 뿐이오. 제대로 찾아온 것을 보면 오늘 운이 좋을 모양이오."

"그런 것 같군요. 어서 들어가시지요."

서린은 안내를 받아 안으로 들어갔다. 일각이 넘는 시간이 걸렸으니 꽤나 먼 거리를 온 셈이었다.

"다 왔습니다."

안내를 한 자는 석벽으로 보이는 문 앞에 서더니 한쪽 구석에 있는 횃불을 잡아당겼다.

그르릉!

석벽이 돌아가며 밝은 불빛이 흘러나왔다.

"들어가시면 됩니다."

서린과 사령오아는 안으로 들어섰다. 커다란 대청이 보였다.

서린은 이층으로 보이는 곳의 통로를 통해 도박장에 들어온 것이었다.

빙 둘러 여러 개의 출구가 보였고, 여기저기 밝은 등촉이 걸려 있었다.

대청 가운데에는 사람들이 후줄근한 열기가 피워 내며 도박에 열중하고 있었다.

'재미있군. 상당히 돌아왔지만 이곳은 분명 관아의 지하 같은데 말이야.'

백천은 대리 고성의 중요한 시설들에 대해 정확히 인지하고 있는 상태였다.

암흑가의 패거리들을 찾으며 한 일이 그것뿐이니 충분히 파악하고 있었다.

지하로 걸어온 방향을 살펴보면 분면 도박장이 위치해

있는 곳은 분명 관아의 지하가 분명했다.

'예사 떨거지들이 아닌 것이 분명하다. 그저 뒷골목에서 기생하는 놈들이라고 생각했는데 말이야.'

이정도 규모의 도박장을 운영하는 것도 놀라운 일이지만, 그것도 관청의 지하에 만들 정도라면 예사 집단이 아닌 것이 확실했다.

백천은 자신이 파악한 것에 대해 모두에게 전음을 보냈다.

─보통 놈들이 아닌 것 같습니다.

─모두들 경계심을 가지도록 하십시오. 예사 집단이 아닙니다.

서린은 전음으로 사령오아에게 경계심을 가지도록 당부한 후 자신에게 다가오는 여인을 바라보았다.

"어서 오세요, 공자님! 그래 무엇을 하시려고 오셨습니까?"

"운편자나 한번 시험해 볼까, 하고 왔소."

"호호호! 그러시군요. 여러 가지가 있지만 운편자만큼 시원하고 깨끗한 판이 없기는 하지요. 이리로 오세요."

교소를 날리며 여인이 서린 일행을 안내했다. 그곳은 대청 이층에 있는 방이었다.

방 안에는 원형의 탁자가 놓여 있었고, 화복을 입은 자두 명과 검은색의 무복을 입은 자가 운편자를 가지고 판을 벌리고 있었다.

"이곳이에요. 새로운 손님이 오셨답니다."

서린을 안내한 여인은 방 안으로 들어서며 운편자를 굴리고 있는 이들에게 새로운 손님이 왔음을 알렸다. 세 사람은 서린 일행을 힐끔 바라보았다.

화복을 입은 자들은 상인이 분명해 보였고, 검은 무복을 입은 자는 싸늘한 예기를 흘리고 있는 것이 무림인이 분명했다.

"누가 낄 것인가?"

돈을 많이 잃은 듯 검은 무복을 입은 자가 서린 일행을 보며 싸늘한 음성으로 말했다.

"제가 할 겁니다. 오늘 운수가 어떤지 한번 시험해 볼까 하고 말입니다."

"후후, 속편한 놈이로군. 어서 앉아라."

대갓집 공자가 돈 쓸데가 없어 유흥 차 왔다고 생각한 것인지 사나이는 말을 마치고는 이내 고개를 돌렸다.

서린은 머쓱한 표정을 한 번 지어 보이고는 탁자에 마련된 자리에 앉았다.

"어떻게 하면 되는 겁니까?"

운편자는 지역마다 하는 방식이 다르고, 규칙이 판이 벌어지는 자리에서 결정이 될 수도 있기에 서린이 물었다.

"호호호! 주사위는 세 번에 걸쳐 던질 수 있습니다. 기본이 되는 점수는 열셋입니다. 판돈은 처음이 은자 열 냥, 그

리고 지르는 것은 한 번 던질 때마다 원하시는 대로 한 번
씩, 두 번까지 할 수 있습니다. 그리고 마지막으로 던진 주
사위로 승부를 가립니다."

서린의 질문에 안내를 맡았던 여인이 방식을 이야기해
주었다.

도박은 간단했다. 세 개의 주사위를 던져 열셋을 만드는
것이 승패의 요인이었다.

기본금 열 냥에 한 번을 던지고 난 뒤 자기가 원하는 만
큼 돈을 지를 수가 있었다. 그렇게 두 번을 할 수가 있으
며, 합계한 점수가 적은 수나 많은 수가 열셋에 가까운 자
가 승리를 거두는 방식이었다.

"재미있군요."

"이곳 대리의 방식이지요. 검패의 지르기와 주사위가 혼
합되어 있는 것이라. 상당히 흥분도 되고요. 각자 앞에 있
는 주사위가 본인이 사용할 거랍니다."

"그런데 주사위는 다섯 벌인데 한 명이 덜 찬 거 아닙니까?"

"호호호, 방주께서는 조금 있으면 이리로 나오실 거예요."

"알았소."

잠시 후 누군가 방으로 들어왔다.

가벼운 경장을 입은 자로 나이는 서른 정도밖에 되지 않
았지만 강단이 있어 보이는 호남형의 사나이였다.

"하하하! 미안하오. 잠시 볼일이 있어 늦었소. 자도방의

임추백(林楸刣)이라 하오."

인사를 한 임추백은 마지막으로 남은 자리에 앉았다.

"그럼 슬슬 시작해 볼까요? 확인해 보십시오."

"알겠습니다."

자리에 앉은 임추백은 자신의 앞에 있는 주사위를 옆으로 밀었다.

다른 사람이 주사위의 이상 유무를 확인하라는 뜻이었다. 서린도 자신의 주사위를 옆으로 밀었다.

그렇게 다른 사람의 확인 끝난 주사위는 한 바퀴를 돌아 다들 자신의 자리로 되돌아왔다.

탁!

모두들 기본 판돈인 열 냥을 걸었다. 그리고 다섯 명이 일제히 주사위를 던졌다.

육, 이, 삼, 이, 오!

서린은 다섯이 나왔다.

상인들로 보이는 자들은 육과 이, 그리고 검은 무복을 입은 자는 삼, 그리고 자도방주가 이가 나왔다.

"운이 좋은 편이군. 열 냥!"

숫자가 제일 많이 나온 상인이 은자 열 냥을 질렀다.

그러자 다 같이 따라 질렀다. 더 이상 지르는 자가 없는 것을 보면 처음이라 신중히 하려는 기색이 역력했다.

"그럼 띄워 볼까?"

휘익!

티티티티틱!

상인을 시작으로 두 번째 판을 던졌다.

삼, 사, 오, 오, 오.

합이 구, 육, 팔, 칠, 십이었다. 누가 불리하다 유리하다 할 수 없는 수자 조합이 나왔다.

이번에 제일 숫자가 많이 나온 검은 무복의 사나이가 먼저 은자 열 냥을 질렀다.

서린도 같이 따라 질렀지만, 뒤의 상인은 그에 은자 오십 냥을 더해 질렀다.

다른 사람들은 같은 금액을 받았으나, 검은 무복의 사나이는 자신에게 돌아오자 금액을 높여 다시 질렀다.

그렇게 한 순배가 다시 돌자 계속 높아진 은자들은 어느새 천 냥이 넘어가고 있었다.

은자 한 냥이면 농가에서 한 달 여를 생활할 수 있는 돈이었으니 제법 큰돈이 판돈으로 걸린 셈이었다.

"허허!! 간만에 큰 판이 된 것 같습니다."

임추백은 자신이 생각지도 못한 큰판이 되었는지 너털웃음을 흘렸다.

판을 키운 것은 검은 무복을 입은 자였다.

하지만 싸늘한 살기를 흘리고 있는지라 어느 누구도 그가 판돈을 올리는 것을 뭐라고 하지는 않았다.

"그럼! 마지막 주사위를 던지실까요."

"잠깐!"

검은 무복을 입은 자가 자도방주를 제지하며 나섰다.

"왜 그러십니까?"

"이대로 각자 던진다면 동점이 나올 확률이 많소. 그러니 주사위 하나로 모든 것을 결정짓는 것이 어떻겠소?"

"주사위 하나로요? 허허! 모험이 커야 큰 판을 먹을 수 있다고는 하지만, 너무 큰 것 아닙니까?"

"이런 큰 판은 만들어지기도 어려우니 이 기회에 누구운이 더 좋은가 시험해 보는 것도 좋지 않겠소."

"난 찬성이요."

"나도 찬성이요."

화복을 입은 상인들은 손해 볼 것이 없다는 듯 찬성을 표시했다.

"그럼 소공자께서는 어떠신가?"

임추백이 서린을 향해 물었다.

서린이 찬성하면 자신도 찬성할 생각이었기 때문이었다.

"좋지요. 누구하나에게 몰아준다면 도박의 묘미가 더욱 살지 않겠습니까? 하하하하!"

"모두가 찬성을 하니 나도 찬성을 하지 않을 수 없군요. 그럼 주사위는 누가 던지는 것이 좋겠습니까."

"판과 관계없는 자가 하면 좋을 것이요."

"그럼 묘귀랑(妙貴娘)이 하는 것이 좋을 것 같군. 여러분은 어떻소?"

흑의 무복을 입은 자의 제안에 임추백은 뒤에서 판을 구경하고 있는 여인을 바라보며 그녀가 주사위를 던질 것을 제안했다.

바로 서린을 안내해 온 여인이었다.

"찬성이오."

"찬성입니다."

상인들과 서린이 찬성하자 여인이 탁자로 다가왔다.

"호호호, 자칫 실수라도 할까 봐 떨리는군요. 그냥 손으로 던지면 여러분의 의심을 받을 테니 종지에 넣어 던지려고 하는데 어떠세요?"

"그러는 편이 좋겠군."

검은 무복을 입은 자가 묘귀랑의 제안에 찬성을 했다. 종지에 넣어 던진다면 손을 탈 염려가 적었기 때문이었다. 다른 이들도 고개를 끄덕이며 찬성을 표시했다.

땡그랑!

잠시 후 자기로 만든 잔이 놓이고 주사위가 안에 넣어졌다.

타르르르!

경쾌한 소리가 묘귀랑의 손을 타고 장내에 퍼져 나갔다.

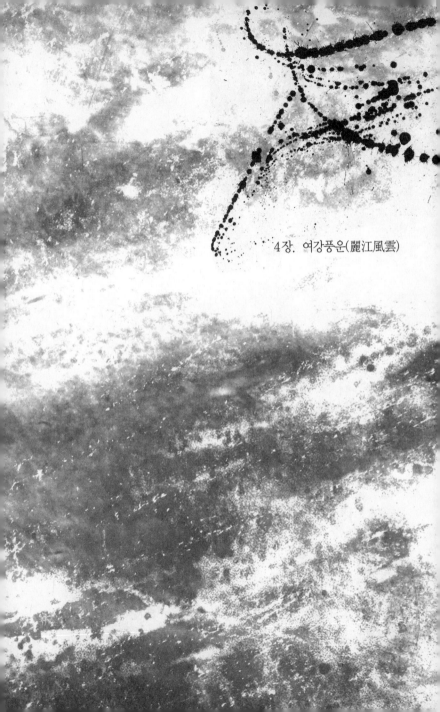

4장. 여강풍운(麗江風雲)

티리리리리링!

경쾌한 소리가 실내를 가로질렀다.

묘귀랑의 손에 잡힌 잔이 휘둘러질 때마다 옥구슬이 굴러가는 소리가 연신 울렸다. 한두 번 해 본 솜씨가 아닌 듯 묘귀랑이 주사위를 굴리는 소리가 청아하게 방 안을 울리는 만큼, 장내는 침묵에 빠져 들었다.

'재미있군. 모두 내력을 감춘 고수들이라. 판돈 말고 다른 것이 걸려 있나 보군.'

검은 무복을 입은 자뿐만 아니라 상인들과 자도방주 또한 예사 내력이 아니었다. 그들은 각자 자신의 내력을 주사위에 집중하고 있었다.

'판돈을 걸었는데 질 수야 없지. 당신들이 편법을 사용한다면 나 또한 그럴 수밖에……'

서린은 혈왕기를 돌리며 집중했다.

서서히 피어오른 혈왕기가 신체를 떠나 휘돌고 있는 잔으로 다가갔다.

'만만치 않은 내력이군. 상당한 내력을 감추고 있는 것을 보면 이들도 검반향의 전설을 뒤쫓는 자들이 분명하다.'

다들 화경에 이른 고수들이다.

화경에 이른 이가 이런 허접한 도박장에서 시간을 보내는 경우는 거의 없다고 해도 과언이 아니다.

설사 그렇다고 해도 이렇게 많은 인원이 한자리에 있을 경우의 수는 거의 없다고 봐야 했다. 운남 일대에서 일고 있는 검반향에 대한 일이 아니라면 말이다.

'이제 됐군.'

잔속에서 돌고 있는 주사위에는 네 사람의 내력이 휘감기고 있었기에 조심해서 파고들어 주사위를 감쌌다.

혈왕기는 내력과는 전혀 다른 종류의 기운.

어느 정도 내력을 혈왕기에 섞을 수 있게 된 상태지만 순수한 혈왕기만 사용한 상태라 아무도 눈치채지 못했다.

'다들 자신의 기운으로 주사위를 감싸 원하는 대로 수가 나오게 될 것이라 생각하겠지만 이번에는 틀릴 것이다. 용

을 써도 너희들이 원하는 수는 나오지 않는다.'

휘이익!

마침내 묘귀랑의 섬섬옥수가 허공을 휘젓다가 탁자를 향해 내려 왔다.

탁!

충격음이 들리자마자 원하는 수를 위로 오도록 주사위를 고정시켰다.

감쌌던 내력을 일제히 거두어들이는 것이 느껴졌다. 내력으로 움직이려 해도 소리가 나기에 내력을 거두어들인 것이다. 다들 자신이 원하는 숫자가 나왔다고 생각하는지 자신감이 팽배하다.

'후후후, 전음이 오가는 것을 보니 막후에 협상을 하는 모양이군. 검반향에 대해서 말이야.'

자도방의 방주인 임추백에게 검반향의 전설에 대해 듣고자 이곳에 온 것이 분명했다.

자신처럼 세인들이 알고 있는 것 말고 밑바닥에 깔려 있는 진실을 듣고자 함이 분명했다.

그리고 보면 이곳에 있는 자들은 풍문으로 들리는 소식을 쫓지 않고 진실을 쫓는 자들이 분명했다.

'상인들로 보이는 자들은 정명한 기운을 흘리는 것으로 보아 정파에 속한 것 같지만, 검은 무복을 입은 자의 기운은 특이하군. 마치 안개 속을 보는 것 같은 허허로운 진기

라니. 어쩌면 저자가 이제까지 보여 준 것은 다 눈속임일지도 모르겠군.'

서린은 검은 무복의 사나이를 주목했다.

이 중에 내력이 제일 높기 때문만은 아니었다. 진기 자체가 정체를 알 수 없을 정도로 허허로운 기운을 흘리고 있는데도 불구하고 매우 안정되어 있다는 사실 때문이었다.

"하하! 이제 결판이 나겠군요. 이거 원! 손이 떨려서……."

짐짓 호기를 부리는 임추백이었지만, 긴장한 빛이 역력했다. 말이 끝나자 조심스럽게 묘귀랑의 손이 들려졌다.

"삼!"

나온 숫자는 삼이었다.

도박의 결과는 서린의 승리였다.

다른 이들의 얼굴이 일그러지며 괴이한 표정을 짓기 시작했다. 자신의 의도와는 다른 수자가 나온 까닭이었다. 장내 있는 이들의 시선이 서린에게로 모였다.

"하하하! 오늘은 운이 좋은가 봅니다."

서린은 사람들의 시선을 의식하지 않고 탁자 위에 놓인 판돈을 쓸어 담았다.

"오늘은 운이 좋지를 않군."

"그러게 말이야."

상인 두 사람이 운을 탓하며 자리에서 일어났다.

"즐거웠소. 오늘의 대접은 잊지 않겠소."

지금까지와는 달리 임추백에게 싸늘한 눈빛을 흘리며 말을 한 두 사람은 방을 나섰다.

"후후…… 역시 발로 뛰어야 하는 건가? 잘 놀았소."

검은 무복의 사나이도 자리를 털고 일어났다.

처음의 모습과는 달리 미련이 남아 있지 않은 모습이었다.

서린을 제외한 다른 이들이 모두 나가자 임추백이 안도하는 표정이었다.

"소공자께서는 어디까지 원하시오?"

마음을 추스른 임추백이 서린을 향해 물었다.

"전부, 다."

짐작 가는 바가 있어 전부를 요구했다.

"대가가 좀 비싸오."

턱!

서린은 은자를 쓸어 담았던 전낭을 탁자 위에 던졌다.

"안에 천 냥짜리 전표가 있으니 도합 이천 냥은 될 텐데, 이것이면 어떻겠소."

"좋소, 그 정도면 될 것이오. 어차피 이틀 후면 모두 알려질 것이니 욕심은 부리지 않겠소."

욕심을 부려서 좋을 것이 없다고 생각했는지 임추백은 서림이 내민 전낭을 슬그머니 자신의 앞으로 가져갔다.

"검반향의 전설을 가진 자는 납서족(納西族)의 사람으로 목(木) 씨 성을 가지고 있는 자요. 그리고 그가 여강(麗江)의 토사(土司 : 토착민 출신의 지방행정관)와 관련이 있다고 하오. 그리고 그가 얼마 전 여강으로 움직인 것이 포착되어 많은 무림인들이 움직이고 있소. 무림맹을 비롯해 마교와 구파일방 그리고 은거한 기인들까지 말이오. 내가 알고 있는 정보는 이것이 전부요."

임추백은 자신이 알고 있던 정보를 말했다.

'무림맹이나 마교까지 움직인다는 것은 무엇인가 다른 이유가 있다는 것인데……'

다른 정보가 있지 않을까하는 생각이 든 서린은 임추백을 물끄러미 바라보았다.

"으음."

마음의 깊은 곳까지 들여다보는 서린의 눈빛에 신음을 흘린 임추백은 마지못해 입을 열었다.

"확인된 사실은 아니지만 검반향의 전설을 움켜쥐고 있는 자가 대리국과 깊은 인연이 있는 자 같소. 그 때문에 부국이었던 대리왕가의 숨겨진 보물에 알고 있다는 풍문이 돌고 있는 것 같소. 풍문이기는 하지만 그가 인연을 맺었던 이가 대리왕가의 마지막 왕손이라는 사실로 유추해 봤을 때 사실일 확률이 팔 할 이상이오."

자신이 알고 있는 나머지 정보를 말한 임추백은 입을 굳게 다물었다.

'역시나 청성파가 나서고 무림맹이 나서는 가운데 마교까지 나섰다면 무엇인가 다른 것이 있을 것이라 생각했는데 그것 때문이구나. 검에 장진도가 새겨져 있다는 것은 처음부터 믿지 않았지만 대리국의 보물이 있다는 것은 사실일 확률이 높구나.'

서린은 자신의 예상대로 검반향의 전설에 가려진 이면의 진실을 알 수 있었다.

풍문이라고는 하나, 무림맹과 마교 등이 나섰다면 거의 사실일 것이 분명했다.

'본격적으로 움직여야겠구나. 대리국의 보물은 호연자께서 추진하고 있는 계획이 성공하기 위해서라도 꼭 필요한 것이다.'

대리국의 보물을 얻기로 했다.

다른 이들에게 들어가서 세를 불리게 만드느니 자신이 갖는 것이 났기 때문이었다.

'이곳에서 더 이상 얻을 정보는 없겠군.'

서린은 그 이상은 알지 못할 것이라는 생각이 들었기에 자리를 뜨기로 했다.

"알았소, 그 정도면 충분하오. 그럼 여강의 토사는 누구요?"

"목위천(木偉泉)이라는 자로, 그자 또한 납서족이요."

"고맙소. 그리고 이번 일은 나만 알고 있어야 할 것이오."

"곧장 이곳을 떠날 생각이오."

"그럼."

"제가 모시겠습니다."

임추백의 확답을 받자 굳이 살생할 필요를 못 느낀 서린은 묘귀랑의 안내를 받아 도박장을 나섰다.

들어올 때와는 달리 이번에는 전혀 다른 길로 도박장을 벗어났다.

관청의 바로 옆에 붙어 있는 저택의 뒷마당을 통해 벗어났던 것이다.

묘귀랑은 비밀의 문까지 안내를 한 후 곧장 도박장으로 되돌아갔다. 화를 당하기 전에 임추백과 함께 떠나려 하는 것 같았다.

"지금부터 곧장 여강으로 향하겠습니다. 많은 무림인들이 모여 있을 테니 시비가 붙지 않도록 주의해야 할 겁니다. 그리고 여강에 도착하는 대로 사밀혼들의 행방에 대해 알아보십시오. 자연스럽게 그들과 합류한다면 의심이 최대한 줄어들 테니 말입니다."

"알겠습니다, 소문주님!"

일행은 서둘러 사령오아는 대리 고성을 벗어났다.

인적이 드문 곳에 이르자 곧장 경공을 펼쳐 여강으로 향했다.

경공을 시전 하더라도 하루가 훨씬 넘는 거리라 바쁘게
서둘러야 했다.

서린 일행을 안내해 주고 임추백이 있는 곳으로 돌아온
묘귀랑은 임추백이 아닌, 다른 사람이 있자 두려운 표정으
로 고개를 숙이며 한쪽으로 물러난 후 소리 없이 도박장을
빠져나갔다.

"이 정보는 본 문을 제외하고는 아직 누구도 모르는 것
입니다. 아까 그자에게 알려 주어도 괜찮은 겁니까?"

임추백은 서린에게 검반향의 정보를 넘겨주도록 한 사람
을 보며 머리를 조아리며 묻고 있었다. 그는 바로 서린 일
행을 쫓아온 산산의 일행 중 하나인 제인호였다.

"행방을 잠시 놓쳐 걱정하던 차였는데 그가 이곳을 찾을
줄 몰랐다 하나 다행스러운 일이다. 모두 아가씨께서 지시
하신 일. 걱정하지 말도록 해라. 그리고 앞으로 무림맹이나
흑야애에서 이곳의 정체를 의심하기 시작했으니 이곳을 폐
쇄하는 것이 좋을 것이다."

"아까 그자들 말씀입니까?"

"맞다. 상인으로 변복해 들어온 놈은 무당오검 중 둘이
분명하고, 검은 무복을 입은 자는 흑야애의 놈이 분명하니
말이다."

"그렇군요. 무림맹이나 흑야애에서 우리 정체를 알면 곤란하니 이곳을 폐쇄하도록 하겠습니다."

"본 문에는 내가 연락을 하도록 하겠다. 너는 정리가 되는 대로 수하들을 이끌고 아가씨의 뒤를 따르도록 해라. 우리가 비록 흑야애와 손을 잡기는 했지만 완전히 믿을 수 있는 것은 아니니 어느 정도 세력이 따라붙는 것이 좋을 것 같다."

"알겠습니다. 그렇게 준비하도록 하겠습니다."

명령을 받은 임추백이 도박장을 나갔다. 필요한 조치를 취하기 위해서였다.

제인호 또한 급히 도박장을 나선 후 산산이 머물고 있는 객잔으로 향했다. 객잔으로 돌아온 제인호는 다급히 별채에 머물고 있는 산산을 찾았다.

"어서 와요."

"아가씨, 그들이 자도방을 찾은 모양입니다."

"자도방을요? 그들이 어떻게……."

"우연인 것 같습니다. 아마 암흑가에서 정보를 얻으려고 했나 봅니다."

"그래도 그렇게 빨리 자도방을 찾아내 정보를 얻다니 참으로 발 빠른 행보로군요."

"저도 놀라긴 했습니다. 아가씨가 말씀하신 대로 그에게 검반향에 대한 정보가 자연스럽게 건네지도록 했습니다."

"잘했어요. 다른 일은요?"

"자도방의 본거지에 무림맹과 흑야애의 그림자가 스며든 것 같아 완전히 폐쇄하라고 지시하고 왔습니다. 이곳에 있는 인원은 준비를 마치는 대로 우리를 따를 것입니다."

"무림맹과 흑야애라……. 명성에 걸맞게 역시 빠르군요. 흑야애야 우리가 일부러 끌어들일 것이지만, 무림맹은 어떻게 이렇게 빨리 이곳으로 왔을까요? 아무래도 우리의 계획을 눈치챈 것은 아닌지 모르겠군요. 무림맹의 비원각의 정보력은 무시할 수 없는 것이니까요."

"걱정하지 마십시오. 무림맹이 눈치를 챘다고 하더라도 계획은 예정대로 진행이 될 것입니다."

"그렇겠지요. 이곳 운남이 그들에게는 하찮게 보일지 몰라도 이번 일로 얼마나 무서운 곳인지 뼈저리게 느끼게 될 거예요."

무림맹의 개입이 마음에 걸리기는 하지만, 이미 모든 계획이 완벽히 진행되고 있었기에 산산은 눈을 반짝이며 제인호를 바라보았다.

"그럼 이제는 어떻게 하면 좋겠습니까? 그 청년과 사령오아라는 자들은 목적지를 알게 됐으니 곧장 그리고 달려갈 텐데 말입니다."

"우리도 일단 여강으로 향하는 것이 좋을 것 같아요. 어차피 우리의 최종 목적도 검반향의 전설을 쥐고 있는 자가 가진 정보를 얻는 것이니까요."

"하지만 아가씨! 우리가 그리로 향했다가는 본 문의 행사가 자칫 차질을 빚을 염려가 있습니다."

"어차피 기호지세예요. 그리고 중원의 동태가 심상치 않아요. 우리가 힘을 구축한 이상 이제부터는 본격적으로 나서야 한다고 생각해요. 아버지도 그렇게 판단하셨고요."

"하긴 성공만 한다면 이번 일이야말로 우리가 중원무림과 자웅을 겨룰 수 있는 기회를 줄 것입니다. 하지만 신중에 신중을 기해야 할 겁니다."

"알아요. 일단 여강으로 간 뒤에 움직임을 보고 앞으로 어떻게 할지 행보를 결정하는 것이 좋을 것 같네요."

산산도 아직은 자신들의 힘이 안전히 드러나는 것을 원치 않았다. 그것은 그의 아버지인 막수창도 바라는 일이었다.

계획이 완성이 된다고 해도 아직 중원무림과 대적하기에는 버거운 상태였다.

흑야애와도 손을 잡은 것도 사실 알고 보면 중원 진출을 노리고 있는 막수창으로서는 자신의 힘이 완전히 구축될 때까지 시간이 필요했던 것이다.

"그럼 준비는 어떻게 하는 것이 좋겠습니까?"

"일단 대리와 여강은 우리의 힘이 미치는 곳이니, 이곳에 온 자들의 신상을 파악하는 것이 우선이에요. 어중이떠

중이들은 제외하고, 세력을 가지고 있는 자들을 대상으로
철저히 파악하도록 지시하세요. 난 다른 분들과 그들을 쫓
을 테니까요."

"알겠습니다."

제인호는 산산의 명을 받고는 객잔을 나섰다.

산산과 나머지 곤명삼도는 서린 일행을 쫓아 여강으로
향했다. 제인호는 대리에서 산산이 지시한 일을 마친 후 여
강으로 향할 예정이었다.

            *   *   *

대리고상을 떠나 서린은 하루가 채 못 되어 여강에 도착
할 수 있었다.

동쪽에는 장강의 상류라 할 수 있는 금사강(金沙江)이
흐르고 있었다.

금사강은 원래 사금이 많이 난다하여 붙여진 이름으로
여강에서부터 호도협(虎跳峽)까지를 일컬었다.

"소문주님! 여강에 도착한 것 같습니다."

여강의 고성이 바라다 보이는 능선에 도착한 성겸이 말
했다.

"다시 한 번 말씀드리지만 될 수 있는 한 무림인들과 부
딪치는 것은 삼가야 합니다. 그리고 최대한 빠르게 사밀혼

의 행적을 찾도록 하세요."

"알겠습니다. 하지만 대리에서부터 쫓아온 자들은 어떻게 합니까?"

성겸은 모습을 감추고 자신들을 쫓고 있는 자들에 대해 물었다. 운편자로 인해 안면을 튼 자들이었다.

"후후! 자도방에서 아무것도 얻지 못했으니 우리를 쫓는 것이 당연할 겁니다. 장사꾼으로 변복한 자들도 그렇지만, 특히 그 검은 무복을 입은 자는 주의해야 합니다. 능력을 알 수 없을 정도로 출중한 자 같으니 말입니다."

"두 사람은 아무래도 정파의 인물 같아 보였습니다. 그리고 소문주님께서 주의하라 당부하신 자는 이곳이 근거지인 자 같았는데, 확실히 정체를 알 수가 없어 걱정이 됩니다."

"그 정도 인물이면 얼마 있지 않아 정체가 밝혀질 겁니다. 일단 들어가서 요기부터 한 후에 정세를 살피도록 하지요."

"예, 소문주님."

서린과 사령오아는 여강 고성으로 들어갔다. 워낙 외지였지만 검반향의 전설이 쓸고 간 탓인지 여강 고성 안에는 곳곳에서 무림인들이 눈에 띄었다.

서린과 사령오아는 고성 안을 흐르는 수로를 따라 걸어가자 제법 큼직한 객잔에 다다를 수 있었다.

객잔은 이층으로 되어 있었는데 가로로 여강 반점이라 쓰인 커다란 현판 외에 채색된 그림이 그려진 조그마한 현판이 별도로 걸려 있었다.

"소문주님, 여강 반점이라고 쓰인 것은 알겠는데 그 옆에 있는 그림 같은 것은 뭡니까?"

성겸은 여강 반점이 라는 현판 옆에 그림으로 그려진 현판을 보고는 서린에게 물었다.

"저것은 납서족 문자인 동파문(東巴文)입니다. 납서족은 아직도 그림으로 의사를 표현합니다. 흰색은 밝음을, 흑색은 어두움을 표현하며 각 사물의 특징을 채색하는 것이 특징입니다."

"그렇군요."

서린이 말을 마친 후 앞장섰다.

사령오아 또한 여강 반점으로 들어섰다.

객잔 안에는 사람들이 넘쳐 났다. 여기저기서 술을 마시는가 하면 때 늦은 식사를 하고 있는 이가 있는 등 북적거리고 있었다. 대부분 칼이나 무기를 휴대하고 있어 검반향이 전설을 쫓아온 무림인들이 분명했다.

서린과 사령오아가 객잔 안으로 들어오자 객잔이 일순 조용해졌다.

나이가 어려 보이는 청년과 건장한 장년 다섯으로 이루어진 무리가 범상치 않아 보였기에 객잔 안에 있던 자들이 일제히 쳐다본 까닭이었다.

서린은 그런 무림인들의 시선을 무시하고 비어 있는 좌석을 찾았다.

"자리가 없는 것 같군요."

대부분 좌석이 차 있어 앉을 만한 곳이 없었다. 때마침 점소이가 반색을 하며 다가왔다.

"어서 오십시오."

"그래, 이곳에는 자리가 없는 모양이로구나."

"아닙니다. 조금 비싸기는 하지만 이곳 말고 이층은 자리가 있습니다."

일행을 맞으러 온 점소이를 향해 성겸이 자리가 없음을 말하자 손님을 놓칠 새라 서둘러 이층에 자리가 있음을 고했다.

"그래, 올라가 보도록 하자."

서린과 성겸은 반짝이는 무림인들의 눈총을 뒤로하고 점소이를 따라 객잔의 이층으로 향했다.

"쯔쯧!"

이층으로 향하는 서린 일행을 보며 혀를 차는 이가 있었다.

검반향의 전설이 무림에 미칠 영향을 조사하기 위해 사천으로부터 달려온 하오문의 사천향주인 쌍첨비도(雙尖飛刀) 구상호(駒桑戶)였다.

"어디 삼류문파에서 전설을 쫓아 불나방처럼 달려든 모양이로군. 어린 나이에 나서는 꼴이라니……."

"클클! 모두가 미친 것이지. 아직은 피바람이 불지 않아 잘 모르겠지만, 검반향이 실체를 보인다면 아마 이곳 여강에는 피바람이 불 것이네."

구상호를 바라보며 초로의 노인이 고개를 흔들었다.

하오문의 본 문에서 이번 일을 위해 파견 온 빈객 중에 하나인 삼절수사(三絶秀士) 양원승(揚圓乘)이었다.

"그렇겠지요. 얼마나 큰 피바람이 불지는 모르겠지만 저런 어린아이까지 이곳에 뛰어든 것을 보면 어지간한 자들은 다 모인 것 같습니다. 어르신."

"그렇겠지. 구파와 무림맹은 물론이고 사파나 마도의 거두들까지 이곳에 온 흔적이 포착되었으니 말이네."

"그런데 어째서 이토록 쫓는 것입니까? 비록 무공 비급을 탐내는 것이 무림인의 본성이라고는 하지만, 검반향의 전설이라는 것이 청성의 구하천풍검법이라는 것을 잘 알고 있을 텐데 말입니다."

청성과 척을 지려고 하지 않는 이상 섣불리 달려들 수 없는 것이 바로 검반향의 전설임을 잘 알기에 구상호는 삼절수사에게 자신의 궁금증을 물었다.

"아직은 나도 잘 모르네. 하지만 조만간에 밝혀지겠지. 무인들을 탐욕에 물든 망둥이처럼 천방지축 뛰게 만든 것이 무엇인지 말이야."

'어느 정도 아시는 모양이구나.'

담담한 얼굴로 자신을 바라보는 양원승을 보며 구상호는
분명 삼절수사가 진실을 알고 있음을 알 수 있었다.

삼절수사가 알고 있다면 분명 이층에 머물고 있는 자들
도 알고 있을 것이 분명했다. 그들은 현 무림을 영도하는
실세들이었기에 모르고 이곳까지 왔다면 말이 되지를 않기
때문이었다.

'이 양반이 알고 있는 것 같지만 아직은 때가 아니니 참
을 수밖에 없겠군. 문주님이 이 양반까지 내려보낼 정도면
검반향에 얽힌 것 말고 더 중요한 것이 있다는 뜻인데…….
이거 원 궁금해서 참을 수가 있나. 그나저나 참 재미있게
됐어. 무림맹에 사천의 사대문파, 그리고 사파와 마도까지
백여 년 동안 한 번도 마주치지 않은 이들이 잘못하면 격돌
할지도 모르니 말이야.'

구상호는 앞으로 벌어질 일을 상상하며 생각에 잠겼다.

검반향의 전설이 품은 이면의 내용에 대한 궁금증과 함
께 여강으로 몰려든 자들에 대한 호기심으로 머릿속은 바쁘
게 회전하고 있었다.

무림인들이 넘쳐 나는 객잔이었지만 점소이는 그런 것에
는 상관하지 않는 듯 서린 일행을 자리로 안내했다.

"이리로 앉으십시오. 요즈음 어찌나 손님들이 많이 오시

는지, 정신이 없습니다요."

"요기할 것이나 몇 가지 가져다주게. 그리고 이곳에서 하룻밤 유할 수 있겠나?"

"마침 객방이 하난 빈 것이 있습니다요. 그런데 별채로 따로 떨어져 있는지라 가격이 만만치 않은데……."

점소이가 머뭇거렸다.

"별채가 남아 있었나? 걱정 말고 별채를 내어 주게. 오히려 잘됐으니 말이야."

"알겠습니다. 그럼 준비해 놓겠습니다."

"그리고 빨리 요기할 것이나 가져다주게."

"예, 나으리. 감사합니다요."

성겸은 빨리 음식을 내올 것을 주며 점소이에게 은자 한 냥을 던져 주었다. 점소이는 은자를 받아들더니 고맙다는 듯 연신 고개를 조아리며 빨리 내오겠다는 말을 마치고 재빨리 일층으로 내려갔다.

서린은 자리에 앉은 후 객잔 이층을 차지하고 있는 자들의 면면을 살펴보았다.

객잔의 이층을 차지하고 있는 이들은 두 무리였다.

하나는 금색수실을 소매에 수놓은 옷을 입고 있고, 영웅건을 동여맨 자들이었는데 한눈에도 정파의 인물임을 알 수 있을 정도였다.

금색수실을 단 자들은 두 쌍의 남녀를 중심으로 포진하

고 있었는데 영웅건을 맨 자들을 이끄는 사람들 같았다.

─소문주님! 저들은 무림맹의 삼단 중 하나인 사자무적단(獅子無敵團)의 사람들인 것 같습니다.

성겸이 전음으로 정체를 알려 줬다.

─사자무적단이라는 말입니까?

─그렇습니다. 사자무적단은 무림맹에 속해 있는 사대세가의 인물들을 중심으로 조직된 곳입니다.

성겸의 설명대로 사자무적다는 각기 남궁, 제갈, 황보, 서문세가가 무림맹에 든 후로 각 세가의 후기지수들과 일대제자들을 주축으로 조직된 곳이었다.

─그러면 무림맹에 다른 단도 있습니까?

─구파의 인물들을 중심으로 조직한 은하검룡단(銀河劍龍團), 속가의 사람들이 중심이 된 창궁전륜단(蒼穹轉輪團)과 함께 무림맹의 중추 무력 단체인 삼단의 하나지요.

─세 개의 단이로군요. 그런데 어떻게 그리 빨리 알아보신 겁니까?

─사자무적단에는 네 명의 검주가 있는데, 저기 앉아 있는 자들이 바로 그 네 명의 검주들 같습니다. 저들에 대해서는 제가 조금 압니다.

서린은 성겸의 설명으로 가운데 앉아 있는 네 사람의 신분을 짐작할 수 있었다.

지검(指劍)의 달인인 철지검(鐵指劍) 남궁호(南宮浩),

제갈세가의 꽃이라는 지연자(知燕子) 제갈미(諸葛美), 구름처럼 종적을 알 수 없는 신비감을 풍긴다는 운향비(雲香秘) 황보혜령(皇甫慧翎), 그리고 광명정대한 검으로 이름이 높은 군자검(君子劍) 서문인(西門仁)이 바로 그들임을 알 수 있었다.

─혹시 저들과 안면을 익히신 적이 있는 겁니까?

─제가 알아볼 뿐, 저들은 저에 대해서 모릅니다.

알아봐서는 곤란해서 물어봤는데 성겸의 대답을 들으니 그나마 다행이었다.

─그런데 좀 이상합니다, 소문주님.

─뭐가 말입니까?

─저들의 단주인 소요검(逍遙劍) 남궁일산(南宮一霰)이 안 보이니 말입니다.

─단주가 빠져 있다는 말씀입니까?

무림맹의 사자무적단을 지휘하는 이가 없다는 말에 서린이 눈을 빛냈다.

─그렇습니다. 소요검만 따로 떨어져 행동하는지도 모르겠습니다.

─그럴 수도 있겠군요. 어쩌면 시선을 끌기 위해 이곳에서는 저들 네 명만으로 행사를 주관하는지도 모르겠습니다. 그런데 저들은 누구인지 알아볼 수 있겠습니까?

서린은 무림맹의 인물들과 편을 가르듯이 한쪽에 위치해

있는 자들을 바라보며 성겸에게 물었다.

무림맹의 인물들이 풍기는 기세도 상당한 것이지만, 그들이 풍기는 기세 또한 만만한 것이 아니었기 때문이었다.

―아무래도 황실에서 개입한 것 같습니다.

―황실에서요?

―저들은 아무래도 동창(東廠)의 인물들 같습니다.

―동창이라면?

―금의위와 함께 황실을 수호하는 비밀기관입니다.

―참! 여러 곳에서 몰려들었군요.

―워낙 사안이 중요해서일 겁니다. 대리에서 남긴 보물이 정말 있다면 나라를 세울 수도 있는 일이니 말입니다.

서린도 고개를 끄덕였다.

―괜히 올라왔나 봅니다. 저들 사이에 낀 꼴이니 말입니다.

―점소이도 몰랐을 겁니다.

―할 수 없지요. 식사를 마치는 대로 잡아 놓은 별채로 가는 것이 좋겠습니다.

공교롭게도 무림맹과 동창의 인물들 사이에 껴 있는 꼴이었다. 두 집단 사이에서는 알게 모르게 긴장감이 흐르고 있어 앉아 있는 것이 영 껄끄러운 일이 아닐 수 없었다.

서린 일행이 시선을 피하는 것과는 달리 두 집단은 그렇지 않았다. 호기심이 생긴 것이다.

한눈에 보기에도 서린 일행은 특이한 사람들이었다.

그들이 보기에 서린과 사령오아는 아무리 봐도 삼류문파의 사람들이었기 때문이었다.

지금 이곳 여강에는 혈풍이 일기 일보 직전이었다.

불나방처럼 모여든 무림인들은 검반향의 실체가 나타나는 즉시 그것을 차지하기 위해 피바람을 일으킬 것이 분명했다.

그런데 이제 어린 티를 이제 막 벗어난 청년과 그를 모시는 것 같은 다섯 명의 사나이는 너무도 태연했다.

피바람을 견뎌 낼 것 같지 않을 전력을 가지고 있음에도 말이다.

—당주! 저자들은 분명 천잔도문의 사령오아가 분명합니다.

제일 먼저 서린과 사령오아의 존재를 알아챈 것은 동창의 인물들이었다.

북경을 지배하는 밤의 황제인 천잔도문에 대해서는 이미 진즉부터 주시하고 있었던 터라 한때 북경에서 활동하던 비첩(秘諜) 중 하나가 천잔도문의 기둥인 사령오아를 알아본 것이었다.

—사사묵련이라는 단체에 가입해서 북경을 떠난 자들로 알고 있는데 저들이 어째서 이곳에 온 것이냐?

—잘 모르겠습니다, 당주. 한동안 사라져서 보이지 않던

자들인데 이곳에 나타나다니 의문입니다. 한 수 하는 자들이기는 하나, 이곳에서는 힘을 쓸 수 있는 처지가 못 될 텐데 말입니다.

　—혹시 사사묵련에서 이곳의 일에 개입한 것이 아닌지 모르겠다. 넌 사사묵련에 대해 알아보도록 해라.

　당주라 불린 자는 사령오아를 알아본 비첩에게 사사묵련에 대해 알아보도록 지시를 한 후 서린 일행을 바라보았다.

　'으음, 만약에 사사묵련까지 개입했다면 이번 일이 어려워 질 수도 있겠군.'

　당주라 불린 자는 사사묵련에 대해 뭔가를 알고 있는 듯 침음성을 흘리며 서린 일행을 바라보았다.

　사사묵련이 개입했다면 그가 알고 있는 한 무림맹이나 자신들은 검반향의 전설을 얻는 다는 것은 불가능함을 잘 알기에 씁쓸한 미소를 흘리고 있었다.

　무림맹은 신중을 기하려는 동창의 반응과는 달랐다.

　"저런 잡종들과 한자리에 있다니 불쾌하군요."

　제일 먼저 이야기를 꺼낸 것은 제갈미였다. 그녀가 사령오아를 알아본 것이었다.

　"아는 자들이요?"

　남궁호가 난데없는 제갈미의 말에 궁금한 듯 눈빛을 빛냈다.

　"저자들은 북경의 밤을 지배한다는 흑도방파인 천잔도문

의 다섯 잡놈이에요. 북경의 암흑가를 지배하는 놈들이지요."

"저놈들이?"

남궁호는 서린과 사령오아를 다시 한 번 바라보았다.

처음에는 이번 검반향의 전설과는 상관없는 자들이라 여겼다.

글만 읽은 어느 대갓집 공자와 그를 호위하는 수신호위쯤으로 여겼던 것이다.

"암흑가를 지배하는 자들이라면 백성들의 고혈을 빨아먹는 자들 아니요?"

정의를 수호하는 것을 평소 목숨만큼 중요시하는 군자검 서문인은 암흑가를 지배하는 자들이라는 제갈미의 말에 검을 움켜잡으며 일어서려 했다.

"괜한 시비를 일으키지 마세요. 저들은 그래도 인간 축에 속하는 자들이니까요."

"그건 또 무슨 말이요?"

"저들은 백성들의 고혈을 빤 적이 없어요. 저들의 주업은 도축업이에요. 그리고 부수적으로 암흑가를 지배하지요. 천잔도문이 암흑가를 지배하게 된 건 백성들의 피를 빠는 흑도방파와 대항하다 보니 자연스럽게 그렇게 된 거예요. 저들은 자신들을 핍박하는 북경의 흑도방파를 완전히 제압해 일통시킨 사람들이니까요."

"한마디로 백정이라는 뜻 아니오?"

"그렇긴 하지요. 무림맹에서 가만히 두고 보는 이유도 그들이 북경의 밤을 지배하게 된 이유도 그렇고 나름대로 법도가 있는 곳이라서 그래요. 그리고 북경의 암흑가를 제패했다고는 하지만 그리 큰 세력은 아니에요. 저들이 있어 북경이 조용하니 그저 두고 보는 것이지요."

군자검의 표정에서도 알 수 있을 정도로 서린 일행의 정체를 알아낸 무림맹의 인물들의 표정에는 불쾌감이 서려 있었다.

"알겠소."

필요악이라는 제갈미의 말뜻을 못 알아들을 군자검이 아니었다. 그는 제갈미의 말을 뒤로 하고 조용히 서린 일행을 바라보았다.

'후후후! 쓸데없이 검을 휘두를 필요는 없지. 황보 소저가 있는 마당에 저런 쓸데없는 것을 베었다가는 혐오감만 일으킬 뿐이다.'

황보혜령을 마음에 두고 있는 군자검은 암흑가의 일원이라는 것을 알고 서린 일행에 손을 쓰려던 것을 멈추었다.

괜히 쓸데없이 손을 썼다가는 그가 연모하는 황보혜령의 반감을 살지 모르는 탓에서였다.

자기들끼리 조용한 목소리로 대화를 나누었으나 모두 들을 수 있었던 백천은 화가 난 목소리로 서린에게 전음을 보냈다.

―제멋대로 우리를 판단하는군요.

―후후후, 저들이 저렇게 생각하는 것은 당연한 일입니다. 우리에 대해서 잘 모르니 말입니다. 예상대로 천잔도문에 대해서는 우리의 의도대로 무림에 알려진 모양이니 오히려 다행스러운 일입니다.'

―하긴 그렇군요.

백천은 저들이 자신들에 대해 알고 있지 못하는 것 때문임을 알게 되었는지 화를 누그러뜨렸다. 이곳에서 소란을 피워 봤자 좋을 것이 없기 때문이기도 했다.

―그나저나 저들이 우리에 대해서 알고 있다면 다른 이들도 알고 있을 확률이 크군요. 별 상관은 없지만 우리의 움직임을 사사묵련에서 완전히 모르게 하는 건 틀린 것 같습니다.

―그렇습니다, 소문주님. 일이 조금 어려워질지도 모르겠습니다. 머지않아 저들도 우리가 사사묵련에 소속되어 있다는 것을 알고 있을 테니 말입니다. 설사 모르더라도 조만간 알게 될 겁니다.

―변하는 것은 없을 테니 일단은 지켜보도록 하지요. 자세한 것은 별채에서 말씀을 나누도록 하겠습니다.

―알겠습니다. 마침 식사가 오는 것 같습니다.

점소이가 식사를 가져왔기에 대화를 중단했다.

여섯 사람은 식사를 마친 후 별채에서 앞으로의 행보를 의논하기로 하고 음식을 먹기 시작했다.

그렇게 묵묵히 식사를 하고 있었는데 누군가 이층으로 올라오고 있었다.

훤칠해 보이는 키에 검을 들고 있는 사람들이었다.

—모두들 마음의 준비를 하고 계세요. 그들이 왔습니다.

서린은 그들이 이층에 모습을 드러내기 전에 누구인지 알 수 있었다. 자도방에서 보았던 자들이었기 때문이었다.

비록 변복을 한 상태였지만 혈왕기를 통해 그들의 기운을 읽을 수 있었던 것이다.

—왜 그러십니까?

—지금 올라온 이들은 자도방에서 상인으로 변복하고 있던 자들입니다. 아무래도 무림맹과 관련이 있는 자들 같군요.

낭패가 아닐 수 없었다,

조용히 이곳의 토사를 찾아볼 예정이었지만 저들이 나타난 이상 쉽지 않을 것 같다는 예감이 들었다.

두 사람은 서린 일행을 한 번 힐끔 보더니 사자무적단의 검주들이 있는 곳으로 발걸음을 옮겼다.

그리고는 남궁호에게 귓속말로 무엇인가를 말했다. 아마도 서린 일행이 자도방에서 검반향에 대한 정보를 얻었음을 알리는 것 같았다.

두 사람의 말을 들은 남궁호는 다른 셋에게 전음을 날리고는 일어서 서린 일행에게로 다가왔다.

"잠깐 이야기를 나눌 수 있을까?"

남궁호의 음색에는 거부해서는 안 된다는 명령조의 기세가 실려 있었다.

하찮은 흑도방파의 일원이라 무시하는 기운도 서려 있었다.

"우리는 당신에게 볼일이 없소만."

서린의 입에서도 딱딱한 음색이 흘러나왔다.

기분이 나빠져 있던 차에 좋은 소리가 나올 리가 없었던 것이다.

"어린 것이 분위기를 잘 파악하지 못하는군."

"어린 것이라?"

서린은 자신을 도발하는 남궁호를 보며 그의 기운을 파악하고 있었다.

잘 정제된 내력과 날카로운 예기를 간직한 기세를 보며 명가의 자손으로 손색이 없다는 생각을 했다.

하지만 도발해 오는 남궁호에게 그리 호락호락 당해 주고 싶은 마음은 없었다.

그가 원하는 것이 무엇인지 알고는 있지만, 자신도 필요한 것이기에 딱딱한 어조로 남궁호의 도발을 맞상대했던 것이다.

"후후후, 이곳은 좀 곤란하겠군. 아까 보니 별채를 얻은 것 같은데. 나와 좀 이야기를 했으면 하는데, 식사를 끝냈으면 일어서는 게 어떤가?"

동창의 사람들로 보이는 자들을 의식해서인지 남궁호는 강압적인 목소리로 별채로 향하기를 원했다.

"생판 모르는 처지에 당신이 우리를 가라 마라 강요할 수 있다고 생각하지 않습니다만!"

"하하하, 우리가 누구인지 모르는 모양이로군."

"아무리 무림맹의 난다긴다 하는 사자무적단의 검주라 해도 생전 처음 보는 사람에게 이리한다는 것은 무례라고 생각하는데, 무림맹이 파락호 집단도 아니고……."

"으음!"

남궁호는 서린 일행이 자신들을 알고 있다고는 생각하지 않았다.

그런데 자신을 직시하며 말하고 있는 서린을 비롯한 사령오아는 자신들에 대해 알고 있음이 분명했다.

그런데도 이렇게 당당히 말하는 것을 보면 무엇인가 믿는 구석이 있음이 분명했기에 자신이 잘못 나선 것이 아닌가 하는 생각이 들었던 것이다.

"흥, 뒷골목이나 기웃거리는 것들이 오만방자하구나."

남궁호가 잠시 생각을 정리하는 사이 눈을 부라리며 나선 것은 군자검 서문인이었다.

"당신은 누구십니까?"

"난 서문인이라는 사람이다."

"당신이 군자검이군요. 그런데 오늘 이 자리에서 군자인 사람은 없는 것 같습니다만!"

기세를 피우며 윽박지르듯이 나타난 군자검을 서린이 비꼬듯 조롱했다.

"네놈이!!"

서문인은 어린 서린의 말에 노호성을 터트리며 자신의 검을 잡아 갔다.

"호호호, 그만들 하세요."

군자검을 제지하고 나선 것은 제갈미였다. 그녀는 교소를 터트리며 서린에게로 다가왔다.

"어린 분 같은데 입이 참 매섭군요. 급한 마음에 어쩔 수 없었어요. 제가 사과드릴 테니 이해해 주세요."

황급히 군자검을 제지하고 나선 제갈미는 차분한 목소리로 미소를 지으며 서린에게 사과를 청했다.

"별말씀을 원하는 것이 있으면 점잖게 말하면 될 것을 위협하듯 하면 누구나 반발하기 마련이지요."

서린은 자신보다 나이가 많기에 존대하며 그녀의 사과를 받아들였다.

"하긴 그렇군요. 다시 한 번 미안해요. 우린 공자에게 볼일이 있어요. 우리와 잠시 이야기를 나눌 수 있을까요?"

제갈미는 서린에게 다시 한 번 사과하며 자신들과 이야기를 나눌 것을 청했다.

"좋습니다. 하지만 일단 먹던 것은 마저 먹어야 하니 조금 기다리시지요."

"알았어요. 그리고 두 분은 저 공자께서 대화에 응해 주실 것 같으니 잠시 기다리는 것이 좋을 것 같습니다."

"알았소."

"흥! 알겠소."

서린이 승낙하자 제갈미는 남궁호와 서문인을 데리고 자신들의 자리로 향했다.

—버르장머리 없는 놈을 왜 그냥 놔두는 것이오?

어린 것에게 놀림을 당했다는 생각에 서문인은 분통을 제갈미에게 전음을 보냈다.

—저들이 있는 이상 이곳에서 섣불리 정보를 누설하는 것은 좋지 않습니다. 그리고 저 청년의 배경이 궁금하니 일단 조용히 일을 처리하는 것이 좋을 것 같으니까요.

제갈미의 전음에 서문인은 동창의 인물들을 힐끔 바라봤다. 그리고 배경이 있을 것 같다는 서린 일행을 바라보았다.

'하긴! 이곳에서 우리를 보고 저토록 당당히 행동할 정도면 배경이 있을 수도 있겠군. 하지만 네놈의 버릇은 정보를 듣고 난 후 확실히 고쳐 주겠다.'

얼마 지나지 않아 식사를 모두 마친 서린은 자리에서 일어나 사자무적단이 있는 곳으로 향했다.

"일단 주위가 조용한 것을 원하시는 것 같으니 제가 얻어 놓은 별채로 가는 것이 어떻습니까?"

"좋아요. 그리 가도록 하지요."

서린의 제의에 제갈미가 대답하며 일어섰다.

나머지 사람들도 따라 일어서며 앞서 내려가는 서린 일행을 쫓았다.

일층으로 내려온 서린은 점소이게 자신들이 잡아 놓은 별채를 물어 다른 이들과 함께 향했다.

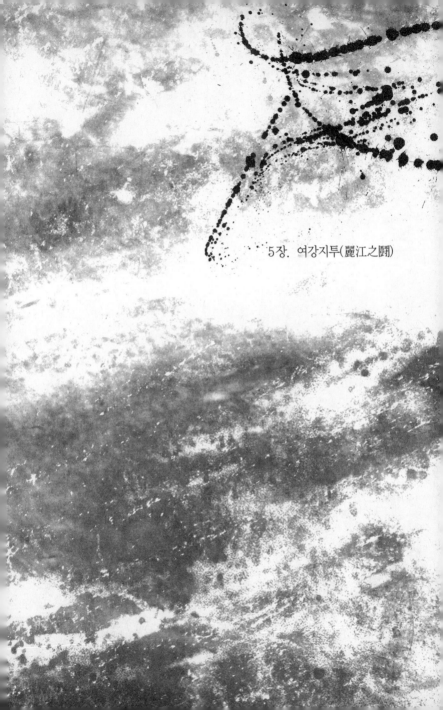

5장. 여강지투(麗江之鬪)

자신들에게 알려지기를 꺼리는 제갈미의 행동은 동창의 인물들의 호기심을 자극했다.

　"일단 무림맹놈들을 주시해라. 저놈들을 저렇듯 윽박지르는 것을 보면 무엇인가 있는 것이 틀림없다."

　검반향의 일로 이번 일을 주관하게 된 사천 지역의 동창 당주인 장무성(張嬈星)은 수하인 비첩으로 하여금 무림맹의 사자무적단을 감시하도록 했다.

　그의 지시에 비첩 중 하나가 은밀하게 별채로 향했다.

　점소이의 안내를 받아 간 별채는 객잔의 안쪽 후원 깊숙한 곳에 있었다.

　객잔 안쪽에 정원이 있고, 정원을 지나자 조그마한 전각이 나타났다.

전각 주위로는 빙 둘러 수로가 흐르고 있고 주변에는 기화요초가 심어져 있는 것이 객잔주인이 심혈을 기울여 조성한 것 같았다.

"호오! 이런 곳이 있다니! 이런 별채가 있는 줄 알았다면 이곳에 여장을 풀었을 텐데 아쉽군요."

자신들은 지금 묵고 있는 곳이 있는 터라 제갈미는 잘 꾸며진 별채를 보며 아쉬움을 보였다.

"헤헤! 주인님께서 워낙 아끼시는 곳이라 잘 내주지 않는 곳입니다만 지금은 다른 객방이 만원이라 어쩔 수 없이 내놓은 것입니다."

"그렇군요."

"자, 이리로 드시면 됩니다."

점소이는 서린을 비롯한 일행을 별채 안으로 안내했다.

바깥만큼이나 잘 꾸며진 별채는 서린을 비롯한 사령오아와 사자무적단의 네 명의 검주가 다 들어갈 만큼 큰 대청이 있었다.

"너희들은 이곳에 개미새끼 한 마리 근접하지 못하게 경계하도록 해라."

"예! 검주!"

대청으로 들어가기 전 남궁호는 사자무적단원들에게 주위를 경계할 것을 지시했다.

그의 지시에 전강을 중심을 포진하며 혹시라도 있을 침입자를 대비하기 시작했다.

—밖을 호위하는 것도 중요하지만 안에 들어간 놈들이 도망치지 못하도록 경계를 철저히 하도록 해라.

남궁호가 전음을 날렸다.

침입자들보다는 서린 일행을 놓치지 않겠다는 뜻이 역력했다.

지시를 마친 남궁호도 대청으로 들어왔다.

서린과 제갈미 등은 탁자를 두고 앉아 있었기에 남궁호 또한 빈 의자를 찾아 앉았다.

"당신들에 대해 궁금한 점이 많아요. 특히 자도방에서 얻은 소식은 무척 궁금하군요?"

제갈미는 별채의 대청으로 들어서 자리에 앉자마자 단도직입적으로 물었다.

"후후, 보기보다는 성미가 급하시군요."

서린이 말하자 서문인의 눈이 커졌다.

"네놈이 기고만장하는구나. 순순히 너희들은 알고 있는 것을 이야기해야 할 것이다."

서문인은 평소와는 달리 거친 음색으로 서린을 다그쳤다.

검반향의 전설을 쫓고 있다지만 지금은 그다지 여유가 없었기에 윽박질렀다.

백정들로 이루어진 문파라는 천잔도문의 인물들에게 제

갈미가 너무 고분고분 대하는 것에 대해 불만도 있었기에
기세를 피워 올리고 있었던 것이다.

"재미있군요. 설마 우리를 마음대로 할 수 있다고 생각
하시는 것은 아니지요?"

"그렇다면요?"

서린의 말에 제갈미의 눈이 서늘해졌다.

"아, 아! 좋아요. 당신들과 싸우고 싶은 마음은 없으니
말이죠. 하지만 공짜로 정보를 드릴 순 없지요. 힘들게 얻
은 정보인데 우리도 얻는 것이 있어야 하지 않겠습니까?"

"네놈이!!"

서문인이 눈을 부라리며 서린에게 손을 쓰려다가 멈추었
다.

"으드득!"

자신을 제지하는 제갈미의 손짓에 분노를 삭혀야 했다.

단주가 빠진 이번 행사는 군사 역할을 하는 제갈미가 통
솔하도록 되어 있기 때문이었다.

"원하시는 것이 뭔가요?"

제갈미는 침착하게 서린의 말을 받았다.

이토록 순순히 자신의 제의를 수락한 것을 보면 무엇인
가 있다는 생각이었기 때문이었다.

무엇보다 서린의 뒤에 서 있는 사령오아가 만만치 않은
존재임을 알아보았기 때문이기도 했다.

"이곳에 온 자들에 대한 정보가 있을 것으로 알고 있는데 전부 알려 주십시오. 그러면 우리들이 알고 있는 것도 전부 말해 주도록 하지요."

자세한 정보를 알고 있을 것 같기에 서린은 시간을 절약하고자 검반향의 전설을 쫓아온 자들에 대한 정보를 요구했다.

자신이 알게 된 정보는 암흑가에서 알고 있을 정도라면 어차피 알려질 것이 분명하기 때문이다.

"좋아요. 그렇게 하지요."

제갈미는 서린의 제안을 수락했다.

서린이 알고 있는 것보다는 그리 중요한 게 아니었기 때문이었다.

"우선 동창이 사람들이 움직였어요. 아까 봤을 거예요. 우리와 반대편에 있던 자들이 그들이에요. 그들은 검반향의 전설을 쫓는 것 같지만, 우리와는 목적이 다른 것 같았어요. 이면에 무엇이 있는지는 알아내지 못했고요. 그리고 무림맹에서는 구대문파의 인물들이 주축이 된 은하검룡단과 우리 사자무적단이 왔어요. 마교에서는 혼암마를 비롯한 몇몇 마두들이 온 것 같고, 그 외에 특이할 만한 것은 살도문과 흑야애가 나섰다는 것과, 고수들로는 검마 곽효상을 비롯한 몇몇 은거고수들이 이곳에 있다는 것이 우리가 알고 있는 전부예요."

'으음, 이들은 사밀혼이 같은 존재들에 대해서는 감지하지 못하고 있는 것 같구나.'

누구나 신경만 쓴다면 얻을 수 있는 평범한 정보들이었다.

가장 중요한 인물들인 사밀혼 같은 고수들의 움직임에 대해서는 빠져 있었다. 제갈미의 표정에서 그녀가 무엇인가 감추는 느낌은 없었다.

'어차피 알려질 것이니 친분이나 다져 놓는 것이 좋겠다.'

얻을 것이 없었지만 상관하지 않았다.

자도방주의 말대로 얼마 지나지 않아 알려질 일들인 까닭이다.

"말씀드리지요. 우리가 들은 정보는 다른 것이 아닙니다. 검반향의 전설을 쥐고 있는 자가 이곳 토사와 관련이 있다는 것만 알 수 있었습니다."

"목위천(木偉泉)이?"

뜻밖의 정보에 놀라는 표정이었다.

제갈미도 토사에 대해 알고 있는 모양이었다.

"그렇군요. 알았어요."

단서를 잡은 제갈미는 정보의 진위를 더 이상 캐묻지 않았다. 서린의 대답에 무엇인가 짐작 가는 것이 있는 것 같은 표정을 하고 있었다.

그렇게 정보를 얻기는 했지만 서린을 바라보는 서문인의 표정은 기분이 나빠 보였다.

싸늘한 표정을 지으며 서린을 노려보고 있었다.

'저자 살심을 키우고 있는 것을 보니 무엇인가 있군. 두고 보면 알게 되겠지.'

서린은 혈왕기로 서문인의 살기를 읽을 수 있었다. 그리고 제갈미와는 다른 것을 알고 있는 느낌이 전해 왔다.

"그럼! 볼일을 다 보신 것 같으니 이만 이곳에서 나가 주시겠습니까?"

서린의 축객령이었다.

"알았어요. 사실대로 말해 준 거 고마워요. 그리고 그 보답으로 공자께서 어려운 일이 있으면 한 가지는 돕도록 하지요."

"별말씀을!"

"자, 그만 가요."

제갈미는 더 이상 볼일이 없는 듯 일행을 이끌고 객청을 떠났다.

필요한 정보를 얻은 이상 서둘러야 할 일이 한두 가지가 아니었다.

―네가 말한 것이 거짓이라면 내 가만두지 않을 것이다.

밖으로 나서며 서문인의 전음이 서린의 귓가에 울렸다. 서문인은 서린의 말을 아직 믿지 않는 것 같았다. 서린은 그저 웃을 뿐이었다.

"소문주님, 이렇게 모든 것을 말해 주면 우리가 얻는 것이 없지 않습니까?"

무림맹의 인물들이 모두 나간 후 성겸은 검반향의 전설에 대하여 일방적으로 전해 주다시피 한 것에 손해를 본 것은 아닌지 서린에게 물었다.

"그것은 아닙니다. 어차피 저들이 알아낼 일이었습니다. 그 시기가 조금 앞당겨졌을 뿐이지요. 우리는 저들이 어떻게 움직이는지 지켜보기만 하면 됩니다. 저들은 이곳에 와 있는 자들조차 파악하지 못하고는 있지만, 무력으로는 최고의 힘을 보유하고 있으니 말입니다. 저들이 어떻게 움직이는지에 따라 다른 자들도 움직일 테니 일단 상황을 지켜보는 것이 좋을 것입니다. 그리고 백천 아저씨는 빨리 사밀혼들의 행방을 찾으세요."

"알겠습니다."

"그리고 도운 아저씨는 저들을 감시하도록 하세요."

"무슨 말씀이신지 알겠습니다."

서린의 말에 백천과 도운이 꺼지듯 장내에서 사라졌다.

백천은 사밀혼의 행방을 쫓아야 하고, 도운은 무림맹을 감시하기 위해서였다.

"도운 아저씨가 무림맹을 감시할 테니 이곳에서 다음 일을 의논해 봐야겠습니다. 지금의 상황으로 봐서는 우리의 신분을 알고 있는 자들이 많다고 봐야 할 겁니다. 무림맹도 알고 있으니 동창에서야 이미 알고 있을 테고, 다른 자들도 우리를 알아볼 것입니다. 이미 우리가 이곳에 왔다는 것이 알려진 것이나 다름없으니 사밀혼들과 합류하는 것이 중요합니다. 나중에 사밀혼들과 합류하게 되면 수련을 겸해 검반향의 전설을 쫓아왔다고 하십시오. 나머지는 제가 설명을 하도록 하겠습니다."

"그러는 편이 좋을 것 같습니다. 그런데 그들은 어디로 간 것일까요?"

"글쎄요. 살도문과 흑야애가 힘을 합치고 있고 그들로부터 도움을 받는 것은 짐작이 가는데 어디서 움직이는지는 저도 확실하지 않군요. 그분들이라면 신출귀몰할 테니 말입니다."

"하긴 그렇겠습니다."

성겸은 서린의 말대로 사밀혼의 흔적을 쉽게 파악할 수 없음을 알 수 있었다.

이미 현경에 거의 다다른 고수들을 누가 있어 행적을 쫓을 수 있을지 생각이 나지 않았던 것이다.

그리고 그들은 사사묵련에서 장로급에 드는 사람들이었기에 일부러 흔적을 드러내지 않는 다면 행적을 파악하기 힘들 것이 분명했다.

"그나저나 검마나 혼암마 같은 절세의 마도 고수들이 나타난 것을 보면 누가 또 이곳에 왔을지 짐작하기 어렵겠군요. 드러난 정도가 그 정도라면 그들보다 더 강한 자들도 왔을 확률이 큽니다. 아무리 봐도 검반향의 전설이 가진 보물에 대한 정보는 사실일 확률이 클 것 같습니다."

"제가 봐도 그렇습니다. 아무리 무공 비급에 눈이 벌게지는 무림인들이라지만 이렇듯 막강한 세력들이 한꺼번에 나선다는 것은 그런 게 아니면 힘든 이야기지요."

"그러니 지금은 지켜보는 것이 좋다는 이야기입니다. 백천과 도운 아저씨가 돌아오면 우리가 어떻게 행동해야 할지 확실히 알 수 있을 겁니다."

서린은 앞으로 복잡해질지도 모르는 검반향의 일을 생각하며 고민하기 시작했다. 예상보다 일이 심상치 않음을 느낀 탓이었다.

그렇게 서린이 고민하는 사이 백천이 별채로 돌아온 것은 두 시진이 훨씬 지나서였다.

"소문주님 다녀왔습니다."

"그래, 사밀혼들의 행방은 찾으셨습니까?"

"수소문한 결과 비슷한 사람들을 보았다는 이를 발견했습니다. 그들은 마나도 옥룡설산으로 향한 것 같습니다."

"옥룡설산이오?"

"검반향의 전설을 쥐고 있는 자가 아무래도 옥룡설산 쪽으로 향한 것 같습니다."

"우리도 서둘러야겠군요. 늦지 않게 합류하려면 말입니다."

"도운이 돌아오는 대로 옥룡설산으로 출발하는 것이 좋겠습니다."

성겸은 모두 모인 후 옥룡설산으로 가기를 청했다.

"그렇게 하도록 하지요."

서린은 성겸의 제의대로 도운을 기다리기로 했다. 옥룡설산이 워낙 큰 산이다 보니 사람이 하나라도 더 있는 것이 좋을 듯해서였다.

백천이 돌아온 지 반 각이 지날 무렵 급한 일이 있는 듯 다급하게 소리치며 도운이 별채로 들어섰다.

"소문주님! 자리를 피하셔야겠습니다."

"무슨 일입니까?"

다급한 안색을 하고 있는 도운을 보며 서린은 어찌 된 영문인지 물었다.

도운이 가져온 소식은 뜻밖에 것이었다.

"이곳 토사로 있는 목위천이라는 자를 비롯해 관아에 있던 자들이 모두 살해당했습니다. 관아에는 지금 살아 있는 자가 아무도 없습니다. 무림맹에서는 아무래도 우리를 흉수를 지목하는 것 같습니다."

"도대체 어떻게 된 겁니까?"

"무림맹의 사람들을 따라 그곳에 도착했을 때는 피비린

내가 진동하는 것이 살아 있는 자들이 아무도 없었습니다. 멀리서 지켜봤지만 목위천이라는 자는 고문을 당한 듯했습니다. 그리고 사자무적단의 검주 중 하나인 서문인이라는 자가 우리가 흉수일지 모른다고 지적하고는 저희를 잡으러 단원들과 이리로 오고 있는 중입니다."

"으음, 곤란하게 됐군요. 쓸데없는 시비에 휘말리지 않으려면 도운 아저씨 말대로 자리를 일단 피하는 것이 좋을 것 같습니다. 어차피 도운 아저씨가 오시면 옥룡설산으로 떠나려 했으니 어서 가시죠."

서린은 일단 자리를 피하려 했다.

무림맹과 부딪쳐서 좋을 일이 없을 것을 알았기 때문이다.

특히 자신을 잡으러 오는 서문인은 왠지 모르게 자신에게 반감을 품고 있는 것을 느꼈기에 서둘렀다. 흉수가 아니라는 것이 밝혀지더라도 곤란을 겪을 게 분명했기 때문이었다.

"으음, 이미 늦었군요."

서린은 일이 틀어졌음을 알 수 있었다.

별채로 다가서는 싸늘한 살기를 느끼며 사자무적단이 벌써 도착했음을 느낀 것이다.

"어서 이리로 나오지 못할까!"

공력을 실은 것인지 서문인의 목소리가 별채를 울렸다.

그의 목소리에는 분노가 가득 실려 있었다.

"제가 나서라고 하기 전까지는 일단 나서지 마시고 상황을 지켜보도록 하세요. 그리고 나서게 되더라도 되도록 살생은 삼가세요. 아직은 무림맹과 부딪칠 때가 아닙니다."

서린은 사령오아에게 당부를 마치고는 별채 밖으로 나갔다. 이미 사방이 포위된 듯 바깥에는 살기가 진동하고 있었다.

"어쩐 일입니까?"

"네놈이 정녕 몰라서 하는 말이냐? 우리가 갔을 때는 목위천은 물론이고, 관병들마저 모조리 도륙당한 상태였다. 너희들이 아니면 저지를 자들이 없는 일이지!"

서문인은 이미 서린 일행을 흉수로 단정하는 듯했다.

"웃기는 이야기로군요."

말도 안 되는 일이었기에 서린은 서문인의 말을 부정했다.

"전혀 웃기지가 않아요."

서린의 말에 누군가 다가오며 말을 이었다.

바로 네 명의 검주 중 한 명인 황보혜령이었다.

"무슨 말인가요?"

"목위천의 몸에서 특이한 병기의 자국이 발견되었어요. 그건 바로 겸에 의해 난 상처였어요. 그리고 사령오아 중에 쌍성혈겸이 겸을 무기로 쓰고 있다는 것은 북경에서 잘 알려진 사실이고 말이죠."

"무림맹에서 어떻게 북경의 흑도방파 사정을 그리 속속들이 알고 있는지 모르겠군요?"

서린은 무림맹에서 성겸의 신상까지 자세히 알고 있는 것에 놀라움을 금할 수 없었다.

무림의 문파에 비한다면 천잔도문은 북경의 암흑가에서만 위세를 떨칠 뿐, 그리 신경 쓸 만한 문파가 아니었기 때문이었다. 아무리 생각해도 함정에 빠진 것이 분명했다.

"설마 천잔도문이 장백파와 관련이 있다는 것을 부인하지는 않겠지요? 당금 북경의 암흑가에서 천잔도문의 성세를 능가하는 문파는 없으리라고 봅니다만!"

황보혜령은 천잔도문에 대해 정확히 알고 있는 것이 분명해 보였다.

'하긴 황보세가의 터전이 북경이니, 천전도문에 대해 알고 있을 수도 있겠지.'

서린은 황보혜령이 북경에 세가의 터전을 두고 있는 황보세가의 사람임을 생각해 내고는 그녀가 자신들을 알고 있다는 것이 이해가 갔다.

처음 만났을 때 그녀가 제갈미에게 전음을 보내는 것을 느꼈었는데 그것이 바로 자신들의 신상내력에 대해 이야기한 것이었던 것이다.

"우리가 장백파에서 사사한 것은 분명하지만 그런 것까

지 알고 있으리라고는 몰랐는데 황보세가의 정보망은 가히 명불허전이군요."

"우리 가문은 북경에 터전을 잡고 있는 만큼 천잔도문에 대해서 안 알아볼 수 없었지요. 그리고 무림맹의 비원각(秘苑閣)이 그리 허술한 곳이 아니니까요."

황보혜령은 천잔도문이 북경의 암흑가를 일통하자 천잔도문에 대해 무림맹의 정보단체인 비원각을 통해 알아본 것이 분명했다.

"그렇다 치고! 그것이 어쨌다는 것입니까. 겸을 무기로 쓰는 자가 하나둘이 아닐 텐데 우리를 흉수라고 지목하는 이유가 뭡니까?"

서린은 겸을 무기로 쓰는 자가 성겸만이 아님을 주지시켰다.

"그것뿐만이 아니지요. 일단 검반향의 전설이 목위천과 닿아 있다는 것을 알고 있는 사람들은 당신들이 유일하다는 것이 이유라면 이유겠지요."

황보혜령은 성겸이 겸을 사용한다는 것과 검반향의 단초를 알고 있었다는 이유로 서린 일행을 흉수로 단정하는 것 같았다.

"그거야 우리만 알고 있다고는 볼 수 없지 않겠어요. 우리에게 그 정보를 넘겨준 자도방의 문주 또한 알고 있고, 그가 알게 됐다면 다른 사람도 알고 있지 않을까요. 올가미를 씌우려면 조금 더 완벽해야 한다고 생각합니다만!"

"맞아요. 당신들이 이곳 여강으로 온 시각은 네 시진 전이었으니 흉수가 관아를 도륙한 시간 하고는 맞지가 않지요. 우리가 관아에 도착하기 전 혈풍이 분 것 같으니 말이죠. 하지만 우리는 당신이 소속되어 있는 단체인 사사묵련에 대해 의심하고 있어요. 소공자 일행이 이곳에 와서 제일 먼저 들릴 곳이 관아임에도 바로 이곳으로 향한 것이 의문이 가기도 하고 말이죠. 그렇다면 다른 자들이 손을 썼다는 이야기인데, 우리는 그것이 소공자가 소속되어 있는 사사묵련이라고 생각하고 있어요."

이미 서린 일행에 대한 파악을 끝낸 모양이었다.

황보혜령은 서린이 이미 사사묵련에 가입되어 있다는 것을 알고 있는 듯 사사묵련을 의심의 대상으로 여기고 있는 듯했다.

"참 속을 내보여 줄 수도 없고, 우리는 목위천과는 아무런 상관도 없으니 더 이상 우리를 의심하지 마십시오."

서린은 관아의 혈겁과는 관련이 없음을 단호하게 말했다.

"웃기는 소리! 네놈과 관련이 없다면 누구와 관련이 있다는 소리냐!"

챙!

서린 일행을 손봐 주기로 작정한 서문인이었기에 검을 빼어 들며 서린 일행을 위협했다.

"검을 치우시죠. 이렇게 계속 위협적으로 나온다면 우리도 생각을 달리할 수밖에 없다는 것을 알아야 할 겁니다."

"생각은 무슨 생각! 네가 이 자리를 빠져나갈 수 있을 것이라고 보느냐?"

"이미 작정을 하고 온 것 같은데 우리 말고 당신들이 목위천으로부터 정보를 얻고 우리를 흉수로 몬 다음, 따로 검반향의 전설을 차지하려는 꿍꿍이가 있는 것은 아닙니까?"

서린은 무림맹에서 일을 저지르고 자신들에게 뒤집어씌우는 것이 아니냐는 뜻으로 말을 했다.

"무슨 소리예요?"

"이놈이 얼토당토않은 이야기를……"

황보혜령과 서문인은 동시에 서린의 말이 가당치 않다는 듯 말을 받았다.

"후후후! 그렇지 않다면 이렇게 우리를 핍박할 필요가 있을까요? 무림맹에 비한다면 우리야 아무것도 아닌 존재들인데 말입니다."

"어린놈이 말로서는 못 당할 놈이로구나. 네놈의 방수들이 어디 있는지 모르겠지만, 이곳은 이미 엄밀히 포위되었으니 잡은 뒤에 알아보면 될 일!"

쐐애애액!

서문인은 날듯이 서린을 향해 검을 들이댔다.

검첨에 기를 뿜어내 서린을 제압하기 위한 것이었다.

탕!

서문인의 검을 막아선 것은 성겸이었다. 그의 손에는 혈겸 대신 사사묵련에서 나누어 준 검이 들려 있었다.

"무림맹에 소속되어 있다고 안하무인이구나! 우리가 네놈들이나 무림맹이 무서워 지금까지 가만히 있었다고 생각하면 오산이다."

싸늘한 살기를 피워 올리는 성겸을 보며 황보혜령과 서문인은 놀라웠지만 그뿐이었다.

"제법 한 수 하는 놈이었구나."

"네놈보다는 좀 나은 편이지."

"어디 나에게 제압되고 난 뒤에도 그런 소리를 하는가 보자. 모두들 이놈들을 제압해라!"

콰쾅!

서문인의 외침에 방 안으로 들어오는 문과 창문이 박살 나며 누군가 안으로 뛰어들었다.

사방을 포위하고 있던 사자무적단원들이었다. 이미 준비를 하고 온 것인 듯 그들의 행동은 거침이 없었다.

"이미 결론을 내리고 온 모양이로군."

아이답지 않은 서린의 침착한 목소리에 황보혜령과 서문인은 흠칫거렸다.

"볼 것 없다. 이놈들을 모두 제압해라."

서문인은 서린과 사령오아는 안중에도 없었다.

이번 검반향의 전설을 쫓는 과정에서 가장 중요한 단서가 없어진 이상, 서린과 사령오아를 잡아야만 한다는 생각뿐이었다.

'여기에 들어온 자는 모두 넷. 밖에 대기하고 있는 자들이 스물! 섣불리 상대했다간 당하고 만다.'

서린은 혈왕기를 이용해 사자무적단원들을 살폈다.

안으로 들어온 자들 말고 별채를 포위하고 있는 자들이 스물이나 되니 그냥 빠져나가기는 틀린 것을 알았다.

"경고합니다만, 지금부터 벌어지는 일은 모두 당신들 책임입니다."

서린은 싸늘한 목소리로 서문인과 황보혜령에게 경고했다.

더 이상 참을 마음이 없었던 것이다.

자신들의 목적을 위해서 애꿎은 사람을 핍박하는 것을 두고 보고 싶지 않았기 때문이다.

사령오아는 서린의 마음을 눈치챘다. 간혹 힘을 보여 줘야만 업신여기지 않는 이들이 있다는 것을 그들도 잘 알고 있기 때문이었다.

스르르릉!

서린의 말에 다들 무기를 꺼냈다.

사사묵련에서 받은 검들이었다.

사령오아가 모두 같은 흑색의 검을 꺼내 들자 방 안에 있는 이들이 긴장하기 시작했다. 검에서 흐르는 싸늘한 예기가 그들을 압박했기 때문이었다.

차앗!

장시간 정적이 흐르다 그것을 깬 것은 사자무적단원 중 한 사람이었다. 검첨을 앞세워 찌르듯 성겸을 공격한 것이었다.

창!

성겸에 대한 서문인의 공격은 누군가의 검에 의해 저지되었다. 검을 막은 것은 바로 백천의 검이었다.

스윽!

"큭!"

백천이 검을 막음과 동시에 도운의 검이 그의 팔을 스치듯 베고 지나갔다.

파파팟!

연이어 검광이 번득였다.

성겸과 명수, 그리고 호명의 검이 다른 사자무적단의 팔을 베어 버렸다. 목숨을 거두는 것이 아니라 그들의 손을 벰으로써 무력화시킨 것이다.

네 사람의 사자무적단원이 순식간에 베어지고 무력화된 것은 촌각이었다.

서문인은 자신이 손쓸 사이도 없이 사자 무적단원이 당하는 것을 보고 놀라지 않을 수 없었다.

개개인이 사대세가에서 이대 제자급에 속하는 자들이었다.

한낱 북경의 밤을 지배하는 흑도의 무리들에게 당할 자들이 아니었던 것이었다.

그런데 그야말로 순식간에 당해 버렸다. 그것도 깨끗하고 깔끔한 솜씨로 당한 것이었다.

파팡!

황보혜령과 서문인은 물러서듯 신법을 발휘해 방 안을 나섰다.

자신들이 나서도 되겠지만, 기묘한 진형을 이루며 자신들을 포위하기 시작한 사령오아의 기세에 놀란 탓이었다.

흘러나오는 기세로 보아 두 사람만으로는 서린과 사령오아를 당할 수 없다는 생각이었다.

물러서는 두 사람을 보고 서린과 사령오아는 천천히 방 안을 나섰다.

예상대로 사자무적단원들은 별채를 중심으로 포위하고 있었다.

펄럭!

별채의 뒤쪽에 있는 자들이 지붕위로 올라와 서린 일행을 바라보고 있었다.

"제법 실력을 가지고 있는가 보군. 하지만 사자무적단의 진정한 위력을 지금부터 보게 될 것이다. 진을 펼쳐라!"

서문인은 일대일로는 어려울 것 같아 보이자 사자무적단으로 진을 펼치도록 했다.

서문인의 지시에 지붕에 있던 자들이 땅으로 내려서며 동료들과 함께 사상의 방위를 밟기 시작했다. 사자무적단이 자랑하는 사상풍운진이 발동한 것이다.

혹독한 수련이 있었던 듯 그들의 움직임은 일사불란하기 그지없었다.

"아저씨들은 오령천아진을 펼치도록 하세요."

서린은 사자무적단원들이 펼치는 진에 의해 압력이 발생하는 것을 느끼며 오령천아진을 발진하도록 했다.

서린의 말과 동시에 사령오아가 오행의 방위를 밟으며 포진하고 나섰다. 이제는 눈을 감고도 시전 할 수 있는 오령천아진이었다.

자신의 무기로 펼쳐야만 진정한 위력을 발휘하지만, 이제는 숙달될 대로 숙달되어 다른 무기로도 충분한 위력을 발휘하고 있는 진이었다.

"다시 한 번 경고합니다. 더 이상 우리를 핍박한다면 조금 전과 같이 팔을 베는 것만으로 끝나지는 않을 겁니다."

"웃기는 소리로군. 어디 실력이 있으면 우리를 뚫어 보아라!"

"그렇다면 이제부터는 그대들의 목숨을 거두도록 하지요."

서문인의 말에 서린은 차가운 미소를 흘리며 그와 사자무적단원들을 바라보았다.

"시건방진 놈! 쳐라!"

서린의 경고에 조롱의 빛이 섞여 있음을 느낀 서문인은 분노하며 사자무적단으로 하여금 진을 발동하도록 명령했다. 사방을 밟아 가는 자들의 기운이 예사롭지 않았다. 오랫동안 합격진을 연마한 듯 그들이 발동한 진에서는 비할 수 없는 기운이 뿜어지기 시작한 것이다.

"그렇다면 할 수 없군요. 이 모든 책임은 당신이 져야 할 겁니다. 개진!"

사상풍운진이 발동되었는데도 미동도 하지 않고 있다가 사령오아가 일제히 기세를 뿜어냈다. 오령천아진이 발동한 것이었다.

출렁!

서린과 사령오아를 조여오던 사사풍운진이 힘이 오령천아진에 의해 발동되어진 힘에 의해 출렁거리기 시작했다.

"오령천아(五靈天牙)! 회(回)!"

서린의 지시와 함께 사령오아의 앞으로 일보 전진하며 자신들의 검을 휘둘렀다.

휘이이잉!

오령천아진에 맞물려 있는 기운들이 서서히 회전을 시작했다.

사령오아 각자가 뿜어내는 오행의 기운과 맞물려 휘도는 진의 기운이 사상풍운진을 이루고 있는 사자무적단원을 단원들을 압박하기 시작했다.

"뭐하는 것이냐? 어서 공격해라!"

사자무적단원이 공격은 하지 않고 주춤거리자 서문인은 호통을 치며 공격을 독려했다.

"사자일격! 참(斬)!"

사자무적단원들이 일제히 검을 휘둘러 검기를 뿜어냈다. 막강한 기운이 노도처럼 사령오아를 향해 쏟아졌다.

그러나 이미 그들의 자세는 회의 기운에 의해 이미 흐트러진 상태였는지라 본연의 위력을 발휘하고 있지 못하고 있었다. 엄밀해야 할 공격이 여기저기 구멍이 뚫린 상태였다.

"금령일섬(金鈴一閃)! 탄(彈)!"

번쩍!

서린의 고함과 함께 사상풍운진의 힘 속에서 금색의 빛이 번쩍거리며 사방으로 휘몰아쳤다. 사령오아가 일제히 검기를 뿜어낸 것이다.

"아…… 악!"

"큭!"

"으윽!"

사자무적단이 뿜어낸 검기가 일제히 흐트러지며 다섯 명의 단원들이 비명을 지르며 뒤로 물러섰다. 그들의 가슴에는 검격에 당했는지 어느새 베어진 상처가 선명했다.

"마지막 경고입니다. 물러나지 않으면 이제부터는 진짜 목숨을 거둘 것입니다."

서린은 마지막으로 경고했다.

숨어서 지켜보고 있는 자들이 있다는 것을 알기에 손속에 사정을 둔 것이기도 하지만 무림맹과 시비가 붙는 것은 좋지 않기에 한 말이었다.

"이, 이! 네놈이!"

서문인은 분노하고 있었다.

한 번의 공격에 다섯이나 되는 사자무적단원들이 당했다는 사실에 분노한 것이었다.

평소 군자검이라는 별호처럼 침착하기 그지없는 서문인이었지만 세가에서 데려온 가문의 사람들이 당하자 노화가 치밀어 오른 까닭이었다.

'만만히 볼 놈들이 아니다.'

겉으로는 분노하고 있었지만 서문인의 이성은 차갑게 식고 있었다.

서린과 사령오아가 자신들과 같이 진을 펼칠 줄 몰라 손해를 본 것이지 그에 맞서 대적한다면 충분히 제압할 수 있다는 판단이 서고 있었다.

"모두들 사자무적진을 펼쳐라."

서문인이 차갑게 외치자 사자무적단원들은 열 명이 한

조가 되어 다시금 진을 구성하기 시작했다. 그리고 진의 중심에는 서문인과 황보혜령이 서 있었다.

"저자들이 펼치는 진의 위력이 상당하니 모두 최선을 다해야 할 겁니다."

황보혜령도 서문인의 뜻을 짐작하고는 자신과 함께 진을 이룬 자들을 독려했다.

이들이 펼친 사자무적진은 전투 시에만 사용하는 공격진(攻擊陣).

개개인이 삼십 년 이상의 내력을 가진 자가 구성원을 이루며, 내력이 일 갑자에 이른 자들이 지휘하는 진이었다.

이진은 신기제갈(神技諸葛)이라는 제갈세가에서 심혈을 기울여 만든 것으로 마교에 대적하기 만들어진 것이었다.

'지켜보는 자들 때문에 본 실력을 드러낼 수도 없고 곤란하게 됐군.'

서린은 자신들을 지켜보는 자가 제갈미와 남궁호라는 것을 알고 있었다.

한번 본 기운은 절대로 놓치지 않는 혈혈기감 덕분이었다.

—아저씨들은 수비진으로 바꾸고 저들의 진과 맞붙으면 밀리는 듯한 인상을 주도록 하세요. 우리를 지켜보는 자들이 있으니 말입니다.

서린은 전음을 통해 진을 방어진을 바꾸도록 한 뒤에 사자무적단원들이 펼치는 진을 바라보았다.

'저 진은 십방을 기준으로 만들어진 것이로구나. 그런데 정파에서 만든 진 치고는 살기가 너무 강하다.'

진의 움직임이 사뭇 달랐다.

사방진의 형태를 이룬 것이 자신들을 제압하기 위한 것이라면 이번 것은 살진(殺陣)이었던 것이다.

휘이이익!

두개의 진이 맞물려 돌아가며 서린과 사령오아에게 다가오자 사방에 경풍(經風)이 불었다. 진에 의해 발생하는 압력 때문이었다.

파파파팍!!

오령천아진의 기운과 사자무적진의 기운이 부딪치자 파열음이 대기를 울렸다. 광풍이 몰아치며 주변을 황폐화시키고 있었다.

별채를 장식하던 화초들이 뿌리 채 뽑혀 나가고, 나무들이 폭풍을 만난 듯 흔들렸다.

퍼퍼퍼퍽!

한동안 그렇게 대치하던 힘의 균형은 오래지 않아 깨져버렸다. 오련천아진이 밀리고 있었다.

두 개의 진에서 발생하는 압력으로 인해 오령천아진이 밀린 탓이다.

─아직은 괜찮으니 조금씩 밀리도록 하세요.

진의 압력이 거세게 밀려왔으나 견디지 못할 수준은 아니었다.

구성원들의 내력을 하나로 모은 듯 접점을 중심으로 상당한 힘이 계속해서 몰려들었다.

그런 사령오아의 모습을 바라보며 서문인과 황보혜령은 당혹스러움을 감출 수 없었다.

—저자들이 펼치는 진을 보니 상당히 뛰어난 것이오. 사자무적진이 두 개나 발진되었는데도 밀릴 뿐이라니 말이오.

—어떻게 하면 좋겠습니까?

—일단 계속해서 밀어붙이는 것이 좋을 것 같소. 지금은 견디고 있지만 조금 더 압박을 한다면 제압할 수 있을 것 같소. 서로의 진이 섞이게 되면 위험할 수 있으니 각자 주의하도록 이르시오.

—알았어요.

황보혜령과 서문인은 전음을 주고받으며 사자무적진에 견디고 있는 서린 일행을 보며 조금 더 밀어붙이기로 했다.

서문인의 말대로 서로 간에 압력을 발휘하던 진들이 서로 엉켜들기 시작했다.

카카캉!

사자무적단원들의 공격이 시작되었다.

십방에서 연이어 쏟아지는 검격이었다. 사령오아는 그들의 검격을 일일이 막아 내고 있었다.

검과 검이 부딪칠 때마다 사령오아는 연신 뒤로 밀렸다.

그럼에도 오령천아진은 엄밀하게 유지되며, 사자무적단원의 진력이 가하는 압박을 막아 냈다.

그렇게 밀리던 중 서린은 별채 가까이까지 물러난 것을 알았다.

―안 되겠어요. 이대로 밀리기만 한다면 낭패를 볼 수 있으니 일제히 공격하세요. 그리고 서로 양패 구상했다는 느낌이 들도록 내상을 입은 것처럼 행동하도록 하세요.

서린의 전음에 다섯 사람이 일제히 검을 휘둘러 기운을 흘려보냈다.

"수류일전(水流一轉)!"

따다다다당!!

사령오아가 펼치는 진을 피해 사각으로 파고들던 검들이 튕겨 나갔다.

"일권풍!!"

퍼퍼퍼퍼퍽!

사령오아가 주먹을 내뻗었다.

사령오아의 주먹에서 권풍이 일며 파고들던 사자무적단원에게 꽂혔다.

"크으윽!!"

"윽!!"

권풍에 맞은 자들이 신음을 토하며 비틀거렸다. 황보혜

령이 이루고 있던 사자무적진의 일각이 무너졌다.

쐐애애액!

파고들던 검을 튕겨 내며 진이 흐트러진 사이로 서문인이 이끌던 진이 파고들었다.

번뜩이는 검광이 작렬하며 사령오아를 향해 덮쳐 들었다.

따다다다다당!

마치 콩을 볶듯 연이어 검이 부딪치는 소리가 울렸다.

서문인이 이끄는 사자무적진에 의해 오령천아진이 파훼돼 버리고 사령오아는 각자 자신을 향해 날아오는 검을 쉼없이 막아 냈다.

"크윽!"

"으…… 윽!!"

신음 소리를 흘리며 사령오아는 서린을 보호하며 연신 뒤로 물러섰다.

서문인은 사령오아가 연속되는 공격을 막아 내고 있었지만, 이내 쓰러질 것이라 생각했다.

쌔애애액!

밀려나던 사령오아의 검에서 검광이 일렁였다.

쏘아지듯 내뻗은 검이 마치 화살처럼 사작무적단원들에게 날아왔다.

뒤로 밀려나다 더 이상 밀려날 곳이 없자 일격을 가한 것이다.

"크억!"

"으으윽!!"

사자무적진이 급격히 와해되며 다섯 사람이 쓰러졌다.

"뒤로 물러나라! 어서!!"

진이 와해되자 서문인은 급히 단원들을 뒤로 물렸다. 황보혜령과 다른 단원들도 뒤로 물러났다.

"이놈들이!!"

서문인이 분노를 터트렸다.

마교를 상대하려 만든 사자무적진이 깨진 것도 놀라운 일인데, 반격을 피하지 못하고 단원들이 당한 것에 분노를 터트린 것이다.

사령오아 또한 창백한 안색으로 서문인을 노려보았다.

"이것이 다 네놈들이 자초한 것이다."

"제법 실력이 있는 모양이로구나. 하지만 오늘 이 자리가 너희들의 무덤이 될 것이다."

서문인은 살심을 굳혔다.

단원들이 당한 이상, 어떤 방식으로든 끝장을 보고 싶었던 것이다.

휘이이익!

서문인이 자신의 검을 들고 분노에 몸을 떨고 있을 때 장내에 나타난 이들은 남궁호와 제갈미였다.

"한발 늦었군요."

"무슨 말이오?"

제갈미가 장내에 나타난 후 쓰러져 있는 사자무적단원들을 쳐다보며 당혹스러운 눈빛으로 말을 흘리자 서문인은 무슨 뜻인지 물었다.

제갈미의 눈빛에서 일이 잘못되었다는 것을 느낀 때문이었다.

"저 사람들은 관가를 습격해 토사와 관원들을 살해한 자들이 아니에요."

범인이 아니라는 말이 당혹스럽지 않을 수 없었다.

"그럼 누구라는 말이오?"

"지옥왜겸이 나타났어요."

"마교의 지옥왜겸 말이오?"

서문인이 눈을 크게 뜨며 말했다.

정말 지옥왜겸이 나타났다면 자신과 황보혜령이 무고한 사람을 핍박했을 수도 있기 때문이었다.

"그래요. 그자가 목위천을 죽이고 검반향에 대한 단서를 틀어쥔 것 같아요. 그자가 지금 옥룡설산으로 향했다고 하니 빨리 쫓아야 하는데 사자무적단원들이 이 꼴이니."

"그 말이 정말이오?"

"그래요."

"이, 이이!!"

서문인은 자신이 잘못했다는 것을 느꼈지만 어쩔 수 없

다는 사실에 서린과 사령오아를 노려보았다.

"미안해요. 관아에 도착하는 순간 혈겁이 일어난 것을 보고 미처 상황을 완전히 파악하지 못해 이런 일이 벌어진 것 같군요. 손속에 사정을 둔 점 감사드려요."

제갈미는 서린을 보며 사과를 했다. 혈겁의 흉수로 오인한 것을 사과한 것이다.

쓰러져 있는 단원들의 숨이 붙어 있는 것도 확인했는지 감사해하기까지 했다.

"괜찮습니다. 하지만 일이 이렇게 된 것은 저 사람이 우리의 말을 듣지 않았기 때문입니다."

서린이 서문인을 가리키며 불쾌한 표정을 지었다.

"죄송합니다. 다시 한 번 사과드리겠습니다. 그런데 저 분들도 내상이 있으신 것 같은데 괜찮겠습니까?"

"그리 큰 것도 아니고, 마침 좋은 요상약도 있으니 치료 하면 될 겁니다."

"다행이군요. 계속 이곳에 머무실 생각이십니까?"

사자무적단과 부딪친 터라 무림인들의 이목을 끌었을 상황이라 서린은 객잔에 머물 생각이 없었다.

"당신들 덕분에 이곳에 머물기는 틀린 것 같으니 지금 나가서 다른 객잔을 알아볼 생각입니다. 다음부터는 서로 부딪치지 않았으면 좋겠군요."

말귀를 알아듣지 못할 제갈미가 아니었다.

사자무적단원 열넷이면 자신들이 이곳에 데리고 온 세력의 오분지 일.

막대한 타격을 입은 것이었지만, 서린 일행을 어떻게 할 명분이 없었다.

제갈미는 씁쓸한 미소를 지을 수밖에 없었다.

"알았어요. 이만 가 보도록 하세요. 부서진 것들은 우리들이 변상하도록 하지요."

"고맙소. 대신 정보를 제공해 주겠다는 도움은 이것으로 없던 것으로 하도록 하지요. 오해이기는 하나, 우리 때문에 저들이 이번 일에 움직이지 못할 것이 분명하니 말입니다."

"아니에요. 이번 일은 어차피 우리의 잘못이니 한번 도움을 요청할 수 있다는 사실은 유효해요. 이건 무림맹을 떠나 제갈세가가 약속하는 거예요."

부담을 줄여 주려 했지만, 제갈미는 거절했다. 서린과의 인연을 이어 나갔으면 하는 것 같았다.

"알겠습니다. 말씀대로 단서를 쥔 지옥왜겸이라는 자가 옥룡설산으로 향했다면 빨리 쫓아야 할 테니 이곳에 더 이상 있다간 무림맹의 행사를 방해하는 꼴이 되겠군요. 저희들은 이만 떠나도록 하겠습니다."

"그렇게 하도록 하세요. 그리고 거듭 사과드립니다."

"그럼."

서린은 제갈미의 사과에 포권을 한 후 별채를 나섰다.

사령오아 또한 검을 집어넣지 않고 뒤를 따랐다. 그런 일
행을 바라보는 제갈미의 눈동자가 따라가고 있었다.

"으음, 정말 무서운 사람들이에요."

제갈미의 신음 섞인 말에 남궁호가 고개를 끄덕였다.

"그렇소. 천잔도문이라는 방파를 우습게 봤는데, 그게
아닌 모양이오. 적어도 일 갑자를 넘어선 수준의 내공을 가
진 것이 분명하오. 암흑가의 인물들이라 믿어지지 않을 만
큼 말이오."

"신비의 문파라는 장백의 진전과 사사묵련이라는 신비
단체의 진전을 이은자들이에요. 섣불리 단정할 수 있는 자
들이 아니지요. 휴우, 괜히 저들의 실력을 알아보려다가 피
해만 커졌군요."

"이번 일은 실이 더 큰 것 같지만 저들의 실력을 알았다
는 것으로 만족하는 것이 좋을 것 같소."

제갈미와 남궁호는 이미 반 각 전에 이곳에 도착한 상태
였다.

범인이 아니라는 것을 알고 있었지만 사자무적단의 포위
속에 있는 것을 보고서도 나서지 않았다.

서린과 사령오아의 힘과 정체를 확실히 알아보기 위해서
였다.

피해 없이 제압할 것이라는 생각과는 달리 진과 진의 격
돌에서 사자무적단이 패퇴할지는 몰랐던 터라 아쉽기 그지

없었다.

"단원들은 어때요?"

제갈미가 황보혜령에게 물었다. 사자무적단원들의 상세를 살폈던 황보혜령은 세 사람에게 말했다.

"무서운 실력을 가진 자들이에요. 상처를 살펴보니 그리 깊게 벤 것은 아닌 것 같지만, 검력에 의해 내상을 많이 입었어요. 요상단을 복용한다고 해도 회복하는 데 한 달을 걸릴 것 같아요."

목숨에는 지장이 없지만 내상이 큰 만큼 전력에서 제외해야 하기에 그들은 모두 난감한 표정이었다.

"어쩔 수 없군요. 우리가 독자적으로 이번 일을 추진하려던 것은 취소하겠어요."

"어찌할 생각이오?"

"은하검룡단과 힘을 합쳐야 할 것 같아요."

남궁호가 말없이 고개를 끄덕였다. 지금으로서는 최선의 방법이었다.

"우리와 합류할 준비를 하라고 은하검룡단에 연통을 넣으세요. 마교의 인물들이 속속 나타난데다가 전력에 차질을 빚은 이상 어쩔 수 없는 조치예요."

제갈미의 말에 모두 고개를 끄덕였다.

혼암마에 이어 지옥왜겸마저 나타났다면 마교의 고수들도 상당수 이곳에 왔다는 결론이기에 내린 결론이라는 것을 잘 아는 까닭이었다.

"그놈들은 어떻게 할 참이오?"

서문인이 서린과 사령오아에 대해 물었다.

"정체를 확실히 모르는 자들이라 비원각에서 이미 따라 붙었어요."

서문인의 질문에 제갈미는 이미 조치를 취했음을 설명했다.

"비원각에서 말이오?"

"그래요. 사사묵련이 워낙 신비에 가려져 있는 단체니 이번 기회에 정체를 파악해 놓는 것이 나을 테니까요."

서문인 또한 그녀의 설명에 더 이상 토를 달지 않았다. 상황판단에 관한한 자신을 능가하는 이가 제갈미였기 때문이다.

"나머지 인원들을 데리고 지금 옥룡설산으로 떠나야 합니다. 지옥왜겸이 단서를 쥐고 옥룡설산으로 떠난 것은 검반향의 전설을 쥐고 있는 자가 그곳에 있는 것이 분명하니까 말이죠."

"은하검룡단과 길이 어긋날 수도 있소."

"맞아요. 어디로 향할지 알 수 없으니 은하검룡단과 조우하는 장소는 이곳으로 하는 것이 좋겠죠."

"알았소. 그러는 것이 좋은 것 같소."

남궁호도 고개를 끄덕였다.

"서문검주는 이곳에 남아 수하들의 치료를 맡으세요. 그리고 은하검룡단과 연락이 닿으면 모두 옥룡설산으로 오라고 이르세요. 말마를 남겨놓을 생각이니 찾는데는 어렵지 않을 거예요."

"알겠소."

"그럼 가죠."

제갈미는 서문인에게 부탁을 한 후 신형을 날렸다. 남궁호와 황보혜령 또한 그의 뒤를 따랐다.

뒤를 이어 별채와 여강반점 바깥에서 대기하고 있던 나머지 사자무적단원들도 옥룡설산을 향해 떠났다.

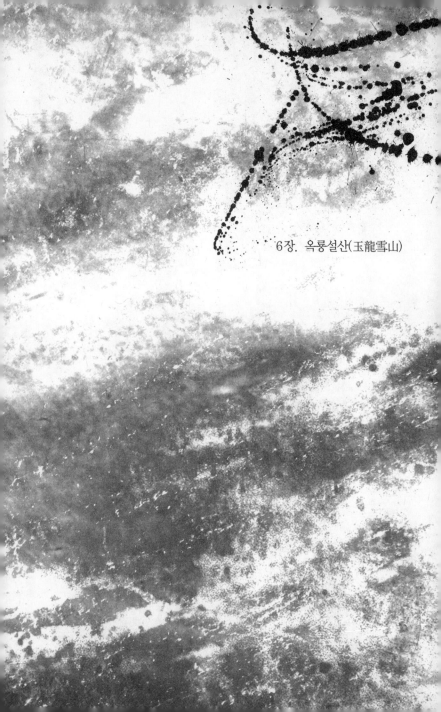

6장. 옥룡설산(玉龍雪山)

서린은 여강반점을 나선 후 경공을 발휘해 옥룡설산으로 향했다. 지옥왜겸이라는 마교의 고수가 목위천을 죽이고 얻은 정보를 토대로 옥룡설산으로 향했다면 검반향의 전설을 쥔 자 또한 그곳에 있을 확률이 컸던 까닭이다.

　여섯 사람은 달리면서 전음을 나누고 있었다. 제갈미에 대한 이야기였다.

　—소문주님, 그 여자 무서운 여잡니다.

　—그렇더군요. 이미 와 있으면서도 우리의 정체를 캐기 위해 지켜보다니 말입니다.

　—우리가 너무 노출된 것은 아닙니까?

　성겸이 우려를 드러냈다.

―그런 것 같습니다. 저들이 알고 있는 것을 보면 웬만한 자들은 우리에 대해 알고 있는 것이 분명합니다. 누군가 우리에 대해 알려 준 것처럼 말입니다.

―사실, 저도 그런 느낌이 들었습니다. 암흑가의 일이라 무림에서는 우리의 행적을 아는 자들이 드물 텐데 말입니다.

―앞으로 더욱 조심해야 할 것 같습니다. 자칫하면 우리가 사사묵련에 잠입한 것까지 드러날 염려가 있으니까 말입니다.

―알겠습니다, 소문주님!

―옥룡설산에 최대한 빨리 가야 할 것 같으니 속도를 높이도록 하겠습니다.

―예, 소문주님.

일행은 전음을 끝내고는 경공에 전력을 기울였다.

'후우, 답답하구나. 누군가의 손바닥 위에 놓인 기분이니 말이다.'

서린은 일련의 일을 겪으면서 불안을 느끼고 있었다. 사사묵련으로 잠입한 본래의 목적이 누군가에 의해 밝혀진 것이 아닌가 하는 생각에서였다.

'우리의 목적이 밝혀졌을 리는 없다. 워낙 철저한 준비 끝에 잠입한 것인 만큼 말이다.'

사사묵련에 잠입한 것은 한두 해 계획한 것이 아니었다.

오래전부터 치밀한 계획하에 준비된 터라 알 리 만무했다.

'사밀혼이 검반향의 전설에 대해서 흘린 것도 그렇고, 어쩌면 이번 일이 사사묵련에서 우리를 시험하기 위해 벌인 일일지도 모른다.'

마지막 시험일 수도 있다는 뇌리에 스쳤다.

'무림맹이나 마교, 그리고 동창까지 우리를 시험하기 위해 벌인 일이라고 한다면 일이 너무 크다.'

검반향의 전설을 이용해 자신들을 시험한다고 보기에는 무리가 있었다. 단순히 절기를 얻는 것이 아니라 대리의 보물이 걸려 있는 일이기 때문이다.

'사건이 벌어진 김에 우리를 시험할 무대를 마련한 것일 수도 있다.'

등에 소름이 쫙 끼쳤다.

검반향이 주목적이고, 그 와중에 자신들을 시험할 생각이라면 충분히 가능한 일이었던 까닭이다.

'시험이라면 그대로 따라 주는 것이 좋다. 우선은 꼬리에 붙은 자들부터 처리하자. 무림맹에서 우리를 감시하기 위해 붙인 것 같은데 옥룡설산으로 들어가면 처리하는 것이 났다.'

어느 정도 행보를 결정한 서린은 옥룡설산으로 향하는 발걸음에 박차를 가했다. 지금 생각해 보았자 아무런 결론을 얻을 수 없었기 때문이었다.

─명수 아저씨는 뒤에 따르고 있는 자들을 흔적 없이 처리하세요. 두 명이니 쉽게 처리하실 수 있을 거예요.

─알겠습니다, 소문주님!

무림맹에서 자신들을 미행하는 자들을 처리하기 위해 명수에게 은밀히 전음을 전했다.

암류의 무공에 일가견을 가지고 있는 명수라면 소리 없이 그들을 처리할 수 있었기 때문이었다.

명수 또한 뒤를 쫓는 자들이 있다는 것을 알고 있었기에 전음을 보내 왔다.

전음이 오고 간 지 얼마 후 명수는 경공을 발휘하다가 오룡설산으로 들어가는 숲에 근처에 당도한 후에 산등성이를 돌자마자 소리 없이 숲으로 사라졌다.

사령오아도 명수가 갑자기 사라진 것이 뒤에 따르는 자들을 처리하려는 것임을 알고 있었기에 서린을 따라 태연하게 경공을 발휘하며 따랐다.

사사삭!

얼마 지나지 않아 신형을 감춘 이가 명수가 사라진 곳에 나타났다.

비원각의 첩탐(諜探)이었다.

비원각의 고수는 지금까지 은밀히 서린의 뒤를 따르고 있었다. 은잠술을 발휘하며 경공을 펼치는 터라 모습은 잘 보이지 않았다.

서린 일행을 따르는 자는 무림맹의 정보단체인 비원각에서도 알아 주는 자였다. 무공은 그리 강하지 않지,만 경공과 추적술, 그리고 은잠술은 타의 추종을 불허할 만큼 깊이 익힌 자였다.

'꽤 빠르군.'

서린 일행이 전개하는 경공은 자신에 못지않았기에 놀라지 않을 수 없었다. 고산지대인 곳에서도 거침없이 내달리는 모습이 산을 잘 아는 자들이 분명함을 느낀 것이다.

사사삭!

한 명이 지나가고 난 뒤 얼마 지나지 않아 또 다른 이가 나타났다. 그 또한 비원각의 첩탐이었다. 삼십 장 간격을 유지한 채 은밀히 뒤를 따르고 있었던 것이다.

앞에서 추적하는 자가 당하게 되면 자신이 알아낸 사실을 전하고 뒤를 추적을 감행하는 비원각의 독특한 추적 방식이었다.

탁!

얼마를 달렸을까.

서린 일행을 추적하며 앞서 가던 자가 갑자기 걸음을 멈추었다.

삼십여 장 뒤에서 따르는 자 또한 동료가 발걸음을 멈추는 것을 보고 걸음을 멈추었다.

'이상하군! 왜 멈춘 것이지?'

이상하다는 생각이 들었다.

얼굴과 정체는 잘 모르지만 같은 비원각 소속이기에 능력을 잘 아는 터였다. 그런데 추적하다 멈추었다는 것이 의문이었던 것이다.

'혹시?'

그는 자신들이 뒤따르는 것을 눈치채고 누군가 남은 것이 아니가 하는 생각이 들었다. 그것 말고는 멈출 이유가 없었던 것이다.

그의 이런 의문은 오래가지 않았다. 그의 눈앞에 바람처럼 누군가 나타나 하얗게 웃고 있었기 때문이었다.

우드드득!

앞에 있는 동료를 바라보던 그의 눈동자가 돌아갔다.

목이 통째로 꺾어졌던 것이다. 명수의 절기인 추혼명수에 의해 비명 한번 지르지 못하고 당한 것이다.

'크으윽, 발, 발각되었다. 어서 도망쳐라. 어서……'

앞에 있던 동료에게 주의를 주저했지만 그의 목소리는 그저 목 안에서만 맴돌 뿐이었다.

목이 꺾인 상태에서 쓰러지는 그를 명수가 조용히 끌어안으며 바닥에 뉘었다.

'이제 저놈만 처리하면 되겠군.'

명수가 뒤에 있는 자신의 뒤에 있는 동료를 소리 없이 잠재우고 있을 때 앞에 있던 자는 땅 위에 나 있는 흔적을 바라보며 고민하고 있었다. 여섯이던 흔적이 갑자기 다섯으로 줄어 있었기 때문이다.

'우리가 따르는 것을 알아차린 것인가? 하지만 어떻게? 그리고 흔적이 하나도 남지 않았다. 그렇다는 것은……'

지금까지 흔적을 찾는 것도 어려웠는데 갑자기 한 명의 흔적이 사라지자 당황스러웠다.

주변을 아무리 살펴봐도 나머지 한 명의 흔적을 찾을 수 없었기 때문이었다.

'우리가 쫓고 있는 것을 알고 한 명이 남은 것이 분명하다. 아무런 흔적도 찾을 수 없는 것을 보면 우리보다 은잠술이 뛰어난 자다. 제길! 여기가 내 죽을 자리였군.'

쫓던 사냥감의 흔적을 놓쳤다는 것은 자신이 사냥을 당할 차례라는 것을 뜻했다.

'그래도 저자들의 정보는 전해질 것이다.'

어차피 죽음을 달고 사는 처지.

자신이 죽는다 하더라도 가족은 평안히 살 수 있을 것이기에 비원각의 요원은 두려움을 삭혔다. 자신이 당하더라도 동료가 있기 때문이었다.

자신이 당한다면 그가 돌아가 전말을 보고할 것이기에 망설이던 마음을 접고 다시금 서린 일행을 추적하기 시작했다.

'후후후, 이렇게 죽은 것도 모르고 동료를 믿고 있는 모

양이로군.'

명수는 다시 추적을 시작하는 모습을 보고는 조심스럽게 기다렸다. 완전히 시야에서 사라지자 바닥에 위여 놓은 시체를 안아 들었다.

휘이익!

명수의 신형이 소리 없이 떠올라 나무 위로 향했다. 그리고 눈에 잘 띠지 않는 나뭇가지 사이에 시체를 숨겼다.

'어차피 잠깐의 시간만 벌면 된다. 이 정도면 하루 정도는 이자의 시체를 찾지 못할 것이다.'

명수는 시체를 감추고는 나무 위에서 내려와 서린을 추적하고 있는 자를 쫓았다.

그의 신형은 마치 유령의 그림자마냥 소리 없이 그의 뒤를 쫓았다.

비원각의 첩탐은 뒤에 있던 동료가 당한지도 모르고 서린 일행을 쫓았다.

명수가 자신을 추적하고 있다는 것을 모르는 이상 자신의 동료와 비슷한 운명을 걸을 것이 분명했다.

*　　　*　　　*

옥룡설산의 한 자락에 일단의 무림인들이 움직이고 있었다.

그들은 모두 검은 복면을 하고 있었고 빠르게 사방을 수색하며 산으로 오르고 있었다.

"최대한 넓게 수색하도록 해라. 피를 흘리고 있는 이상 멀리 도망가지는 못했을 것이다."

복면인들의 선두에는 작달 만한 몸집에 자신의 키만 한 거대한 낫을 둘러멘 노인이 복면들을 독려하고 있었다.

목위천을 죽이고 검반향의 전설을 쫓아 옥룡설산을 뒤지고 있는 마교의 지옥왜겸(地獄矮鎌) 노청(魯鯖)이었다.

한 자루 대겸을 쓰는 그는 마교에서도 손꼽히는 고수로 악명이 자자했다.

자신보다 키가 큰 적은, 대겸으로 자신의 키만큼 만들어 버리는 잔혹함으로 악명이 무림에 널린 퍼진 자였다.

"정파 놈들이 냄새를 맡기 전에 빨리 일을 끝내야 한다. 제기랄! 그때 끝냈어야 했는데……."

노청은 목위천에게서 얻은 단서를 토대로 옥룡설산 밑자락에 있는 움막을 급습했었다.

예상대로 검반향의 전설을 쥐고 있는 자는 그곳에 있었다.

하지만 검반향의 전설을 쥔 자를 놓쳐 버렸다. 수하들의 협공을 받자 화탄을 터트린 후에 옥룡설산으로 달아나 버렸던 것이다.

자신이 나서기도 전에 재빠르게 자리를 벗어난 탓에 노

청은 애가 타고 있었다.

무림맹에서도 검반향의 전설 속에 가려진 진실을 알고 있을 것이기 때문이었다.

부국이었던 남조와 대리국의 보물이 감추어진 장소를 알고 있는 자가 바로 검반향의 전설을 간직하고 있는 이라는 것을 알고 있는 것이 아니라면 그만한 전력을 이곳으로 보낼 까닭이 없었던 것이다.

시간을 두고 추적을 해도 되지만, 무림맹과 얽혀 들면 골치가 아파지기에 서둘러야 했다. 이번 일은 시간이 성패를 좌우하는 것이라는 잘 알고 있는 까닭이었다.

"으드득, 최대한 빨리 놈을 잡아야 한다. 상처가 깊으니 그리 멀리 가지는 못했을 것이다."

놓치기는 했지만 그나마 다행이라면 수하들과의 격전에서 큰 상처를 입었다는 것이다.

상당한 피를 흘리고 있었기에 수하들의 추적술이라면 얼마 있지 않아 잡을 것이 분명했던 것이다.

"당주! 이곳입니다."

추적하고 있던 수하의 입에서 흔적을 찾았다는 말이 들리자 지옥왜겸은 나는 듯이 발견된 장소로 향했다.

"피가 굳어진 정도로 봐서는 이곳을 지나친지 일각이 넘지 않았습니다."

"후후후! 이제야 놈을 잡을 수 있겠군. 참으로 약은 놈이야. 목상운이라고 했던가?"

흔적을 요리조리 지우며 추적을 따돌리던 자의 제대로 된 흔적을 발견하자 지옥왜겸은 회심의 미소를 지었다. 일각정도라면 금방 추적할 수 있었기 때문이었다.

"빨리 놈을 쫓는다."

파파팟!

검은 복면인들의 신형이 일제히 자리를 떴다. 그들은 그물처럼 넓게 포위망을 구축한 후 짐승을 몰듯이 빠른 속도로 경공을 펼쳤다.

팟!

지옥왜겸의 신형도 자리를 벗어나 수하들의 뒤를 따르기 시작한 것이다.

일각 이내라면 혈향만으로도 적을 추적할 수 있도록 훈련받은 흑혈대였기에 달리는 속도는 매우 빨랐다.

빠르게 추적을 해 가는 흑혈대의 앞쪽에는 피투성이인 사나이가 힘겨운 도주를 하고 있었다.

지옥왜겸이 쫓고 있는 목상운(木像運)이었다.

목상운은 온몸에 검상을 입고 있었다. 왼쪽 어깨 쪽은 눈에 확 뜨일 정도로 깊숙이 패여 들어가 있는 것이 심각해 보였다.

목상운은 초조한 표정으로 뒤를 연신 돌아보며 옥룡설산의 깊숙한 곳을 향해 달리고 있었다.

"헉! 헉!"

워낙 높은 지대라서 그런지 목상운의 숨은 아주 가팔랐다.

'죽일 놈들! 내가 머물고 있던 움막이 이렇게 빨리 탄로난 것을 보면 형님께서는 변을 당하신 것이 분명하다.'

목상운은 여강의 토사인 목위천의 막내 동생이다.

자신이 믿는 형이기에 검반향의 전설을 얻고 제일 먼저 상의했다.

자신이 검반향을 얻은 것이 알려지게 되면 혈풍이 불어 닥칠 일이라는 형의 조언을 듣고 몸을 숨겼다.

형이 알려 준 움막을 찾은 것이 열흘 전이었고, 그곳에서 조용히 구하천풍검법을 익혀 나가고 있었다.

그동안 아무 일도 없었는데 오늘 난데없이 복면을 한 자들의 습격을 받았다.

그리 간단한 자들이 아니었다. 쫓아온 자들의 검은 잔혹하고 거칠었다. 상당한 검술을 익힌 자신이었지만 당할 수가 없었다.

'형님이 위해 위험할 때 사용하라고 건네준 화탄이 아니었다면 난 벌써 죽었을 것이다.'

화탄을 사용해 간신히 위기를 넘길 수 있었다. 실력이 모자라다는 것을 뼈저리게 느꼈다.

'크윽! 지금은 살아남는 것이 우선이다. 놈들의 손에서 벗어나려면 산을 돌아 금사강 상류까지 가야 한다. 이 위기를 벗어난 후에 구하천풍검법을 극성까지 익혀야 한다. 그렇지 않으면 형님의 복수는 요원한 일이다.'

자신이 얻은 것을 수습해야만 복수를 할 수 있을 것이다. 그러려면 이 위기를 벗어나는 것이 우선이었다.

'제길! 피를 너무 많이 흘렸다.'

옷을 찢어 상처를 틀어막았지만 계속 선혈이 흐르고 있었다.

어쩌면 왼팔을 잘라 버려야 할지도 모르는 큰 상처였다.

이런 몸으로 자신을 쫓는 자들을 상대한다는 것은 무리였다.

금사강 상류까지 간 후 뱃길을 통해 빠져나간다면 일말의 살길이 열릴지도 몰랐다. 그러기 위해서는 일단 이곳을 벗어나는 것이 급선무였다.

자신이 흘린 피로 인해 추적이 쉬어 진다는 것을 잘 알고 있기에 흐려져 가는 의식 속에서도 발걸음을 옮기고 있었다.

팟!

전면에서 일어나는 기척에 목상운의 검이 휘둘러졌다.

누군가 그의 앞에 나타났지만 벨 수는 없었다. 피를 너무 많이 흘린 탓으로 기력이 소진한 탓도 있었지만 그의 검으로는 상처를 입힐 수조차 없는 고수였기 때문이었다.

"검을 거두시오, 우리는 청성에서 왔소."

목상운 앞에 나타난 사람들은 검을 피한 후 자신들이 청성에서 왔음을 밝혔다.

"청성?"

"그렇소."

목상운은 청성이라는 말에 검을 거두었다.

'역시 왔구나.'

검반향이라는 전설의 태동이 청성이었다. 청성은 검선을 꺾은 검반향을 가지고 싶어 한다. 적어도 자신을 해칠 자들이 아니었다.

"추적하는 자들이 있소. 무서운 자들이요."

"알고 있소. 당신을 추적하는 자들은 마교팔당의 당주 중 하나인 지옥왜겸과 흑혈대요. 그리고 마교뿐만 아니라 무림맹에서도 당신을 잡기 위해 나섰소."

'으음, 마교와 무림맹이 내가 가지고 있는 비밀을 알고 있는 것인가? 그럴 리가 없는데. 그건 오직 나만이 알고 있는 것인데 어떻게⋯⋯.'

목상운은 의아했다. 마교는 물론 무림맹까지 나설지는 몰랐던 것이다.

"마교라니? 그리고 무림맹에서는 어째서 나를 쫓는 것이오?"

"그것은 나도 잘 모르겠소. 우리는 당신 형님으로부터

소식을 듣고 왔으니 말이오."

"형님이 당신들을 불렀다는 말이오?"

알아서 조치를 취하겠다고 하며 숨어 있으라던 형님의 수가 청성이었음을 알 수 있었다.

"그렇소. 아마도 위험한 예감을 느낀 모양이오. 우리가 이곳에서 기다리고 있었던 것은 움막이 발견될 경우 당신의 탈출로가 이곳이라는 것은 당신 형님에게 들었기 때문이오."

"그랬군요. 그런데 형님은 어떻게 됐소."

혹시나 하는 생각에 목상운은 자신의 형에 대한 안위를 물었다. 청성삼수에게서 돌아오는 대답은 자신의 예상과 다르지 않은 소식이었다.

"당신 형님은 마교 놈들에게 당했소. 일단 상처가 급하니 지혈을 한 후 떠나야 할 것이오. 계속해서 피를 흘렸다간 놈들에게 추적할 단서를 제공할 뿐이니 말이오."

"알았소."

목상운이 허락하자 청성이수인 일쾌섬 단문호가 빠르게 혈도를 짚어 지혈을 시켰다.

곧이어 금창약을 바르고는 가지고 있던 천으로 상처를 싸맸다. 그의 손길은 무척이나 빨랐는데, 마교의 추적이 있기에 서두르는 것이었다.

"어느 정도 지혈이 됐으니 놈들을 따돌리기가 쉬워질 것이오."

"고맙소."

"우리는 운삼평(云杉坪)으로 갈 것이오."

"그곳으로 가면 안 되오. 운삼평으로 간다면 놈들의 손아귀에서 빠져나갈 수 없소. 놈들의 추적을 피해 가려면 금사강으로 가야 하오. 금사강에 안배가 마련되어 있으니 그곳으로 가면 살길이 있을 것이오."

단문호의 말에 목상운은 금사강으로 가야 한다며 발걸음을 옮기던 단문호를 잡았다.

"그곳이 가장 좋은 탈출구이기는 하지만 가 봐야 소용이 없소. 이미 그곳은 놈들의 천라지망이 쳐져 있을 테니 말이오."

"무슨 말이오?"

"마교를 얕보지 마시오. 그들은 죽은 자의 영혼에게서도 알아낼 것은 알아내는 자들이오."

"무슨 말입니까?"

"놈들은 당신 형님에게 이혼술을 펼쳤을 것이 분명하오."

"이혼술을 펼쳤다는 것을 어떻게 확신하는 것이오?"

"당신이 지금까지 쫓기던 도주 경로를 생각해 보면 간단히 알 수 있는 일이오. 놈들은 당신을 천천히 금사강으로 몰고 있으니 말이오."

"으음."

목상운이 신음을 흘렸다.

'우회하려고 하면 갑자기 공세가 달라졌다. 그렇다는 것은……'

마음이 급할 때는 몰랐지만 지금 생각해 보니 금사강 쪽으로 자신을 토끼몰이를 하고 있는 것이 분명했다.

"운삼평은 밀림이 울창하고 물이 많은 곳이니 놈들을 따돌리기 좋을 것이오. 우리가 방향을 바꾼다면 놈들은 자신들의 예상이 틀어졌음을 알고 포위망을 다시 짤 것이오. 그렇게 놈들이 흐트러지고 금사강의 경계가 허술해질 테니 그때 간다면 놈들의 포위망을 벗어날 수 있을 것이오."

이미 모든 것을 염두에 둔 단문호의 말에 목상운은 고개를 끄덕였다.

그의 말대로라면 그렇게 하는 편이 위험을 벗어날 확률이 훨씬 높았기 때문이었다.

"알았소."

네 사람은 곧바로 운삼평으로 향했다. 그곳은 옥룡설산에서도 숲이 울창하기로 유명한 곳이었다.

또한 원시림에 둘러싸인 호수가 있는데 물이 많아 흔적을 지우며 몸을 숨기기에는 유리한 지형이었다.

*　　　*　　　*

사사삭!

숲을 헤치며 지옥왜겸과 흑혈대가 나타난 것은 청성삼수와 목상운이 자리를 떠난 후 일각이 조금 지나서였다.

"이곳을 보십시오. 핏자국이 여기서 끝이 났습니다. 그리고 이곳에서 누군가를 만난 것 같습니다."

흑혈대원 중 하나가 흔적을 살피며 지옥왜겸에게 보고를 했다.

"무엇이라!!"

방수가 있을지도 모른다는 이야기이게 지옥왜겸의 신형이 번개같이 움직였다.

"흔적은 모두 넷입니다. 그놈과 이곳에서 기다리고 있던 자들이 세 명입니다. 놈들은 금사강 쪽이 아닌 옥룡설산 중턱으로 향했습니다."

목위천을 고문하고 이혼술로 알아본 결과로는 목상운은 금사강으로 향해야 했다.

그런데 지금 이곳에서 기다리고 있었던 자들과 함께 엉뚱한 방향으로 달아나고 있었다.

"으음, 조호이산인가? 금선탈각인가?"

노청은 갈피를 잡을 수 없었다.

"설마 놈이 목위천마저 속였다는 말인가?"

방수에 대한 것은 목위천으로부터 알아내지 못했던 일이

기에 노청은 마음이 급해졌다.

"어서 금사강으로 신호를 보내 혼암마를 이리로 오도록 해라. 아무래도 그놈들은 우리가 금사강에서 자신을 기다리고 있다는 것을 눈치챈 모양이다."

"알겠습니다, 당주!"

"이놈! 머리를 약게 썼구나. 하지만 네놈은 우리의 손에서 벗어날 수 없을 것이다. 놈들이 방향을 튼 이상 일이 곤란하게 되었다. 최대한 빠른 시간 안에 놈들을 잡는다."

노청은 수하들을 다그쳐 추적하는 속도를 빠르게 했다. 목상운을 도와주는 방수들이 있다면 자칫 놓칠 수도 있기 때문이었다.

흑혈대의 발걸음이 분주해졌다. 지옥왜겸의 성정을 아는 까닭이다.

키가 범인의 절반을 약간 넘지만, 그의 겸이 얼마나 무서운지 흑혈대는 잘 알고 있었던 것이다.

이번 추적에 실패해 목상운을 잡지 못한다면 지옥왜겸의 화가 자신들에게 고스란히 돌아올 것이라는 것을 알기에 그들은 청성삼수와 몽상운이 사라진 방향을 향해 전력을 다해 추적하기 시작했다.

파파팟!

땅 위를 한 번 디딘 후 나아가는 거리가 이장 여에 달하는 움직임을 발하는 이들은 바로 서린과 사령오아였다.

명수가 자신들을 뒤따르던 자들을 모두 처리한 후 전속력으로 장천산행을 펼치고 있었던 것이다.

이렇게 속도를 내는 이유는 서린이 혈혈기감을 통해 마교 고수들의 흔적을 느꼈기 때문이었다. 마교가 목상운을 먼저 잡는다면 서린으로서도 낭패였던 것이다.

삼몽환시술을 통해 자신에게 모든 지식을 넘긴 서린과 호연자가 꾸미고 있는 계획은 막대한 자금이 필요하기에 남조와 대리에서 전해진 보물을 꼭 얻을 필요가 있었다.

목상운은 지금 서린에게도 필요한 존재였다.

청성삼수와 목상운이 만났던 지점에 서린 일행이 도착한 것은 마교의 고수들이 떠난 뒤 반 시진이 지나서였다. 그들은 떠나갔지만 많은 흔적을 남기고 있었다.

"그가 이곳에서 누군가를 만난 것이 분명한 이상 빨리 서둘러야 합니다. 마교의 추적이 급해지고 있으니 말입니다."

"알겠습니다, 소문주님!"

서린과 사령오아 또한 운삼평을 향해 경공을 사용해 달리기 시작했다.

스으으윽!

서린과 사령오아가 장내를 떠나자 그 자리에 누군가 나타났다. 검반향의 전설을 추적해 온 사밀혼들이었다.

"예상한 대로 저 녀석들이 왔군."

"그렇습니다, 대형!"

"일부러 검반향에 대한 전설을 흘렸으니 안 온다면 이상한 일이겠지. 칼을 든 자라면 검반향의 전설이 가지는 유혹을 뿌리치기 힘든 법이니까. 그리고 자유롭게 수련하라고 했으니 분명 호기심에라도 오는 것이 정상이다. 저 아이들은 힘을 얻기 위해 사사묵련에 들어왔으니 말이다. 안 왔다면 모종의 목적이 있거나 무인으로서는 싹이 노란 놈들이지."

"그런데 정말 저 아이들의 뒤에 배후가 있을까요?"

검절 장호기에 말에 파절 등섭인은 장호기의 의심에 대해 의구심이 든 듯했다.

"글쎄다. 지금부터 알아봐야겠지. 너희들도 알다시피 고원을 넘어오며 저 아이들이 보인 능력은 탁월한 것이었다. 비록 사사밀혼심법을 익혔다고는 하지만, 그 외에도 많은 것을 감추고 있는 느낌이 들었다."

"그것이야. 입련 한 다른 아이들도 같은 처지 아닙니까. 련에 들어오기 전에 자신이 속한 문파에서 실력을 닦았을 테니 말입니다."

"그러기에는 저 아이들이 가진 능력이 너무 뛰어나다. 서린은 모르겠지만 성겸을 비롯한 사령오아는 능히 삼영주들과 겨루어도 손색이 없는 실력 같으니 말이다."

"으음."

"저 아이들을 들이기 전 좀 더 확실히 저 아이들에 대해 살펴보자는 것이다. 위험을 겪다 보면 어쩔 수 없이 감추고 있는 본신의 실력을 꺼낼 것이니 말이다. 그렇게 되면 저 아이들의 무공의 원류도 파악할 수 있을 것이다. 그러면 저 아이들에 대해 확실한 판단을 내리게 되겠지. 또한 검반향의 전설을 얻는 데도 도움이 될 테고."

"알겠습니다. 그럼 대형 말씀대로 좀 더 살펴보기로 하지요."

사밀혼의 대형인 장호기는 서린과 사령오아에 대한 최후의 시험을 검반향의 전설을 얻는 것으로 하고 있었다.

그것은 대륙천안의 특성 때문이었다.

자신들은 믿고 있지만 만약 서린과 사령오아가 적대적인 세력의 간자라면 사사묵련 전체가 위험해질지도 모르는 일이기에 신중을 기하고 있는 것이다.

또한 사사밀혼심법에 대해 그 누구보다도 뛰어난 성취를 보이고 있는 서린과 사령오아였지만 사전에 준비된 자들인 것 같은 느낌도 들었기에 하는 마지막 시험이었던 것이다.

"그래! 좀 더 살펴보면 알게 되겠지. 자 가자!"

사밀혼은 서린이 사라진 방향으로 경공을 발휘했다.

함께 나선 이상 어차피 검반향의 전설은 자신들에게 들어올 터였다. 옥룡설산에 들어온 고수들 중 자신들을 능가

할 자들이 없었기에 자신하고 있었다.

그들은 검반향에 대한 전설보다는 사실 서린과 사령오아가 보여 줄 능력에 대해 더욱 큰 관심을 가지고 있었다.

이번 마지막 시험을 통과한다면 사사묵련의 사람들 중에 대륙천안에 든 자가 여섯이나 늘어나기 때문이었다.

들키지 않을 것이라 자신하는 사밀혼들이었지만, 서린은 이미 이들의 움직임을 알아차리고 있었다.

멀리 떨어지기는 했지만 자신들의 뒤에서 쫓고 있는 사밀혼 의 기운을 느낄 수 있었던 것이다. 무공과는 성질이 다른 혈혈기감에 찾고자 했던 사람들의 기운이 걸려든 것이다.

'왔구나.'

갑자기 속력을 늦추는 것을 보며 성겸이 전음을 보냈다.

―소문주님! 무슨 일입니까?

―그들입니다.

자신을 살피기 위해 사밀혼들이 은밀하게 뒤를 쫓고 있다는 사실을 성겸 또한 알고 있었기에 얼굴이 굳어졌다.

―정말입니까?

―그렇습니다. 역시, 제 예상대로군요.

―예상대로라니요?

―저들이 검반향의 전설에 대해 자세하게 말해 준 것은 시험을 해 보기 위해서였던 것 같습니다.

―시험을 하다니요?

―사사묵련은 암흑가와 흑도방파를 끌어들여 만든 단체입니다. 암흑가와 흑도방파의 인물들이라면 힘을 최우선으로 여깁니다. 천잔도문이야 조금 다르기는 하지만 그들이 생각하기에는 그 범주에서 벗어날 수 없지요.

―다른 속내가 없다면 검반향을 쫓아야 정상이라는 말씀이군요.

"맞아요. 사사묵련에 속하기는 하지만 자파의 힘을 높일 기회를 놓칠 사람은 없으니 말이죠. 그리고 만약 시험이 아니라면 우리와 합류해야 정상입니다.

―그렇긴 합니다만, 너무 앞서 가시는 것은 아니신지 모르겠습니다.

―아니에요. 우리가 만약 검반향의 전설을 쫓아오지 않았다면 저들은 확실히 의심했을 겁니다. 보통의 흑도문파 사람이라면 반드시 검반향의 전설을 쫓으려 했을 테니까 말입니다.

―으음, 그럴 수도 있겠군요. 하지만……

―그것뿐만이 아닙니다. 사밀혼들은 이번 일을 기회로 우리가 가지고 있는 진실한 실력을 알고 싶어 하는 것 같습니다.

―우리들의 실력을 말입니까?

―네, 대륙천안에 들어가 자신들의 힘이 될지 알아보려

는 것 같습니다. 우리의 종적을 발견해 놓고도 나타나지 않는다는 것은 그 이유밖에는 없으니까 말입니다.

—그렇군요.

—지금부터가 중요합니다. 장백의 절기까지는 사용하더라도 제가 전해 드린 것들과 그것에서 얻은 것들은 절대 드러내지 마세요. 자칫 일을 그르칠 수 있습니다. 사밀혼들에게 믿음을 심어 주어야 하니 말입니다.

서린은 자칫 혈왕의 맥을 이은 자들이 남긴 것들을 사령오아가 드러낼까 우려해 다짐을 두었다.

—걱정 마십시오. 죽는 순간까지 함부로 드러내지 않을 테니 말입니다. 그리고 그것이 아니더라도 충분히 이 상황을 타개해 나갈 수 있으니 말입니다.

성겸이 자신하듯 전음을 보냈다.

비록 무림맹과의 마찰에서는 진실한 실력을 드러내지 않았지만 마교와 붙어도 결코 지지 않을 것이라는 것이 모두의 생각이었다.

—좋습니다. 그런 이제부터 마교 고수들과 한번 놀아 보도록 하지요. 사밀혼들이 우리를 살펴 기회를 주어야 하니 말입니다.

—알겠습니다.

—이제부터 철저히 자신을 숨겨야 합니다.

—알고 있습니다.

—기척을 최대한 죽이십시오.

—예, 소문주님.

성겸을 비롯한 사령오아는 고개를 끄덕이며 더욱 은밀하게 신형을 움직였다.

조심스럽게 앞서 움직이며 전진하던 서린이 손을 들어 수신호를 보냈다. 사령오아는 곧바로 움직임을 멈춘 후 은신을 했다. 어느새 마교의 고수들과 가까워져 있었던 것이다.

—마교의 고수들과 가까워졌습니다.

—그렇군요.

—아무래도 저 숲속에 검반향의 전설을 가진 자가 있을 것 같습니다.

—저 숲에 말입니까?

—그렇습니다.

—수기(水氣)가 느껴집니다.

—계곡이나 물길이 있나 보군요. 소문주님 말대로 저 안으로 들어간 것 같습니다.

울창한 원시림과 계곡을 흐르는 물들이 추적을 어렵게 할 것이 틀림없는 이상, 검반향의 전설을 쥔 자는 이곳으로 숨어든 것이 분명해 보였다.

—들어갑니다.

—예.

스르릉!

서린을 비롯한 사령오아는 일제히 검을 빼 들고는 이내 숲으로 신형을 감췄다.

사사묵련이 자랑하는 사밀야혼이 펼쳐진 것이다.

이미 사사밀혼심법이 어느 정도 경지에 든 터라 그들의 모습은 이내 숲과 동화되어 흔적을 찾을 수 없게 되었다.

—놀랍군. 저토록 매끄럽게 사밀야혼을 시전하다니 말이야.

사라져 가는 신형들을 바라보며 장호기를 비롯한 사밀혼들은 놀라움을 감추지 않았다. 숲을 향해 은잠해 들어가는 모습이나, 기운을 지우는 것이 자신들에 못지않았기 때문이었다.

—수련을 제법 쌓은 것 같습니다. 우리들 앞에서 실력을 삼 푼 감춘 것을 보면 심기로 제법 깊고 말입니다.

—사밀야혼을 펼쳐 저 아이들을 은밀히 따른다. 모두들 주의해라. 검을 빼 들은 것을 보아 마교의 아이들과 일전을 불사할 모양이니 말이다. 각자 아이들에게서 눈을 떼지 말아야 한다. 그리고 이상한 점이 보이거든 즉시 내게 알리도록 하고.

—알겠습니다. 대형!

사밀혼도 사밀야혼을 시전 해 숲으로 숨어들었다.

그들의 움직임은 서린과 사령오아가 펼친 것과는 완연히

다른 모습이었다. 움직이는 순간 허깨비 마냥 완전히 신형이 사라지고 있었다.

사밀혼들은 서린 일행을 따르며 은잠해 오다 커다란 계곡을 볼 수 있었다. 물길이 흐르는 계곡 주변에는 마교의 흑혈대들이 곳곳을 수색하고 있었다.

─저자가 지옥왜겸인가 봅니다.

광절이라 불리는 철무정은 호수를 바라보며 수하들의 움직임을 주시하고 있는 지옥왜겸에게 향해 있었다.

─만만치 않은 자로군.

─그렇지만 두려워할 상대는 아닙니다.

─혼암마가 이곳에 온 것이 확실하니 그가 어디 있는지 살펴보도록 해라.

장호기의 말에 광절이 한참을 살폈지만 숲에서 움직이고 있는 자들 중에서 혼암마의 모습은 찾을 수가 없었다.

─그자는 이곳에 오지 않았나 봅니다.

한참을 살펴보던 광절이 혼암마의 부재를 알려왔다.

─아이들의 흔적은?

─죄송합니다. 찾기가 힘이 듭니다. 아이들이 숲에 완전히 동화된 상태라 찾기가 어렵습니다.

사사밀혼십범의 성취가 제일 높은 광절이 서린 일행을 찾기 어렵다고 하자 장호기의 눈살이 찌푸려졌다. 자신들의 예상을 뛰어넘는 성취였기 때문이었다.

―그럼 상황이 변동될 때까지 이곳에서 지켜보기로 한다. 그 아이들은 이곳을 떠나지 않은 것이 분명하니 말이다.

―알겠습니다. 대형!

사밀혼들은 상황을 지켜보기로 했다.

검반향의 전설을 쥔 자도 나타나지 않았고 괜히 마교와 부딪쳐 봐야 좋을 일이 없었기 때문이다.

* * *

"아직까지 흔적을 찾지 못했느냐?"

노기가 가득한 지옥왜겸의 말에 흑혈대의 무사들은 불안한 마음을 어쩔 수 없었다.

"찾고 있으니 조금 있으면 그놈들의 흔적을 찾을 겁니다."

노청이 이렇게 화를 내는 이유는 호수 근처에서 목상운의 흔적을 놓쳤기 때문이었다.

혹시나 하는 생각에 호수 반대편을 뒤졌지만 흔적을 나타나지 않고 있었던 것이다.

"이놈들이 어디로 사라졌다는 말인가? 잡히기만 하면 팔다리를 모조리 끊어 놓을 것이다. 이놈들! 뭐하는 것이냐! 샅샅이 뒤져라 어서!!"

"알겠습니다, 당주!!"

분노가 깃든 노청의 외침에 흑혈대가 호수 주변을 분주히 오가며 목상운가 청성삼수의 흔적을 찾기 시작했다.

하지만 땅으로 꺼진 것인지 일각여가 지나도록 흔적을 찾을 수가 없었다.

"아무래도 인원을 더 불러야 할 것 같습니다. 놈들은 이곳에서 이미 빠져나간 것 같습니다."

수색을 하던 수하의 보고에 노청은 분통을 터트렸다.

"병신 같은 놈들! 상처 입은 놈 하나 잡지를 못하다니. 혼암마는 어디쯤 왔다고 하더냐?"

이미 지원을 요청한 상태이기에 노청은 혼암마가 어디쯤 오고 있는지 물었다. 혼암마는 아직은 정식으로 마교 내단에 소속되어 있는 자가 아니었다. 이번 일의 결과로 아마 내단에 정식으로 소속될 것이 분명한 자였다.

새로운 자들이 합류한 이상 어떤 세력이 있을지 모르는 상태였다.

지닌 바 실력은 자신을 상회한다는 것을 알고 있기에 그의 도움이 필요할지도 모른다는 생각이 들었던 것이다.

자신이 감당하지 못하는 자들이 합류하고 포위망을 벗어났다면 혼암마와 합세해 쫓아야 했기 때문이었다.

차차창!

"당주!"

"들었다. 어서 가자!"

노청은 병장기가 부딪치는 소리를 듣자마자 신형을 날렸다.

작은 몸과는 어울리지 않게 무척이나 빠른 모습이었다. 소리가 들린 곳은 자신들이 목상운을 추적해 온 길에서 한참을 벗어난 곳이었다.

"후후!! 너희들이 달아날 곳은 없다."

싸늘한 음색을 흘리며 청성삼수와 목상운을 바라보고 있는 이는 검은색의 비단에 은은한 운문이 새겨져 있는 복장을 하고 있었다.

후덕하게 생긴 얼굴과는 다르게 싸늘한 기운을 흘리고 있는 그는 세간에 마교와 연이 닿아 있다고 알려진 혼암마(混暗魔) 사진청(史溱淸)이었다.

시체를 이용해 시독을 흡수하는 혼암시혈공(混暗屍血功)을 익혔음에도 범인과 다름없는 모습인 그는 보기와는 달리 손속이 잔혹하기로 유명한 자였다.

혼암혈시공에 당한 대부분의 사람들이 자신의 몸이 녹아내리는 것을 보며 죽기 때문이기도 하지만 그전에 사진청에게 심장이 통째로 뜯겨 나가기 때문이었다.

청성삼수와 목상운을 막고 있는 자들은 금사강에서 기다리고 있던 마교의 흑혈대들이었다.

노청의 연락을 받고 오던 중 도망치는 청성삼수와 목상

운을 발견하고는 막고 있는 중이었다.

청성이 자랑하는 자들이었지만 청성삼수가 이들을 피해 달아나는 것은 어려운 일이었다.

워낙 많은 수가 자신들을 포위하고 있었기 때문이었다.

일쾌섬(日快閃), 일송향(一松香), 청천검(靑天劍)으로 불려지며, 청성의 검을 대표하는 이들이었지만 이들을 막아선 흑혈대 또한 만만치 않은 실력을 보유하고 있었기에 고전하고 있었다.

"이사형, 이대로는 안 됩니다. 어서 저 사람을 데리고 이 자리를 피하십시오."

"무슨 말이냐? 모두 같이 가야 한다. 그리고 이자들의 포위를 나 혼자서 뚫는다는 것은 불가능하다."

단문호는 자신의 사제인 장무린의 말에 혼자서 불가능하다는 것을 알리며 자신을 파고드는 흑혈대의 검날을 피해 공격하고 있었다.

"이대로 가다가는 전멸입니다. 어떻게 하실 작정입니까?"

"일단 저자가 문제다. 그리고 소리를 듣고 곧이어 쫓아올 지옥왜검도 문제가 될 것이고."

단문호는 자신을 들 노려보며 살기를 흘리는 사진청에게서 살이 떨릴 만큼 음습한 기운을 느끼고 있었다. 자신들을 발견한 것이 바로 그였기 때문이었다.

사진청이 청성삼수와 목상운을 발견한 것은 의외의 일이 었다.

흔적을 완전히 지우고 귀식대법을 사용해 미리 만들어 놓은 은신처에 숨어 있던 청성삼수와 목상운은 노청 일행이 지나갈 때만 하더라도 발견이 되지 않았었다.

자신들을 추적하던 노청이 지나가고 난 뒤 네 사람은 몰래 땅속에서 빠져나와 금사강으로 방향을 잡고 가다가 재수 없게도 사진청 일행과 정면으로 조우했던 것이다.

단문호는 지금 심각한 고민과 후회에 빠져 있었다.

어떻게 하면 이 자리를 무사히 벗어날 수 있을 것인가와 무림맹의 은하검룡단과 합류하지 않은 것이었다.

'제길, 두 마리 토끼를 한꺼번에 잡으려 했던 것이 괜한 욕심이었다.'

후회해 봤자 소용없는 일이었다.

일단 이 자리부터 모면하는 것이 우선이었다. 목상운을 가운데 두고 삼재진을 펼쳐 방어하고 있었지만 얼마나 갈지 몰랐기 때문이다.

'이들이 나 때문에 제 실력을 발휘하고 있지 못하는구나.'

목상운은 애가 탔다. 자신을 보호하느라 제대로 적을 상대하지 못하는 청성삼수를 보며 어찌할 바를 몰랐다.

자신이 가진 내력은 이십여 년 수준. 나서 봤자 일검에 목숨을 잃을 뿐이었다.

아무런 도움도 되지 못하고 짐만 될 뿐인 자신에 대해 자괴감마저 들었다.

'이곳을 벗어난다면 내 기필코 천하를 오시하는 자가 되리라. 저런 것들은 내 앞에서 절대 기를 펴지 못할 정도로 만들 것이다.'

목상운은 허물어지는 마음을 다 잡았다.

휘이이익!

누군가 장내에 나타났다.

나타난 자는 바로 노청이었다. 싸우는 소리를 듣고 호수에서부터 순식간에 다다른 것이었다.

"왜 저놈들을 저렇게 놔둔 것이오?"

노청은 사진청을 향해 아직까지 청성삼수와 목상운을 포위한 채 잡지 않는 이유를 물었다.

이곳까지 오는 동안 그래도 상당한 시간이었기에 사진청이 나섰다면 충분히 잡을 수 있었기 때문이었다.

"후후! 죽은 놈들을 보고 싶다면 지금이라도 나설 수 있습니다만!"

"으…… 음!"

사진청의 말이 맞았다. 적의 심장을 반드시 뽑아야 하는 혼암시혈공의 특성상 사진청이 나섰더라면 싸늘히 죽어 있는 죽음만을 봐야 했다는 것을 짐작했기 때문이다.

"무림맹 놈들이 조금 있으면 들이 닥칠 텐데 어쩌면 좋 겠소?"

노청은 무림맥에서도 검반향의 전설을 쫓고 있다는 것을 알기에 사진청의 의견을 물었다.

"당신이 나서면 될 것이오. 저기 청성의 아이들의 팔 하 나씩을 잘라 낸다면 금방 상황이 정리될 테니 말이오."

"알았소."

노청은 사진청의 말에서 가시를 느꼈지만 그의 말에 이 의를 달 수 없었다. 누가 봐도 지금은 그것이 최선이었기 때문이었다.

노청이 앞으로 나섰다. 그의 손에는 어느새 등에 매어져 있던 대겸이 놓여 있었다.

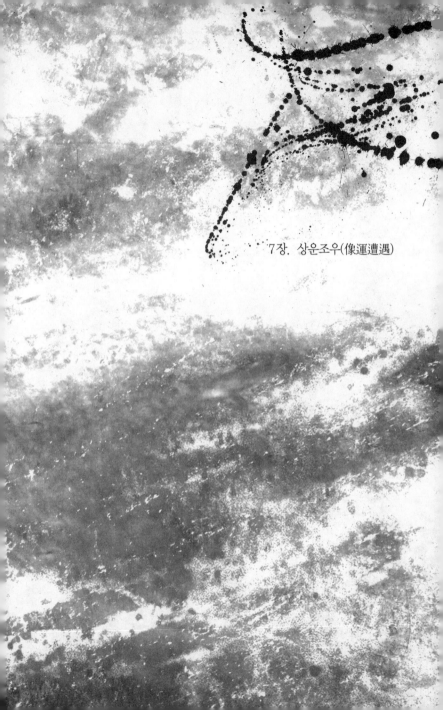

7장. 상운조우(像運遭遇)

"내가 바로 지옥왜겸이다. 그만 순순히 항복을 해라."

막 흑혈대에 검을 날리고 물러서려던 단문호는 지옥왜겸이라는 말에 흠칫거리다 검에 베일 뻔했다.

자신에게 날아오는 흑혈대의 검을 간신히 막고는 지옥왜겸을 쳐다보았다.

"당신이 바로 마교의 팔마당(八魔堂)중 밀마당(蜜魔堂)의 지옥왜겸이오?"

"맞다. 너희들에게는 승산이 없다. 그 목상운이라는 자를 내어놓는다면 너희들은 돌려보내 주도록 하마."

마교로서는 아직까지 무림맹과 부딪쳐서는 안 되는 것을 잘 알기에 지옥왜겸은 목상운만 얻는다면 청성삼수를 돌려

보내 줄 것을 약속했다.

"우리가 목숨을 잃는 것을 두려워한다고 생각한다면 오산이오. 그리고 이 사람은 본문의 사람이나 마찬가지라 이대로 물러날 수는 없는 일이오."

"흥! 중원인이 아닌 이족이라고 내칠 때는 언제고, 이제 와서 같은 문파의 일이라고 말한다는 말이냐? 달면 삼키고 쓰면 뱉는 그런 족속들이 너희들인 것을!!"

노청의 말에 청성삼수는 반박을 할 수 없었다.

지난날 구하천풍검법을 대성해 새로운 족적을 남긴 이가 그러한 이유로 청성에서 파문을 당했기 때문이었다.

'으음, 그런 일이 있었던가?'

목상운은 구하천풍검법이 남겨진 비급을 얻기는 했지만, 그런 사연이 있었다는 것은 금시초문이었다.

자신이 외우고 태워 버린 비급에는 그러한 사연이 적혀 있지 않았기 때문이었다.

흔들리는 목상운의 귀로 전음이 흘러들었다.

―저자의 말이 사실이기는 하지만, 흔들리지 마시오. 본문에서는 석년의 일을 후회하고 있소. 그분께서는 그 모든 것을 이해하시고 다시 청성에 귀의하셨소. 당신들은 모르겠지만 말년에 모든 것을 의탁하신다는 서신을 청성에 보내오셨소. 하지만 무슨 일인지 그분의 행방이 묘연해졌지만 말이오. 청성에서는 아직까지 그분의 행방을 쫓고 있는 중

이오. 어째서 돌아오지 못하신 것인지 알아야 하니 말이오.

목상운은 고개를 끄덕였다. 청성삼수의 눈빛에서 진실을 엿볼 수 있었던 것이다.

—고맙소. 우리를 믿어 줘서. 지금부터 내 말을 잘 들으시오. 사실 저자는 우리가 상대할 수 없는 자요. 그러니 우리가 저자를 막을 동안 당신은 자리를 피해야 하오.

목사운은 고개를 저었다.

—거부하지 마시오. 당신이 피해야 우리도 여길 벗어날 기회를 얻을 수 있으니 말이오. 길을 열면 금사강으로 가시오. 무림맹의 은하검룡단이 그곳에 있을 것이다. 단목성(段木城)이라는 사람을 찾으면 그가 청성까지 당신을 무사히 모실 것이오.

목상운이 눈을 깜빡였다.

—고맙소. 당신만 없다면 우리는 빠져나갈 방법이 있으니 걱정하지 말고 길을 내는 순간 빨리 빠져 나가도록 하시오.

단문호의 전음에 목상운은 지리를 살폈다. 금사강으로 가는 가장 빠른 도주로를 찾아야 했다.

"무슨 수작들이냐?"

청성삼수가 전음으로 뭔가를 알리고 있음을 짐작한 지옥왜겸이 공력을 끌어 올리며 소리를 질렀다.

"후후후, 네놈 뜻대로는 안 될 것이다."

"안 되겠군. 무림맹의 체면을 보아 살려 줄까 했더니."

지옥왜겸의 장포가 부풀어 올랐다. 삼엄한 기세를 느끼며 청성삼수 또한 검에 내기를 싣기 시작했다.

휘이이익!

대겸이 허공을 갈랐다.

서슬 퍼런 겸인에서 아지랑이 같은 기운이 일렁이며 청성삼수를 덮쳐 왔다.

채채챙!

청성삼수가 지옥왜겸의 기운을 막아 내며 연신 뒤로 물러났다.

그렇지만 경력을 못 이겨 물러나는 것은 잠시였다.

세 사람은 검기를 발하며 지옥왜겸을 향해 자신들의 검을 날렸다.

청성삼수의 검은 이름만큼이나 날카로웠다.

하나라면 모를까 지옥왜겸은 뒤로 물러날 수밖에 없었다.

지옥왜겸이 뒤로 물러나자 청성삼수는 흑혈대를 공격했다. 이미 약속이 되어 있었던 듯 경쾌하기 그지없는 동작이었다.

그 뒤를 목상운이 바짝 따르고 있었다. 지옥왜겸을 공격하고 흑혈대에게 세 사람의 검이 퍼부어지자 흑혈대가 구축하고 있던 포위망이 약간 느슨해졌다.

갑자기 단문호가 목상운의 목덜미를 잡더니 숲속으로 던져 버렸다.

전음을 통해 이미 약속된 대로 목상운을 포위진 바깥으로 던진 것이다.

"이놈들이!"

쐐애애애액!!

노화를 터트리는 노청의 대겸이 단문호에게 떨어졌다.

"이런!"

노청은 대겸을 거두어들이며 피해야 했다.

옆으로 벗어나 있던 장무린과 서연문의 검이 동귀어진의 수법으로 어느새 그의 목과 심장을 노리고 찔러 오고 있었기 때문이다.

"이런 씹어 먹을 놈들! 당신은 수하들을 이끌고 놈을 쫓으시오. 난 이놈들에게 쓴맛을 보여 줘야겠소."

이를 갈며 뒤로 물러난 노청은 사진청에게 목상운을 쫓도록 부탁한 후 청성삼수를 노려보았다.

이런 꼼수를 준비하고 있을지 몰랐기 때문이었다.

"알았소."

사진청은 급하게 흑혈대를 이끌고 금사강 쪽으로 사라져 가는 목상운을 추적하기 시작했다.

청성삼수는 함부로 움직일 수 없었다. 아직 남아 자신들을 포위하고 있는 흑혈대도 그렇지만, 지옥왜겸이 쳐 놓은 기의 그물에 갇혔다는 것을 알았기 때문이다.

청성삼수는 위험을 직감하고는 기세를 끌어 올리고 있었다.

―소문주님, 도와줘야 되지 않겠습니까?

숨어서 청성삼수와 지옥왜겸 간의 기운이 팽팽히 맞서는 것을 지켜보던 성겸은 서린에게 전음을 보냈다.

―걱정하지 말고 가시지요. 본신의 실력을 감추고 있는 이상 저들은 충분히 빠져나갈 수 있습니다.

―실력을 감추고 있다는 말입니까?

―지금까지 보여 저들이 준 것은 가지고 있는 실력에 반도 되지 않을 겁니다.

실력을 높였다고 생각했건만 자신의 비슷한 연배의 이들이 높은 실력을 지녔다는 것이 믿을 수 없었지만, 서린이 거짓을 말할 이유는 없었다.

'우물 안 개구리라더니 아직 멀었구나.'

자신의 안목으로는 알아볼 수 없는 것이었기에 성겸은 자괴감이 들었다.

―너무 마음 쓰지 마세요. 아시고 계신 것을 모두 익히시고 나면 당당히 무림을 활보하실 수 있을 테니 말입니다.

―죄송합니다. 소문주님.

―그럼 목상운을 따라가 보도록 하지요.

서린은 사령오아와 함께 사진청의 뒤를 은밀하게 쫓기

시작했다.

목상운은 숨이 차 오는 것을 느꼈다. 지형지물을 이용해 추적을 뿌리치고 있는 것도 이제는 한계였다. 쉬지도 못하고 계속해서 쫓기고 있는 터라 체력이 대부분 고갈된 때문이다.

"헉! 허억!"

뱃속부터 올라오는 신물이 한계에 다다랐다는 것을 느끼게 했다. 어려서부터 수련을 위해 돌아다니던 산야라 지리를 몰랐다면 벌써 잡혀도 잡혀야 했을 것이다.

"크으! 이대로 놈들에게 잡히면 복수는 꿈도 꾸지 못한다. 최대한 멀리 벗어나야 한다."

휘이이익!

자리를 벗어나려던 찰나 목상운은 누군가 자신의 머리 위를 넘어 가는 것을 느낄 수 있었다.

어느새 자신을 추적해 온 사진청이 앞을 가로막고 있었다.

"심장이 뽑혀 죽고 싶지 않다면 이제 포기하는 것이 좋을 것이다."

싸늘한 살기를 흘리는 사진청의 말에 목상운을 멈추어 설 수밖에 없었다. 자신으로서는 상대조차 안 되는 고수였기 때문이었다.

'제기랄!'

타타타타!

연이어 목상운을 쫓아온 흑혈대의 고수들이 포위하기 시작했다.

이제 추격전이 끝을 맺은 것이었다.

'이제는 할 수 없다. 마지막 방법을 써 봐야 할 것이다. 최후의 구명지책으로 남겨 둔 것이지만, 검을 버릴 수밖에.'

목상운은 최후의 수를 생각했다.

자신이 얻은 검을 버리려는 것이다. 강호에는 검반향의 전설이 검에 새겨져 있다고 퍼진 상태였기에 최후의 방법으로 생각하고 있었던 것이다.

'목적지에 거의 도달했으니 이제 잠깐만 시간을 벌면 된다. 새겨진 기호는 모두 외웠고, 일부를 지웠으니 검은 이제 무용지물. 어차피 놈들의 손에 들어가더라도 장소를 모르니 소용없는 것이나 마찬가지고. 이놈들이 속아 줘야 할 텐데……'

"죽일 놈들! 도망치기도 지쳤다. 하지만 너희에게 득이 되는 일은 하지 않을 것이다. 에잇!"

휘이익!

목상운은 마지막 힘을 다해 검을 던져 버렸다.

의외의 행동이라 사진청을 비롯한 흑혈대의 눈이 일순

검으로 향했다. 목상운은 그 틈을 놓치지 않고 사력을 다해 숲 속으로 뛰어 들어갔다.

타타타탁!

"너희들은 어서 검을 찾아라. 난 저놈을 쫓겠다."

검으로 자신들의 시선을 돌린 후 숲 사이로 사라지는 목상운을 보며 사진청이 외쳤다.

"타앗!"

기합성과 함께 사진청의 몸이 박차고 날아올랐다.

흑혈대는 사진청의 지시대로 검이 사라진 방향으로 빠르게 쫓아가기 시작했다.

휘이이익!

'이런!'

탁!

공교롭게도 검이 날아오는 방향은 서린이 은잠해 있던 곳이었다. 서린은 곧장 검이 날아오기에 검을 잡을 수밖에 없었다.

사삭!

검을 잡은 서린은 자신이 숨어 있던 나뭇가지를 벗어나 다른 나무로 신형을 숨겼다.

잠시 후 흑혈대가 서린이 있던 나무를 스쳐 지나갔다. 검이 훨씬 멀리 날아갔을 것으로 짐작한 그들은 서린이 숨어 있던 주위를 살피지 않고 그대로 지나갔다.

'늦을지도 모른다.'

서린은 흑혈대가 지나가자 사진청이 사라진 방향으로 신형을 날렸다.

처음에는 사밀야혼으로 신형을 옮기다가 일정거리를 벗어나자 장천산행으로 바꾼 뒤 전속력으로 사진청을 쫓기 시작했다.

'이런 늦었군.'

절벽이 가까운 곳에 목상운은 이미 사진청에게 잡혀 있었다. 두툼한 손으로 사진청은 목상운의 목을 틀어쥐고 있었다.

"크크!! 도망가 봐야 소용이 없다고 했지 않느냐?"

"끄으으, 네놈들에게 이렇게 잡히다니!"

목상운은 분한 표정으로 사진청을 노려보았다. 이미 혈도가 제압당했기에 원한에 찬 눈동자만 굴릴 수 있을 뿐이었다.

서린은 사진청이 아직 자신의 존재를 눈치채지 못한 것을 느끼고는 자신이 얻은 검을 그대로 뻗어 갔다.

촤아악!

서린의 검이 사진청의 등을 꿰뚫으려는 찰나 살기를 느낀 것인지 그의 몸이 빙그르 돌며 옆으로 물러섰다.

"이런!!"

그대로 검로를 진행하면 목상운의 머리를 찌르기에 서린

은 급히 검로를 틀었다. 급하게 검로를 튼 탓에 신형이 급격히 흐트러졌다. 그 틈을 놓치지 않고 사진청의 손이 서린의 심장을 향해 다가왔다.

"차앗!"

서린이 목상운의 신형을 밀어내며 꺼지듯 밑으로 가라앉으며 사진청의 허리춤을 향해 검날을 내밀었다. 사진청은 목상운을 잡고 있는 손을 거두며 뒤로 물러설 수밖에 없었다. 그대로 있을 경우 서린의 검이 자신의 허리부터 가슴까지 길게 베어 낼 것이 분명했기 때문이다.

'으음, 저렇게 어린 놈이?'

자신을 물러나게 한 자가 이제 막 약관에 이른 청년이라는 사실에 사진청의 눈에 의혹이 스쳤다.

"네놈은 누구냐?"

자신의 일을 방해했기에 화가 난 사진청의 목소리에는 살기가 배어 있었다.

"너희들처럼 검반향의 전설을 쫓는 사람이지."

"건방진 놈이로구나. 후후! 죽기 싫으면 그자를 포기하고 돌아가라."

"웃긴 놈이로군."

서린은 싸늘히 말하며 노려보았다. 사진청은 어이없었다.

"으드득! 심장을 빼 씹어 먹어도 시원치 않을 놈이로군."

"과연 그럴 수 있을까?"

휘이익!

서린의 말이 끝나자마자 사진청의 가슴으로 무엇인가 날아들었다.

파공성도 없이 무엇인가 자신을 향해 맹렬히 날아오자 사진청은 급히 진력을 돋우어 쳐 냈다.

탕!

"크윽!"

멋도 모르고 쳐 내던 사진청은 손바닥이 베어져 신음을 흘렸다. 손이 베인 것만 아니라 장심을 따라 진탕하며 흘러들어온 진력이 그의 내기를 흔들었다.

'오성이나 진력을 담았는데 손이 베어지다니?'

사진청은 놀라고 있었다. 비록 다급하게 시전 하느라 오성의 진력밖에는 담겨 있지 않았지만 자신이 운용하고 있는 것이 바로 혼암시혈공이었기 때문이었다.

시체의 시독을 흡수해 연성하는 혼암시혈공은 신체를 바위같이 굳건히 만들어 도검의 침범을 막아 주는 효능이 있었다. 금강불괴는 아니지만 도검불침의 효능이 있었던 것이다.

특히 그의 양손은 검기에도 상처를 입지 않을 정도로 단단한 것이었기에 베어진 예리하게 상처를 보고 놀란 것이다.

"크으, 웬 놈이냐?"

사진청은 정신을 차리며 사방을 둘러보았다.

"네놈의 목을 가져갈 사람!"

딱딱한 음색과 함께 성겸이 장내에 나타났다.

"하하하하! 내가 강호를 종횡하며 너 같은 놈은 처음 본다. 내 앞에서 그런 말을 마음대로 지껄일 수 있다니 말이다."

"길고 짧은 것은 대 봐야 아는 것!"

성겸은 양손에 잡은 혈겸에 내기를 불어 넣으며 자세를 잡았다. 비록 기습으로 이득을 보았다고는 하지만 사진청이 만만치 않은 존재임을 느끼고 있었다.

촤르르르!

혈겸의 사슬이 그의 소매에서 흘러나왔다.

'까다로운 놈이다. 저 무기도…….'

사진청의 안색이 굳었다. 기병에 속하는 것이 겸이다. 움직이는 방향을 예측하는 것이 까다로운 무기다. 거기다가 사슬로 연결되어 허공에서 자유자재로 방향을 틀 수 있으니 상대하기 더욱 까다로웠다.

사진청의 예상대로 성겸이 뿌리는 혈겸은 예측하기 힘든 움직임을 보이고 있었다.

"타앗!"

이미 만만치 않은 적수임을 짐작한 내기를 끌어 올린 상태였다.

성겸의 공격이 시작되자 검푸른 기운이 그의 몸에 감돌기 시작하더니 성겸이 날린 혈겸을 피해 그대로 달려들었다.

강호에 전해진 명성이 헛것이 아닌 듯 날아오는 혈겸을 보법을 밟으며 요리조리 피하는 모습이 수많은 실전을 거친 노련함이 엿보였다.

휘이익!

성겸의 손놀림에 사진청을 지나친 혈겸이 방향을 틀어 돌아오며 사진청의 등 뒤로 날아들었다.

파파팟!

혈겸의 진행 방향을 짐작한 듯 사진청의 모습이 꺼지듯 사라졌다.

공간을 접듯 성겸의 앞에 그의 모습이 나타났다. 혼암시혈공뿐만 아니라 보법도 그에 못지않게 대단한 것이었다.

이미 혼암시혈공을 극성으로 끌어 올린 탓에 그의 손은 이미 시독을 잔뜩 머금은 듯 푸르게 물들어 있었다.

"차앗!"

사진청이 자신의 앞에 나타나자 성겸은 양손을 교차하며 뒤로 급속히 물러났다.

시독에 격중 되는 순간 한줌 흑혈로 녹아내릴 것이 분명했기 때문이었다.

촤르르르!

성겸은 사진청의 공격에 물러나면서 사슬을 움직였다. 그의 손놀림에 사슬이 교차하며 사진청을 향해 조여들었다. 진기를 가득 담은 것이라 예기를 띤 것이었다.

'엄청난 예기다.'

사진청은 몸에 걸리는 순간 베어지고 말 것이라는 생각이 들었다. 자신을 향해 조여 오는 사슬이 심상치 않은 예기를 풍기는 것을 느끼며 신형을 그대로 뒤로 눕혔다. 철판교의 신법이었다.

쐐애액!!

그런 사진청의 움직임을 예측이나 한 듯 사슬 끝에 달려 있는 혈겸이 바닥을 훑듯 뒤에서부터 그의 머리를 향해 날아왔다.

따다당!

사진청은 피할 수 없음을 느끼며 손으로 혈겸을 쳐 냈다. 그리고는 옆으로 신형을 굴렸다. 혈겸의 다음 공격을 예측할 수 없어 뇌려타곤을 펼친 것이다.

휘이이익!

탁!

사진청이 뇌려타곤을 펼치는 것을 보며 성겸은 사슬을 끌어 당겨 기세를 잃고 날아가는 혈겸을 회수했다.

사진청 또한 급하게 일어서더니 신법을 발휘해 뒤로 물러나 성겸을 노려보았다.

강호에 나온 이후로 수치스럽게도 처음 뇌려타곤을 펼쳐 위험을 벗어났기에 그의 마음속에 분노가 들끓었다.

"대단하구나! 넌 누구냐?"

강호를 굴러먹던 고수답게 삽시간에 분노를 가라앉힌 사진청은 자신과 대등하게 싸우는 성겸을 바라보며 진심 어린 감탄성을 토해 냈다.

이 정도까지 자신의 공격을 막아 낸 이들이 얼마 되지 않았기도 하지만 자신을 곤란하게 할 정도 기병을 이토록 영활하게 다루는 자를 보지 못했기 때문이었다.

혼암혈시공이 제 위력을 발휘하기 위해서 필이 익혀야 하는 것이 사혼마수다.

사진청은 그런 사혼마수를 극성으로 익히고 있었다. 사혼마수는 몸에 직접적인 타격을 가해야 하는 무공이라 사진청의 신법 또한 남다른 것이었다.

하지만 성겸과의 일전은 그에게 신법의 이점을 살릴 수 있는 여유가 없었다. 혈겸과 이어진 쇠사슬이 그의 신법을 방해한 탓이었다.

초절정 고수의 이기어검 같은 것을 제외하고는 병기가 손에서 떨어지면 다루기 어려운 법이었다. 그런데 가는 사슬만으로 능수능란하게 다루는 성겸의 무위에 그도 감탄한 것이었다.

"쌍성혈겸이라 하오."

성겸은 자신의 별호를 댔다.

"쌍성혈겸?"

사진청은 무림맹의 인사들과는 달리 사령오아에 대해 모르는 듯 의문을 표시했다.

"북경 천잔도문에 몸을 담고 있소."

"아! 천잔도문!! '

사진청은 그제야 고개를 끄덕였다. 천잔도문에 대해서는 알고 있었던 모양이었다.

"요즘 북경에서 위세가 당당한 바로 그 천잔도문이었군."

"맞소."

만나는 이마다 천잔도문을 들먹여 무슨 일인지는 모르겠지만 성겸은 자신이 천잔도문 소속임을 확실히 했다.

─아저씨, 시간을 좀 끄세요. 이자에게 알아볼 것이 있으니 말이에요.

그때 성겸의 뇌리로 서린의 생각이 전해 왔다. 전음과는 다른 것이었다. 어디선가 지켜보고 있을 사밀혼에게 들키지 않게 혈왕기를 이용해 서린이 자신의 생각을 뇌리로 직접 전한 것이었다.

이런 일이 종종 있었기에 성겸은 아무런 표정의 변화 없이 사진청을 바라보며 말을 이었다.

"피차 얻고자 하는 것은 하나뿐이니 이제 결판을 봐야

하지 않겠소?"

"물론! 크크, 오랜만에 상대다운 상대를 만났으니 오늘 원 없이 싸워 봐야 되겠군. 이곳에 있는 동안에는 적수가 없어 꽤나 심심했었는데 말이야."

말은 태연하게 하고 있었지만 사진청의 속내는 그것이 아니었다. 성겸이 자신의 아래가 아니라는 것을 인식하고 있었던 것이다.

또한 목상운을 잡을 때 자신을 공격해 오던 서린의 손속 또한 예사로운 것이 아니었기 마음이 탔다.

'청성삼수 같은 것은 단숨에 처리하고 올 것이지.'

만만치 않은 적수라는 생각이 들었기에 지옥왜겸이 쫓아오기를 기다릴 필요가 있었다.

우우웅!

사진청의 몸에서 어두운 기운이 흘러나오기 시작했다. 시독을 품은 혼암시혈공의 기운이었다.

'섣불리 부딪치면 시독에 당할 우려가 있다.'

좀 전과는 판이한 기세를 흘리는 사진청의 모습 때문에 긴장을 하기는 했지만 성겸도 내심 한 수를 준비했다.

"암혼혈수!"

사진청이 무엇인가 뿌리듯 손을 뻗었다. 시독을 동반한 암류를 뿌린 것이다. 사진청의 암혼혈수는 먹이를 노리는 뱀처럼 영활하게 성겸을 덮쳐 갔다.

"차앗!"

암류가 지척에 이르자 성겸은 사사밀혼심법의 삼단계 전
이혼(轉移魂)을 시전 했다.

혼돈의 기운에서 자신이 원하는 기운을 끌어낼 수 있는
것이 바로 전이혼이었다.

성겸은 밀려오는 암경에 심상치 않은 기운을 느끼고는
대항하기 위해 자신의 주변에 혼돈의 기운을 흘린 것이다.

'으음, 암혼혈수의 기운이 흔들리다니?'

사진청은 기이한 기운에 의해 자신의 암혼혈수가 흔들리
는 것을 느꼈다. 지금까지 수많은 적을 상대하면서도 믿음
을 보여 주던 암혼혈수가 흔들리고 있었다.

흔들리는 것뿐만이 아니었다. 어두우며 혼탁한 기운이
그에게 밀려들기 시작했다.

'이대로 가다간 저놈에게 당한다.'

암혼혈수의 기운을 거슬러 오르며 자신의 내부를 진탕시
키는 전이혼의 기운에 위급함을 느낀 사진청은 암류를 명경
(明勁)으로 바꾸어 다급히 밀어냈다.

주위에 흩어져 있던 암류가 검은 기운을 이루며 성겸에
게로 밀려갔다. 성겸 또한 사진청의 기운이 바뀐 것을 느끼
고는 곧바로 장력을 쳐 냈다.

팡!

두 사람의 내력이 허공에서 부딪쳤다.

주르르!

격공장이 부딪치는 충격에 신형이 뒤로 밀려나자 사진청은 내력을 돋우어 멈춰 섰다. 성겸 또한 두 발자국 뒤로 물러서 있었다.

두 사람 다 안색이 창백한 것이 서로 동수를 이루어 내상을 입은 것이 분명했다.

"크음, 너 같은 자가 한낱 흑도방파에 있었다니. 천잔도문이 성세가 북경을 덮고 있다더니 이제 이해가 가는구나."

"으음! 당신도 대단하오."

성겸 또한 사진청의 무위에 놀라움을 느꼈다. 거의 이갑자에 가까워진 자신의 내공을 거뜬히 받아 냈기 때문이었다.

특히 전이혼은 상대의 기운을 흩으려 내상을 입히는 특징을 가지고 있었는데 생각보다 사진청의 내상 정도가 심하지 않은 것 같았기에 놀라움을 컸다.

두 사람이 서로의 실력을 인정하며 기회를 노리고 있을 때 서린은 목상운을 살피고 있었다.

혈도가 잡힌 몸이라 그의 제혈된 곳을 풀어내고는 다친 곳이 없는지도 살폈다. 사진청의 제혈술은 교묘한 것이어서 혈도를 풀어내는 데 시간이 조금 걸렸다.

"이제 좀 괜찮습니까?"

"으음, 덕분에 위기를 넘겼습니다. 하지만 저자뿐만 아니라 다른 자들도 있으니 어서 자리를 피해야 합니다."

"알겠습니다. 일단 자리를 피하시지요."

자신도 같은 생각이었기에 서린은 목상운의 말대로 하기로 했다.

자신의 목표인 목상운을 확보한 이상 자리를 벗어나는 것이 우선이었다.

─성겸 아저씨! 저는 이분을 데리고 일단 자리를 피하겠습니다.

─그렇게 하십시오.

'이런!'

곧바로 떠나려 했지만 장내에 나타난 인물로 인해 멈추어야 했다.

지옥왜겸이 어느새 수하들을 이끌고 나타난 것이었다.

'빨리도 따라왔군. 청성삼수가 피한 모양인데 포위망을 제거한 것이 헛수고가 되어 버리다니…….'

사진청을 따라오며 그의 뒤를 따르던 흑혈대원들을 처리했는데, 지옥왜겸이 나타남으로 인해서 허튼 일이 되어 버렸다.

"후후후, 여기까지 도망쳐 오다니. 그런데 네놈들은 누구냐? 너희도 청성에서 온 자들이냐?"

지옥왜겸은 목상운 말고 다른 이들이 있는 것을 보고는 정체를 물었다.

"그들은 천잔도문의 사람이오. 만만치 않은 자들이니 조심해야 될 것이오."

지옥왜겸의 물음에 대답한 것은 사진청이었다.

"천잔도문이라면 북경의 흑도 중 하나가 아니더냐? 너희들이 어떻게 이곳까지 온 것이냐?"

지옥왜겸은 먼 북경에서 이곳 운남까지 천잔도문의 사람들이 온 것에 의아스러웠다.

"천하를 유랑하며 수련을 하는 중이었소. 그리고 이번 일은 어쩌다 보니 우연히 끼게 됐소."

"후후후, 재수가 없다고 생각을 해라. 네놈들도 검반향의 전설을 노리는 모양이다만, 살아 돌아갈 생각은 버려야 할 테니 말이다."

대문파도 아니고 북경의 흑도방파다. 처리를 한다고 해도 별다른 문제가 생길 이유가 없었다.

더군다나 검반향을 노리고 있는 자들이 근처에 다다른 것이 확실한 이상에는 가능한 빨리 일을 마무리 지어야 했다.

"모두 공격해라."

수하들로 하여금 서린과 목상운을 공격하도록 했다.

"여기 당신 검이오."

"아니, 이 검은?"

서린은 목상운에게 그가 던진 검을 건넸다.

"자리를 피하려고 당신이 던진 검이 하필 나에게 날아왔습니다. 이놈들 상대하려면 검이 필요할 테니 당신이 쓰는 것이 좋을 겁니다."

"알겠소."

목상운은 의아한 마음이 들었다.

세간에는 검반향의 전설이 검에 기록되어 있다고 회자되고 있었다. 검을 얻었다면 바로 자리를 피하는 것이 보통사람의 행동이 분명했을 것이다.

그런데 목표물을 얻었음에도 서린은 몸을 빼지 않고 자신을 구한 것이 의아했던 것이다.

스르르릉!

서린이 자신의 검을 빼 들었다. 사사묵련에서 지급해 준 독문 검이었다.

'으음, 도도 아니고 검도 아니고 특이한 검이로군.'

잘 볼 수 없는 검의 형태에 목상운이 눈빛을 빛냈다.

서린은 검을 빼자마자 오른손을 늘어뜨리고는 자신을 포위하고 있는 흑혈대를 주시했다.

'그 사람 같지 않은 자들을 제외하고는 처음인 건가?'

검을 잡은 손은 긴장감으로 땀이 차기 시작했다. 마교의 일원답게 하나하나 상당한 실력을 가지고 있는 자들이라 내심 긴장하고 있었다.

그동안 대부분 수련에만 매진해 오다 실전다운 실전은

이번이 처음이라 할 수 있었다.

'사방투(四方鬪)와 참절백로(斬截百路)로 승부를 본다. 사밀혼들이 지켜보고 있는 이상 최대한 빠르고 신속하게 상황을 마무리해야 할 것이다.'

서린은 사사밀혼심법의 사단계인 사방투의 기운을 실은 참절백로로 이번 난관을 뚫으려고 생각했다.

사방투는 사밀혼의 사단계로 무기에 기운을 담을 수 있는 것이었다.

사실 두 가지 수법은 보통의 무인들이 내기를 담는 것과는 다른 방법을 사용해 적을 공격한다.

내력을 투사하지는 않지만 신체와 무기에 내기를 담아 두어 강력한 위력을 발휘하게 하는 수법이다.

사방투는 근접의 난투에서 상당한 위력을 발휘한다. 오감을 극대화해 적의 내기를 느끼는 것을 바탕으로 공격을 피하며 사방에서 날아드는 적의 약한 부분을 공략하는 수법이다.

특히나 참절백로는 가장 단순하면서도 효과적인 공격법.

적을 제거할 수 있는 최단 거리를 찾아 공격하는 것으로 일종의 감각도다. 펼쳐 내는 수법이 사실 초식이라고 보기보다는 거의 살법(殺法)에 가까운 것이다.

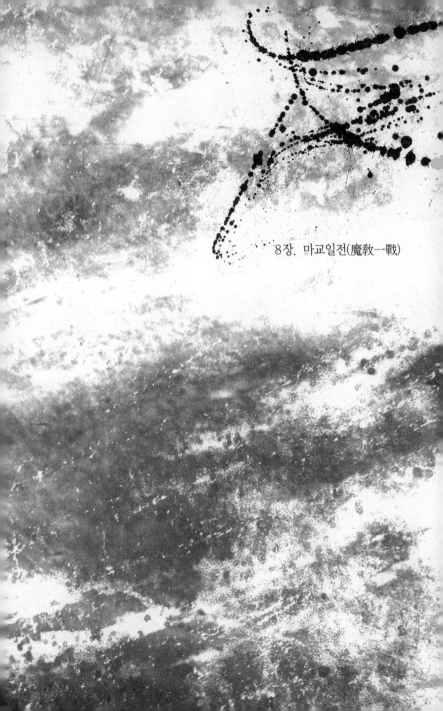

8장. 마교일전(魔敎一戰)

사방투로 적의 공세를 피하며 참절백로를 이용해 공격을 하기로 했다.

　그런 결정을 내린 것은 자신이 가지고 있는 검의 특성 때문이다. 찌르고 베는 등 검과 도의 장점을 두루 갖춘 기병으로 철저하게 참절백로에 맞춰 만들어진 것이었던 것이다.

　스으윽!

　"앗!!"

　포위하는 자들을 향해 서린의 신형이 움직였다. 아니, 사라졌다는 표현이 맞을 것이다.

　갑자기 사리진 서린의 모습에 흑혈대원들이 당혹해했다.

　서걱!

서린은 한 흑혈대원 앞에서 사선으로 검을 내리긋고 있었다.

흑혈대원은 쇄골에서부터 허리 어림까지 일검에 베어졌다.

"컥!!"

갑작스러운 공격에 불로 지지는 통증을 느끼며 흑혈대원이 단말마의 비명과 함께 앞으로 쓰러졌다.

휘이익!

서린의 검이 날아올랐다.

검첨은 어느새 쓰러진 흑혈대원의 옆에 있던 다른 자의 목을 향하고 있었다.

푹!

"크윽!"

서걱!

찌름과 동시에 빼며 검을 길게 회전시켜 베어 버리자 머리가 바닥으로 떨어졌다.

'놀라운 무공이다.'

'정말 무시무시하군. 내공을 사용하지 않은 것 같은데 저런 위력이라니⋯⋯.'

간결하고도 깔끔한 동작에 장내에 있는 모든 이들이 놀라고 있었다.

가장 빠른 거리를 단축하여 좁힌 후 베어 버리고 회전하는 동작으로 또 한 사람의 목을 날려 버렸다.

내공도 별다른 초식도 아니었다. 사진청과 지옥왜겸의 눈빛이 흔들렸다.

반면 서린의 눈은 차갑게 가라앉아 있었다.

잘려진 상처에서 피가 튀고 떨어진 목에서는 분수처럼 피가 솟았으나 서린은 표정 하나 변하지 않고 있었다.

고도로 안정된 이성도 그렇지만 혈왕기를 익힌 자는 애초부터 피에 대해 혐오감을 느끼지 않기 때문이었다.

목석처럼 무표정하게 변하지 않는 서린의 모습에서 강호에 살성이 출현했음을 알 수 있었다.

'으음, 어린 놈이 손속이 너무 잔혹하구나.'

손속의 잔혹함에 노청이 눈살을 찌푸리고 있을 때 서린의 움직임은 벌써 다른 흑혈대원을 노리고 있었다.

챙!!

훈련이 잘된 자들이었다.

기습으로 인한 효과가 사라진 후 흑혈대원들은 서린의 공격을 침착하게 막아 내고 있었다.

완성에 가까운 참절백로였지만, 흑혈대원들도 무수한 실전을 거친 자들인지라 서로가 협력하며 서린의 공격을 차단하더니 이내 맹렬하게 공세를 가하고 있었다.

차창!

따다다다당!!

흑혈대의 공격이 시작되자 서린의 움직임도 엄밀해졌다. 전면만 막아 내면 되기에 천천히 뒤로 물러서며 목상운이 있는 곳으로 다가갔다.

압박하고 있는 흑혈대원의 표정에는 조금 전 당황하던 빛은 찾아볼 수 없었다. 서로를 보완하며 엄밀하게 압박해 들어오고 있었다.

─곤란하게 됐습니다. 무슨 방법이 없겠습니까?

적의 수자가 많아 장내를 빠져나가는 것이 곤란할 것 같아 보이자 목상운에게 전음을 보냈다.

사람들이 노리고 있는 검을 던져 버리고, 절벽을 향해 방향을 잡고 왔다면 무작정 오지는 않았을 것이라는 판단 때문이었다.

서린의 전음에 목상운이 고개를 끄덕였다.

내력이 달려 전음을 구사할 수 없어 몸짓으로 표시한 것이다.

서린은 목상운의 뜻을 짐작하고는 전방을 살피며 주위를 둘러보았다.

'무림맹 사람들에게 들키지 않고 벗어날 수 있는 다른 탈출로가 있는 있다면, 이제 다른 아저씨들이 나서야 한다.'

사진청을 견제하고 있는 성겸을 제외한 사령오아는 지금 모습을 감춘 채 장내를 주시하고 있었다.

사진청이나 지옥왜겸이 끌고 온 자들 외에 마교에서 추
가로 온 자들이 있나 살피고 있었다.

타타탕!

—아저씨들, 더 이상 이곳으로 오는 마교의 인원이 없을
것 같습니다. 다른 자들이 오기 전에 승부를 보고 **빠져나가**
는 것이 좋겠습니다.

서린은 흑혈대원들의 공격을 막으며 전음을 보냈다. 무
림맹의 사람들이 온다면 서린으로서도 곤란해지기에 이쯤
에서 결판을 내려는 것이다.

성겸도 사진청과 대치하다 서린의 전음을 받고는 쌍성혈
겸을 고쳐 잡았다.

이제부터 진짜 실력을 보일 차례였기 때문이었다.

나머지 사령오아 또한 서린의 말에 자신의 무기를 점검
하며 뛰어들 때를 기다렸다.

—어떻게 하실 생각이십니까?

—이 사람에게 탈출로가 있다고 하니 일단 이곳에 있는
자들을 처리한 후 벗어나면 될 겁니다. 제가 무인정을 펼치
면 일제히 공격하도록 하십시오.

—알겠습니다. 소문주님.

—염려하지 마십시오.

성겸을 비롯한 사령오아가 전음을 보내 왔다.

서린은 하단세의 자세로 자신의 검을 고쳐 잡고는 왼손

에 사방투의 기운을 모으기 시작했다.

너무도 자연스러운 동작이라 장내에 있는 누구도 서린이 기운을 모으고 있음을 짐작하지 못했다.

"차앗!"

서린은 흑혈대원들이 일장 안으로 들어오자 기합을 지르며 왼손을 펼쳤다.

피슈슈슈!!

다섯 손가락에서 소음도 없이 지풍이 뻗어 나갔다.

예기가 가득한 칼날 같은 기운이 손가락에 쏟아져 나와 흑혈대원들을 덮쳤다.

퍼퍼퍼픽!

"크윽!!"

"킥!!"

무인정의 지풍에 얻어맞은 자들이 단말마의 비명과 함께 그대로 쓰러졌다. 기척도 없이 다가온 지풍에 막을 사이도 없이 천돌혈이 그대로 뚫린 것이다.

휘이이익!

서린의 공격으로 수하들이 쓰러지자 서린을 향해 지옥왜겸의 대겸이 날렸다. 더 이상 놔두었다가는 수하들의 희생이 클 것 같았기에 서린을 공격한 것이다.

지옥왜겸의 몸집이 워낙 작은 터라 공격 자체가 상궤를 벗어나 있었다. 중단을 공격한 것이었음에도 지옥왜겸이 다리춤을 향해 날아왔다.

서린은 내력을 끌어 올리며 검을 앞으로 쳐올렸다.

땅!

"이놈이!"

공격이 실패하자 지옥왜겸은 노성을 터트렸다.

자신의 몸집만 한 대겸이 그의 손을 따라 영활하게 방향을 틀었다.

횡으로 베어 가다 튕겨져 나온 대겸을 원을 그리듯 돌리며 서린의 상체를 공격하고 있었다.

퓨슈슈슉!

"헛!!"

노청의 공격에 서린이 다시금 지풍을 쏘아 보냈다.

은밀하면서도 빠른 무인정의 공격에 노청은 신형을 뒤로 눕힐 수밖에 없었다. 자신도 느끼지 못하는 사이에 지풍이 그의 면전에 이른 탓이었다.

노청은 신형을 뒤로 눕히더니 발을 박찼다.

그의 신형이 뒤로 주욱 밀려나며 가슴을 향해 내려오는 서린의 다음 공격을 피했다.

"크아악!"

"으윽!"

비명이 연이어 터져 나왔다.

뒤로 물러나던 노청은 머리로 땅을 튕기며 자리에서 일

어나며 주위를 살폈다.

'방수가 있었구나.'

뒤에서부터 누군가 공격을 하기 시작한 것을 볼 수 있었다.

'으음, 어떻게 저런 자들이 천잔도문이라고 곳에 있는 건지 모르겠군.'

하나같이 고절한 실력이었다. 손속에는 망설임이라고는 전혀 없었다.

'만만치 않은 자들이다.'

비록 네 명이라는 적은 수자였지만 흑혈대원들이 상대할 수 있는 자들이 아니었다.

"모두 진을 형성해라!"

지옥왜겸이 소리치자 흑혈대원들은 삼삼오오 짝을 지어 빠르게 진을 형성했다.

평범한 적이 아니라는 생각에 방어를 강화하는 조치였으나 뒤에서 기습을 가한 사령오아의 공격을 막아 낼 수 있는 것은 아니었다.

두 명이 하나가 연수를 펼치는 사령오아의 공격은 간결하면서도 파괴적이었기 때문이었다.

'뒤에서 노리고 있었다니……'

같은 종류의 검을 들고 공격을 하고 있었기에 노청은 자신들이 함정에 빠졌다는 것을 알 수 있었다.

'하나같이 실력자들이다.'

뒤에서 기회를 노리고 있었는데도 알아차리지 못했다. 그만큼 실력이 뛰어난 자들이었다.

흑혈대원들이 허무하게 죽어 가고 있었다.

—세 사람은 이놈들이 도주하는 것을 막아라.

노청은 전음으로 서린이 도망치지 못하도록 지시를 내리며 재빨리 발을 뺀 후 사령오아 곁으로 다가갔다.

"차앗!"

기합과 함께 원을 그리며 지옥왜겸이 날았다.

티티팅!

상대하기 까다로운 기병임에도 지옥왜겸이 튕겨 나갔다.

성겸을 상대로 실전 같은 비무를 오랫동안 해 온 사령오아로서는 무척이나 쉬운 일이었다.

'너무 손쉽게 막아 낸다. 전부 너놈 때문이로군.'

피하기 힘든 자신의 공격을 손쉽게 막아 내는 것을 보면서 노청은 그것이 자신처럼 겸을 무기로 쓰고 있는 성겸 때문임을 알 수 있었다.

'합공을 하면 놈들을 처리할 수 있다.'

많은 수의 흑혈대원들이 포위를 한 후 사령오아를 공격하고 있었기에 겸을 상대해 본 경험이 아무리 많다고 해도 승산이 높았다.

어떻게 해서든지 빠르게 처리해야 했기에 노청은 흑혈대

원들을 돕기 위해 연신 지옥왜겸을 날렸다.

공방을 주고받는 모습을 보면서 틈이 보일 때마다 겸을 날렸지만 소용이 없었다.

'전혀 먹히지 않는다.'

가슴이 답답해졌다.

틈을 노린 공격에도 차분하게 막아 내며 자신의 공격에도 불구하고 차분하게 흑혈대원들을 죽이고 있었던 것이다.

서걱!

푹!

일류고수를 상회하는 실력을 지녔지만 흑혈대원들이 쓰러졌다.

거의 삼십여 명에 달하는 흑혈대원들이 싸늘한 죽음으로 변하기까지는 채 이각이 걸리지 않았다. 수적 우세를 지키고 있었지만 이제는 그것도 아니었다.

목상운과 서린이 있는 쪽도 마찬가지였다.

자신의 지시에 두 사람을 포위하고 있던 흑혈대원 셋은 이미 싸늘한 주검으로 변해 있었다.

티티티팅!

'젠장할!'

수하들이 전부 죽고 자신에게 공격이 집중되자 노청은 욕이 저절로 나왔다.

'빠져나가기도 쉽지 않다.'

소수이기는 하지만 자신과 맞먹는 강자들이라 쉽게 몸을 뺄 수가 없었다.

수하들을 처리한 것 때문인지는 몰라도 자신을 노리고 있는 서린의 예기도 날카로웠다.

'으음, 하나하나가 나와 비슷한 실력을 가진 놈들이라니 믿을 수 없는 일이다.'

자신이 본 정도의 실력을 가진 자들을 거느릴 방파는 그리 흔하지 않다. 흑도라 칭해지는 천잔도문이 가질 만한 전력이 아니었다.

'이대로 가다가는 전멸이다. 이런 놈들이 나타날 줄 알았으면 흑혈대만 투입하는 것이 아니었는데…….'

자신 만만했던 노청의 기백은 어디 가고 없었다.

'우리들만으로는 감당할 수 있는 자들이 아니다. 다른 대를 동원하거나 내단의 인물들을 더 투입했어야만 했는데…….'

검반향의 전설에 가려진 이면의 진실을 알고 있던 노청은 이번 일을 자신이 내단으로 진입할 좋은 기회로 여겼었다.

그래서 공을 독차지하기 위해 자신의 휘하 중 흑혈대만 동원했었다.

중간에 상부에서 알게 되어 사진청이 합류했기에 아쉬움은 컸지만 별다른 염려는 하지 않았는데 이제는 큰일이었다.

'이대로라면 내단으로 들어갈 수도 없을뿐더러 목숨까지 위험하다.'

밀마당(蜜魔堂)에서 흑혈대만 차출하여 온 것이 후회스러웠다.

비록 마교외단의 팔마당 중 서열이 제일 떨어지는 밀마당이었지만, 흑혈대만으로도 충분하다고 생각했던 것이 판단 착오였던 것이다.

"이제 당신과 저 사람만 남았군."

서린은 냉정한 목소리와 함께 노청을 바라보았다.

"너희들이 정말 천잔도문 소속이 맞는 것이냐? 천잔도문 같은 삼류 흑도방파에 너희 같은 고수들이 있다니……."

노청은 시간을 끌며 사진청을 힐끔 바라보았다.

사진청은 지금 성겸에 의해 발이 묶인 채 고전하고 있었다.

그리 오래 버틸 것 같지 않았다. 내단의 인물로 확정된 사진청의 무공을 잘 알고 있는 노청은 속이 바짝 탔다.

"우리를 해하려 하지 않았다면 조용히 끝냈을 일이었다. 그렇지만 이렇게 된 이상 피차간에 생사결은 불가피하게 되었지. 난 뒤끝을 남기는 것을 별로 좋아하지 않아서 말이야."

'이, 이놈이 살인멸구(殺人滅口)를 작정했구나.'

노청은 서린이 자신들을 모두 제거하겠다는 생각을 읽을

수 있었다.

검반향이라는 희대의 전설을 얻었다는 사실을 지우려 하는 것이다.

지이이잉!

서린이 검이 검명을 흘리며 울렸다.

내기가 충만한 듯 떨고 있는 검에서는 가슴을 시리게 하는 예기가 뻗쳐 나왔다.

가슴을 서늘하게 하는 검의 예기에 노청은 불안함을 떨쳐 버리려는 듯 서린을 향해 외쳤다.

"네놈들에게 내가 당할 줄 아느냐?"

노청은 서린의 기운이 심상치 않음을 느끼고 자신의 대검에 내기를 집어넣었다. 아지랑이처럼 일렁이는 서린의 검기에 대항하기 위해서였다.

'대단하다.'

노청은 잔뜩 긴장하고 있었다.

아지랑이처럼 일렁이는 기운이 자신을 바짝 옥죄어 오고 있었기 때문이다.

'도대체 어디서 이런 고수가……'

마치 반로환동한 고수처럼 자신을 꼼짝 못하게 하고 있는 서린의 기운이 두려워졌다.

'그냥 당하지는 않는다.'

자신은 마교의 고수였다.

비록 외단이지만 팔마당 중 밀마당의 당주를 맡을 정도의 무공을 가지고 있다.

내기를 끌어 올려 버티려 했지만, 쉽지 않았다. 사사밀혼 심법의 사방투로 인해 뿜어지는 투기와 혈왕오격 중 음양혈기의 기운이 섞여 있었기에 노청은 서서히 자신감을 잃어 가고 있었다.

"으으음."

똑!

긴장감에 이마에 맺힌 땀이 눈가로 흘러내렸다.

번쩍!

가느다란 혈선이 눈에 보였다.

푸른 창공을 가르는 가느다란 혈선이었다.

노청은 자신의 의식 속에 파고드는 혈선을 바라보면서도 움직일 수가 없었다. 느끼는 순간에 그의 머리에 서린의 검력이 파고든 때문이었다.

사방투에 심어진 음양혈기의 기운이 떨어진 두부처럼 그의 뇌를 산산이 부수어 버린 것이다.

털썩!

노청의 신형이 비명조차 없이 무너지듯 쓰러졌다. 이 갑자에 달한 내력을 가지고 있는 그였지만 손 한번 써 보지 못하고 당한 것이다.

"차앗!"

노청이 쓰러지는 모습에 사진청이 흠칫하는 사이 성겸의 쌍성혈겸이 허공을 갈랐다.

상하로 나누어진 그의 겸이 사진청의 요혈을 파고들었다.

노청의 쓰러지는 것을 느낀 사진청이 당황하여 기세를 흐트러트리자 바로 공격한 것이었다.

사진청은 그의 장기인 혼암시혈공을 일으키며 두 손으로 혈겸을 쳐 내려 했다.

퍼퍽!

"크으윽!"

성겸이 태산같이 무거운 기운을 사방투에 담아 내친 탓에 사진청의 손이 너덜너덜해지며 피떡으로 변했다.

골육뿐만이 아니라 내부로 파고든 기운으로 인해 극심한 내상을 입은 사진청은 비틀거리며 뒤로 물러섰다.

번쩍!

신음을 흘리며 뒤로 물러서는 그에게 희디흰 빛이 다가섰다. 검기를 가득 담은 백천의 검이었다.

스걱!!

사진청의 머리가 허공으로 떠올랐다.

백천의 검이 뒷걸음치는 사진청의 목을 베어 버린 것이다.

장내에 서 있는 자는 서린 일행과 목상운뿐이었다. 검반향의 전설을 뒤쫓아 온 마교의 인물들이 모두 유명을 달리한 것이다.

마지막 적이 쓰러지자 사령오아는 사방으로 흩어졌다.

"모두 이리로 오세요. 싸운 흔적을 지울 필요는 없습니다."

서린의 외침에 사령오아가 다시 모였다.

"흔적을 남겼다가는 곤란해질 수도 있습니다."

"걱정하지 마시오. 우리가 이렇게 했다고는 누구도 상상하지 못할 테니 말입니다."

"그렇기는 하지만……."

"이곳을 벗어나는 것이 먼저입니다."

"워낙 많은 자들이 이곳으로 몰려들고 있으니 행적이 금방 드러날 겁니다."

"압니다. 가는 동안 이동한 흔적은 철저히 지운다면 시간을 벌 수 있습니다. 그리고 이분이 알고 있는 탈출로라면 흔적을 드러내지 않고 옥룡설산을 벗어날 수 있을 겁니다."

"혼란을 주시려는 겁니까?"

"그렇습니다."

성겸이 고개를 끄덕였다.

서린은 무림맹을 이용해 혼란을 일으키려 한다는 것을 깨달은 것이다.

마교의 뒤를 바짝 쫓고 있는 무림맹.

마교의 인물들이 도륙을 당했다면 알려질 상황은 두 가

지밖에 없었다. 마교는 무림맹이 범인이라고 생각할 것이고, 무림맹은 새로운 세력이 나타난 것으로 판단할 것이기에 혼란이 생길 것이 분명했다.

"알겠습니다, 소문주님!"

"어서 가시죠. 서둘러야 합니다."

서린은 목상운을 재촉했다.

재수 없게 무림맹과 마주친다면 좋을 일이 없기 때문이었다.

'천잔도문이라?'

마교와 일전을 불사할 뿐만 아니라 무참히 도륙하기까지 했다.

그런 모습을 볼 때 천잔도문이 어떤 것인지는 모르지만 강력한 힘을 가지고 있는 것이 틀림없었다.

지금까지 알려지지 않았던 문파가 강력한 힘을 보유했을 뿐만 아니라 조직력도 상당한 것 같았다.

'분명히 미리 알고 이곳으로 온 것이 틀림없다. 이자들은 저놈들이 마교의 고수라는 것을 알고 있음에도 주저하지 않고 죽였다. 그만큼 배후가 있다는 이야기인데……. 이거 늑대를 피하려다 호랑이 아가리에 들어온 것 같은데.'

북경에 있는 천잔도문의 사람이 어째서 이곳까지 왔는지 궁금했지만 물어볼 엄두가 나지 않았다.

마교의 고수조차 거침없이 베어 버리는 자들이라면 달아

날 길이 전무했다. 목상운은 답답한 마음으로 상황을 지켜볼 수밖에 없었다.

'지금 내가 할 수 있는 일은 아무것도 없다. 그저 선처만 바랄밖에.'

사진청에게 잡혔을 때 자신을 구해 주고 아무런 욕심도 없이 검을 돌려주었다는 것에 기대를 걸어야 했다.

어쩌면 서린과 사령오아가 자신의 복수를 해 줄 발판이 되어 줄지도 몰랐다.

"이리로 가시죠."

목상운은 서린과 사령오아를 절벽 쪽으로 안내했다.

절벽 쪽에는 교묘하게 나 있는 소로가 존재했다. 세심하게 살피지 않으면 발견할 수 없는 소로였다.

절벽 바로 아래 반장 밑에 폭이 세 척이 넘지 않는 가느다란 소로가 절벽을 따라 완만하게 이어져 있었던 것이다.

"이런 길이 있었다니?"

"이곳은 금사강의 상류로 통해 있습니다. 이곳을 따라 내려가 준비된 배를 이용한다면 호도협까지 갈 수 있습니다. 그곳까지 갈 수만 있다면 무사히 운남을 벗어날 수 있을 겁니다."

"으음, 사전에 많은 준비를 하신 것 같군요?"

"……"

치밀한 준비에 감탄하는 서린의 말에도 목상운은 대구도

없이 소로를 따라 내려가기 시작했다.

　서린과 사령오아 또한 그의 뒤를 따랐다. 고원의 험준한 산맥도 넘었던 이들이라 옥룡설산의 절벽에 나 있는 소로는 아무런 문제가 되지 않았다.

　'우리가 두려운 모양이로군. 혹시라도 자신을 노리는 존재가 아닐까 해서 말이야. 자신의 안배를 말한다면 나중에 기회가 없을지도 모른다고 생각해서 말을 하지 않는 모양이니, 더 이상 질문하지 않는 것이 좋겠다.'

　서린의 추측은 정확했다.

　목상운은 아직까지 서린 일행은 완전히 믿지 않고 있었다.

　기회가 된다면 도망칠 궁리를 하고 있었던 것이다.

　　　　　*　　　　*　　　　*

　"혈향이 풍깁니다."

　"어느 쪽인가?"

　"저곳입니다."

　파파파팟!

　사자무적단원이 한 곳을 가리켰다.

　제갈미를 비롯한 네 명의 검주들은 급하게 혈향이 풍겨오는 쪽을 향해 달리기 시작했다.

나는 듯이 달린 그들은 숲에 그들은 당도할 수 있었고,
십여 명의 사람들이 쓰러져 있는 것을 볼 수 있었다.

"으으윽!"

혈향이 진동하는 곳에 신음성이 들렸다.

"저기예요."

제갈미의 외침에 일행은 신음이 들린 곳으로 향했다.

그곳에는 피로 목욕을 한 사람 세 사람이 서로 등을 맞대
고 바닥에 주저앉아 있었다.

"아니! 단 형!!"

남궁호는 얼굴을 가로지르는 검상을 입어 흐르는 피 속
에 가려진 얼굴이지만, 청성삼수 중 단문호임을 알아볼 수
있었다.

"급하게 됐군요."

남궁호의 외침에 제갈미가 다가가 급히 혈도를 짚어 지
혈을 하고 요상약을 먹였다.

"나머지 두 사람에게도 이 약을 먹이고 내공을 주입하세
요. 어서요."

제갈미는 남궁호와 서문인에게 내공을 주입해 운기조식
을 도우라 이르고는 자신도 단문호의 등 뒤에 앉아 명문혈
을 통해 진기를 불어넣기 시작했다.

"으으음……."

잠시 시간이 흐르자 정신을 차리려는지 단문호의 입에서

신음이 흘러나왔다.

"크으, 제갈 소저……."

"어떻게 된 일인가요?"

정신을 차린 단문호에게 제갈미는 서둘러 질문했다.

청성삼수가 이곳에 이런 모습으로 있다는 것은 검반향의 전설을 쥐고 있는 자가 멀지 않은 곳에 있다는 뜻이었기 때문이었다.

"크으, 마교가 나타났소."

"역시 먼저 움직였군요. 그런데 그 사람은 어디 있는 것이죠. 설마 마교에서 그 사람을 데려간 건 아니겠지요?"

제갈미는 이미 예상하고 있었던 일이었기에 그리 놀라지 않았다.

무엇보다 중요한 일이기에 그녀는 목상운의 행방부터 물었다.

"목상운은 저곳으로 도망을 갔소. 혼암마와 지옥왜검이 쫓아갔으니 잡혔을지도 모르오."

"알았어요. 당신들은 단원들이 여강까지 데리고 갈 거예요. 그러니 이곳에서 조금 요상을 한 다음 여강으로 가도록 하세요. 그곳에 은하검룡단원 머무르고 있으니 도움을 받을 거예요. 우린 빨리 마교도들을 쫓아야겠어요."

"아, 알겠소."

부상을 당한 몸으로 합류할 수 있는 일이 아니기에 단문호가 고개를 끄덕이며 말했다.

"거기 있는 네 사람은 여기 있어요. 어느 정도 회복되시면 여강으로 같이 가세요"

"알겠습니다."

"놓치면 큰일이니 어서 가죠."

제갈미는 지시를 내려 사자무적단원 네 사람을 남겨 놓은 후 다른 검주들과 함께 경공을 발휘해 목상운이 도망친 곳을 향해 달려 나갔다.

이곳저곳에 흔적이 남아 뒤를 추적하는 것이 어렵지 않았기에 그들의 추적 속도는 무척이나 빨랐다.

"으음!"

한참을 쫓던 제갈미는 신음을 흘리며 눈살을 찌푸렸다.

청성삼수를 발견했을 때보다 더 진한 피 냄새를 맡을 수 있었기 때문이었다.

그것은 남궁호를 비롯한 다른 검주들도 마찬가지였다.

"빨리 가 보도록 하지요. 무슨 일인가 일어난 것이 분명하니 말입니다."

제갈미는 일행을 재촉하며 경공을 발휘했다.

"빨리 갑시다."

남궁호도 일이 급해졌음을 느끼고는 형향이 풍기는 곳을 향해 뛰었다. 숲을 헤치고 나온 제갈미는 놀라지 않을 수 없었다

"이, 이럴 수가!"

제갈미의 눈앞에는 목불인견의 참상이 벌어져 있었다.

깎아지른 절벽 가까이에 수많은 시체들이 여기저기 널려 있었다. 조각난 시체들에서 흘러나오는 피로 바닥이 홍건히 적시며 짙은 혈향을 풍기고 있었다.

'으음, 저자는!!'

마교 팔마당의 밀마당주이자 공포의 대상이라는 지옥왜겸이 쓰러져 있는 모습이 눈에 띠였다.

여강에 왔다는 정황은 포착했지만 어디 있는지 오리무중이었던 자가 죽음으로 나타나자 제갈미는 상황을 파악하느라 여념이 없었다.

'저자가 수하들과 함께 이곳에서 죽어 있다는 것은 마교를 상대할 만한 세력이 나타났다는 뜻이다. 혹시 동창? 아니야, 그들은 지금 다른 일로 분주할 텐데 여기에 있을 리가 없다.'

동창에서 나온 자들은 지금 흑야애의 인물들과 충돌이 있었다. 아무리 뛰어난 고수들이라도 그 짧은 시간에 흑야애를 물리치고 이곳까지 올 수는 없었다.

'골치가 아프군.'

제갈미는 고민에 빠지지 않을 수 없었다. 자신이 파악한 정보로는 마교의 고수들을 이렇게 할 만한 세력이 없었던 것이다.

'도대체 누구라는 말인가?'

생각은 깊었지만 제갈미는 누가 마교의 고수들을 이토록 무참히 도륙했는지 감을 잡을 수가 없었다. 아무리 생각해도 마교와 척을 질 만한 세력이 생각나지 않았다.

'설마, 그들이? 아니야, 그들은……'

지난번 사자무적단과의 싸움에서 서린과 사령오아의 실력을 보았었다.

강한 자들이었지만 마교를 상대할 정도는 아니었다.

높게 보아도 자신들과 실력이 비등할 뿐이라고 생각했기에 용의선상에 놓을 수는 없었다.

'이곳에서 암중에 움직인 자들이 누구라는 말인가? 도대체 알 수가 없군.'

사자무적단과의 싸움에서 서린과 사령오아가 자신들이 가진 실력을 채 삼 할도 드러내 보이지 않았다.

이로 인해 마교들을 죽인 이들이 서린과 사령오아라는 사실을 전혀 짐작조차 하지 못하고 있었기에 상황을 정확히 파악하기가 어려웠다.

"여기로 와 보는 것이 좋겠소."

제갈미가 생각에 잠겨 있는 사이 주위를 뒤지며 흔적을 찾고 있던 남궁호가 그녀를 불렀다.

"뭐예요?"

그녀는 남궁호의 부름에 그가 있는 곳으로 향했다.

"이자는 혼암마가 분명하오."

"혼암마요? 이자는 분명 마교 내단에 소속되어 있는 자 잖아요?"

"그렇소. 비원각의 정보에 의하면 이번에 내단에 들어간 자가 틀림없소."

제갈미의 안색이 굳어졌다.

"큰일이군요."

"무슨 말이오?"

"마교에서 지옥왜겸에 이어 혼암마를 동원했는데도 전멸 을 당했다면 이건 정말 예사로운 일이 아니에요. 제가 알고 있는 정보로는 이럴 만한 세력은 없어요. 그렇다는 것은 제 가 알지 못하는 새로운 세력이 등장했다는 것을 뜻해요."

"새로운 세력이라는 말이오?"

남궁호가 의문을 표시했다.

"그래요. 세력이 아니고는 이들을 이렇게 만들 수는 없 을 테니까요. 으음, 우리만으로는 안 되겠어요. 청성삼수를 그 지경으로 만들 정도의 마교 고수들을 단 하나도 남기지 않고 도륙했다면 이번 일은 정말 위험해요."

"어떻게 하면 좋겠소?"

"일단 이들을 도륙한 자들의 행방을 쫓기로 하고 연통을 보내 은하검룡단과 합류하는 것이 좋겠어요."

"알겠소. 내가 생각하기에도 그러는 편이 좋을 것 같소."

남궁호도 자신들의 전력만으로는 위험을 자초할 뿐이라는 것을 알았는지 고개를 끄덕였다.

"제갈 검주와 나는 그자들의 흔적을 찾아볼 테니, 서문 검주는 은하검룡단과 합류한 뒤에 우리를 찾아오도록 하시오. 놈들의 흔적을 쫓으며 계속 밀마를 남길 테니 그것을 따라오시면 될 것이오."

남궁호는 서문인으로 하여금 은하검룡단과 합류하여 추적해 오도록 부탁했다.

"알겠소. 위험할 것 같으니 조심하시오."

파팟!

서문인은 상황의 심각성을 느낀 탓인지 당부를 하고는 나는 듯이 달려 여강 쪽으로 향했다.

"이제는 어찌하면 좋겠소?"

서문인이 떠나는 것을 본 남궁호는 군사 역할을 하고 있는 제갈미에게 앞으로 어떻게 일을 처리할지 물었다.

"그자들의 흔적을 찾아야 해요."

"놈들과 부딪칠 수도 있소."

"조심해야 되겠지요. 남궁 검주의 말처럼 부딪치면 좋지 않으니 말이요. 하지만 놓쳐서는 정말 곤란해요. 강호에 새로운 세력이 나타난 것 같으니 어떤 세력인지 알아볼 필요가 있으니 말이죠."

"그것이 아닐 수도 있잖소."

"세력이 아니면 더 큰일이에요. 흉수의 정체를 밝혀지지 않는다면 자칫 정사대전으로 번질 수도 있는 일이니까요."

"정사대전이 벌어진다는 말이오?"

"맞아요. 마교에서는 우리가 이번 일을 벌였을 것이라고 생각할 테니까요."

"으음, 무슨 말인지 알겠소. 그렇다면 우선 그자들의 흔적을 찾아내야 할 것 같소. 이 정도의 인원을 도륙한 것을 보면 상당수의 인원이 왔을 거예요. 그러니 흔적을 찾는 것은 어려운 일이 아닐 것이오."

"반드시 그래야 해요. 우린 반드시 흉수를 찾아야 하니까요."

두 사람을 비롯한 사자무적단원은 곧바로 흔적을 찾기 시작했다. 반 시진을 넘게 주변을 수색했지만 싸운 흔적은 있어도 이동한 흔적은 찾을 수 없었다.

"어떻게 하면 좋겠소? 땅으로 꺼진 것인지 흔적이 남아 있는 것이 전혀 없으니 말이오."

"아니에요. 좀 더 주의해서 주변을 철저히 수색해 보세요. 분명 흔적을 남겼을 거예요."

남궁호가 흔적이 없다고 하자 제갈미는 다시 한 번 흔적을 찾도록 했다.

"알았소."

그녀의 말에 남궁호가 수하들을 독려해 한 시진이 넘도

록 주변을 다시 수색했지만 어떤 흔적을 찾을 수는 없었다. 애당초 절벽 쪽으로는 수색을 하지 않은 탓이었다.

"근방을 철저히 수색했지만 아무것도 남아 있는 것이 없었소. 정말 신출귀몰한 놈들이요."

"무서운 자들이군요. 감쪽같이 흔적을 지우다니 말입니다. 이동한 흔적을 그렇게 감쪽같이 지웠음에도 싸운 흔적을 지우지 않고 남긴 것은 아마도 경고의 의미가 있는 것 같아요."

"자신들을 쫓게 되면 이렇게 되리라는 본보기를 남겼다는 말이오?"

"그럴 확률이 제일 커요. 지금으로서는 방법이 없으니 은하검룡단이 합류한 후 어떻게 할 것인지 의논해 봐야겠어요."

"그러는 것이 좋을 것 같소. 놈들은 이미 이곳을 빠져나간 것 같으니 은하검룡단과 협조하여 여강 전체에 천라지망을 까는 것이 좋을 것 같소."

"그러는 것이 최선의 방법일 것 같군요."

제갈미는 이제는 검반향의 전설을 가진 자와 마교의 고수들을 도륙한 자들을 추적할 방법이 없다는 것을 인정했다.

'그런데 어째서 그 사람이 떠오르는 것일까.'

제갈미는 불현듯 서린의 모습이 떠올랐다.

자신이 확인한 실력으로는 마교의 고수들을 이렇게 할 정도의 실력이 아니었지만 어쩐지 관련이 있을 것 같다는 예감 때문이었다.

'그 사람과는 직접적인 연관은 없을 것이다. 하지만 그가 속해 있는 사사묵련이라는 신비단체가 관련이 있을지도 모를 일이다. 아직까지도 그 정체가 모호한 집단이니 말이야.'

제갈미는 일단 사사묵련을 용의선상에 두기로 했다.

하지만 그것도 확실한 것은 아니었다. 사사묵련이라는 단체에 대해 알려진 것이 거의 없었기 때문이었다.

'사사묵련이 진짜 나섰다면 그것도 큰일이다. 이렇게 대놓고 마교놈들을 도륙한 것을 보면 그만한 전력을 갖추고 있다는 의미일 테니까 말이야.'

제갈미는 인상을 찡그렸다. 생각하면 할수록 골치가 아파 왔다.

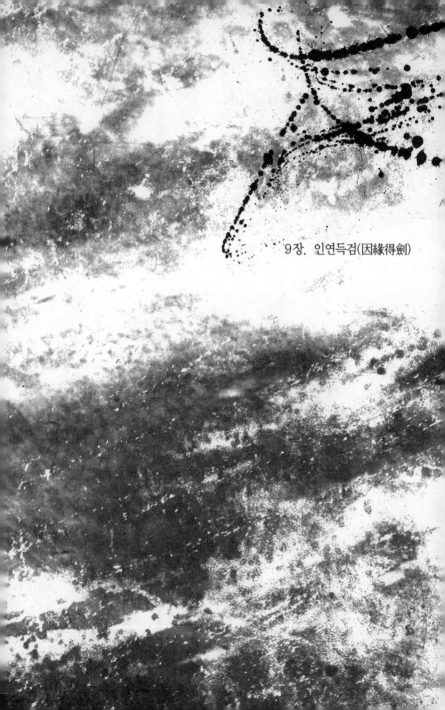

9장. 인연득검(因緣得劍)

제갈미를 비롯한 무림맹 일행이 곤혹감에 빠져 있을 때 사밀혼은 서린 일행을 뒤 쫓고 있었다.

마교와의 접전을 모두 지켜본 이들은 서린 일행의 수련 성과가 예상보다 뛰어남을 느꼈다.

"대형! 그 아이들의 성취가 기대했던 것 이상이더군요."

앞서가는 장호기를 향해 철무정은 사사밀혼심법이 이제 삼 단계와 사 단계에 이른 사령오아와 서린에 대해 이야기했다.

"상당한 성취를 이루기는 했지만 아직은 지켜보아야 할 아이들이다."

"저도 그렇게 생각합니다. 마지막에 서린이가 보여 주었던 사방투가 저와는 조금 다른 것 같으니 말입니다."

"어르신이 별도로 전수했다고는 했지만 약간은 이질적인 기운이 느껴지기는 했다. 완전한 사사밀혼심법이라면 그럴 수도 있으니 별다른 문제는 없겠지만 의혹이 있어서는 곤란하다. 그러니 우리들은 대륙천안에 들여 보내야 할 아이들이니 이번 시험을 통해 그 아이들의 실체를 정확히 파악해야 한다."

"알겠습니다. 그런데 대형! 한 가지 궁금한 것이 있습니다."

"뭐냐?"

"어째서 서린이라는 아이가 그 검을 목상운이라는 자에게 주었을까요? 분명 그 검에 검반향의 전설이 숨겨져 있다는 것을 서린이도 알고 있을 텐데 말입니다."

"상황판단이 뛰어난 것 같다. 그자가 검을 버리는 순간 서린은 검보다는 그자를 주목했을 것이다."

"그자를요?"

"검반향의 전설에 대한 것을 모두 알아내지 못했다면 목상운이라는 자는 결코 검을 버리지 않았을 것이다. 서린이도 그것을 알아차린 모양이다."

"그렇군요."

"그보다 아이들의 실력이 예상보다 뛰어나니 들키지 않게 조심하도록 해라. 우리가 이렇게 은밀히 따른다는 것을 알게 된다면 아이들이 서운해할지도 모르니 말이다."

"알겠습니다."

사밀혼은 은형술을 이용해 최대한 신형을 감추고 있지만 모든 것이 노출된 절벽 길이었기에 조심하며 서린 일행을 쫓았다.

사밀혼들은 무척이나 조심하며 들키지 않게 서린 일행을 쫓고 있었지만 그것은 헛된 노력이었다.

서린은 사밀혼이 자신들의 뒤를 쫓아오고 있다는 것을 처음부터 알고 있었다. 혈혈기감을 이용해 계속해서 뒤를 감시했기 때문이었다.

사밀혼들이 최대한 은형술을 발휘해 자신들의 기척을 죽이고 있지만 혈혈기감이 포착하고 있는 것은 인간이 가진 고유의 기운이기에 벗어날 수 없었던 것이다.

'아직도 모습을 드러낼 생각을 안 하는 것을 보면 분명 우리를 시험하기 위한 것이 분명하다. 아무리 사전에 조사를 했다고 하더라도 아직 그들은 우리를 완전히 믿지 않을 테니까.'

아직도 사밀혼이 자신들을 신뢰하지 않는다는 것을 알고 있기에 고민이 깊을 수밖에 없었다.

'이자를 통해 우리를 시험할 것이다. 우리가 이자에게서 검반향의 전설을 얻어 내는 과정을 보고 말이다. 좋은 생각이기는 하지만 당신들은 우리에 대해 아무것도 알아내지 못

할 것이오. 우리가 보여 준 모습 이상은 알 수 없을 테니까.'

사밀혼에 대한 생각에 젖은 서린의 상념을 목상운이 깨웠다.

"이제 다른 길로 가게 됩니다. 협소한 곳이니 조심하시기 바랍니다."

목상운은 절벽 앞에 서 있었다. 이어지던 소로가 끊긴 것이었다.

"길이 끊긴 것 같은데 다른 길이 있는 겁니까?"

"그렇습니다. 잠시만 기다리시지요."

목상운은 막혀 있는 절벽 가까이로 가더니 바위 돌덩어리를 드러냈다.

그러자 절벽에는 조그마한 구멍이 하나 생겼다. 목상운은 그 안으로 팔을 집어넣더니 밧줄을 꺼내 들었다.

"이걸 타고 밑으로 내려가야 합니다. 내려가다 보면 이런 길이 또 나올 겁니다."

목상운은 굵은 밧줄을 튀어나온 바위에 매고는 아래로 늘어뜨렸다. 이십여 장이 넘을 듯한 밧줄이 절벽을 따라 아래 흘러내렷다. 목상운은 밧줄을 잡고 아래로 내려갔다.

'언제 이런 준비를 한 것인지 모르겠지만 오랜 기간 준비했을 것이다.'

탈출로를 세밀하게 준비해 놓았다는 것에 서린은 놀라지

않을 수 없었다. 목상운의 치밀함에 그를 다시 보게 되었다.

일곱 사람이 밧줄을 잡고 절벽을 내려갔다. 그리고 그들은 또다시 이어지는 작은 소로를 볼 수 있었다.

"이제 얼마 남지 않았습니다. 조금만 더 가면 금사강의 지류에 도착할 수 있을 겁니다."

"알겠습니다. 어서 가시지요."

서린 일행은 목상운을 따라 절벽에 난 소로를 걸었다.

절벽을 따라 스쳐가는 바람이 매섭기는 했지만 두려운 일이 아니듯 일행은 차분히 길을 걸었다.

얼마지나지 않아 소로가 끝났다. 숲에 가려져 있는 곳이었다. 숲도 급하게 경사를 이룬 곳이라 이런 곳에 길이 있다고는 누구도 짐작하지 못할 것 같았다.

"이제 다 왔습니다. 이곳에서 내려가면 바로 금사강의 지류입니다."

"이제 다 왔군요. 그만 헤어질 때가 된 것 같습니다."

이미 물소리를 들어 금사강의 지류에 도착한 것을 알고 있던 서린은 목상운에게 이제는 작별을 고할 때가 왔음을 알렸다.

'이 사람들 분명히 내가 검반향의 전설을 쥐고 있다는 것을 알고 있다. 그런데 나를 그냥 보내려 하다니……'

목상운은 서린의 의도가 궁금할 뿐이었다. 마교와 정면

으로 대결을 벌여 놓고도 검반향의 전설을 포기하는 처사가 의아했기 때문이었다.

"의아하신 모양이군요?"

"그렇습니다. 어째서 저를 그냥 보내시는 겁니까?"

"그럼 어떻게 합니까? 내 물건도 아닌 것을 탐하라는 말입니까? 전 아직 제가 익히고 있는 무예도 완벽하게 익히지 못했습니다. 신외지물을 탐할 바가 아니지요. 검반향의 전설이 어린 검을 보았으니 그것으로 저는 족합니다."

서린은 자직한 목소리로 검반향에 대한 욕심이 없음을 이야기했다.

'역시, 내가 본 것이 맞구나.'

서린이 다른 자들과는 다르다는 것을 알 수 있었기에 목상운이 고개를 끄덕였다.

"으음, 그렇군요."

"그런데 이곳을 벗어날 방도가 있다고는 하셨는데 어디갈 곳이라도 있습니까?"

'이 청년이라면 믿을 수 있을 것 같다.'

목상운은 지금까지 자신이 보아 온 서린의 모습을 생각하며 말해 주어도 상관이 없겠다는 생각이 들었다.

"아직은 없습니다. 제가 마련한 안배는 사천까지입니다. 일단 청성에 들리는 것이 좋을 듯해서 말입니다."

목상운의 말에 서린의 산색이 굳어졌다. 의혹을 느낀 목상운이 물었다.

"혹시 저에게 하실 말씀이 있으십니까?"

"어떻게 생각하실지는 모르겠지만 제 생각에는 청성은 들리지 않으시는 편이 좋을 겁니다."

"뭔가 알고 있으신 것이 있군요?"

"무림맹의 사람들이 나선 것을 보았습니다."

"무림맹이라면……."

"그렇습니다. 사자무적단이 이곳으로 왔더군요. 청성 또한 무림맹에 몸담고 있는 문파이니 온전하게 당신을 보살필 수 없을 겁니다. 우려일지도 모릅니다만…… 청성으로서는 무림맹의 요구를 저버릴 수 없을지도 모릅니다."

"그럴지도 모르겠군요."

목상운도 어느 정도 짐작하고 있는 일이기에 안색이 나빠졌다. 자신은 중원인도 아니고 납서족이다. 청성이 달라졌다고는 하지만 무림맹의 압력이라면 석년의 일이 재현되지 않으리라는 보장이 없었다.

"아마도 당신이 가진 검반향의 전설도 빼앗기기 쉬울 겁니다. 그것을 확신할 수 있는 이유는 마교 때문입니다. 당신이 청성에 머문다면 마교의 인물들은 반드시 청성으로 찾아갈 겁니다. 청성으로서는 마교의 위협을 가만두지 않을 테니 검반향을 무림맹에 넘기려 할 겁니다."

"으음!"

서린의 말이 맞겠다는 생각이 들었다. 청성의 입장에서는 방도가 없기 때문이다.

'마교도 그렇고, 무림맹도 나선 것을 보면 다른 비밀도 알고 있을 확률이 높다.'

무림맹이 나섰다면 검반향의 전설뿐만 아니라 자신이 알고 있은 다른 것을 노리는 게 분명했다.

마교도 마찬가지인 이상에는 자신이 청성에 간다면 큰 짐을 안겨 줄 것이 분명했다.

'청성에 유지를 전해 주는 것도 중요하지만 그분의 뜻에 맞지 않는다면 지금 당장 전해 줄 필요는 없다. 나중에라도 소문이 잠잠해지고 사람들의 기억에서 사라진 후에 검반향의 심득을 전해 주면 그만이니까. 하지만……'

청성에 가지 않는다고는 하지만 문제가 컸다. 당장 자신의 안위를 걱정해야 할 처지였다.

"고민하시는 것을 보니 청성 말고는 마땅히 가실 곳이 없으신가 보군요."

"그렇습니다. 어디 하나 기댈 곳이 없군요."

"그렇다면 제가 한 군데 소개해 드려도 되겠습니까?"

"이렇게 도와주신 것도 고마운데……"

신세를 지는 것 같아 목상운이 말을 흐렸다.

"아닙니다, 이것도 인연인데 이대로 헤어지자니 마음이 걸리는군요."

"그렇게 말씀하신다면 소개해 주신 곳으로 가 보겠습니다."

"알겠습니다. 제가 소개드리는 곳에 가시면 가지신 무예를 완전히 습득할 수 있는 시간을 벌어 줄 수 있을 겁니다. 그곳에서 무예를 완전히 익히시고 난 뒤라면 뜻하시는 바를 이룰 수 있을 겁니다."

"제가 그럴 수 있을까요?"

"충분하다고 봅니다."

목상운은 서린의 눈빛에서 서린이 결코 자신을 해코지할 인물은 아니라는 것을 느끼고 있었다.

'욕심이 있었다면 벌써 손을 썼을 것이다. 그렇다면……'

의도는 확실히 모르겠지만 서린의 말대로 청성파를 위해서나 자신을 위해서 따르는 것이 좋을 것이 분명했다.

"좋습니다. 그렇다면 그리로 가도록 하겠습니다."

"잘 생각하셨습니다. 제가 소개해 드리는 곳은 바로……"

서린은 목상운에게 갈 곳을 전음으로 일러 주었다.

그곳은 하남이었다. 그리고 만나야 할 사람이 누군지도 알려 주었다. 전음을 듣는 목상운의 표정이 시시각각 변했다.

"정말 제가 그곳에 있을 수 있다는 말입니까?"

"그곳에 가시면 제가 말씀드린 사람을 찾아가십시오. 그 분이 당신의 거처를 마련해 주고 무예를 수습하지는 동안 보호해 줄 것입니다."

"알겠습니다. 그럼 전 이만 길을 떠나겠습니다. 입은 은 혜는 절대 잊지 않겠습니다."

서린의 말이 사실이라면 최상의 결과를 얻을 수 있었기 에 목상운의 눈빛이 빛났다.

"하하하, 별말씀을!"

"그리고 이것은 소문주가 가지십시오."

"아니, 그 검을 왜 저에게 주시는 겁니까?"

"이제는 저에게는 그다지 필요가 없는 물건입니다. 검반 향의 전설이 깃들어 있는 것도 아니고 말입니다. 기념으로 당신에게 주고 싶습니다."

"하지만……!"

"받아 주십시오."

목상운이 간곡하게 부탁했다.

"알겠습니다. 주시니 받도록 하지요. 하지만 언제든지 달라고 하시면 돌려드리겠습니다."

"이제는 제 것이 아닙니다. 누구를 주시든지 좋지만 저 는 받지 않겠습니다. 그럼 전 이만 가보겠습니다. 지류를 따라 계속 가시다 보면 여강 쪽으로 가시게 될 겁니다."

"걸어가도록 하지요."

"죄송합니다."

"아닙니다."

목상운이 말을 마치고 빠르게 아래로 내려갔다. 금사강의 지류에 배를 대기시킨 듯 보였다.

'후후후, 이제야 도착했군.'

목상운이 떠나고 얼마 안 있어 서린은 사밀혼들이 지척에 다다랐음을 알 수 있었다. 절벽을 통해 내려오는 길이라 자칫 들킬 수 있기에 거리를 둔 탓이었다.

—사밀혼들이 가까이 왔습니다. 모두 주의하세요. 그리고 성겸 아저씨는 사밀혼들이 궁금할 테니 제가 얻은 검에 대해 이야기하시구요.

서린은 전음으로 사령오아에게 주의를 주었다.

사밀혼들에게 검반향의 전설이 담긴 검을 얻었다는 것을 알려 줄 필요가 있기에 성겸으로 하여금 거론토록 했다.

"소문주님! 그 검을 가지고 있으면 무림인들의 표적이 될 텐데 왜 받으셨습니까?"

"이제부터 우리는 사라질 테니 그건 걱정할 것이 없습니다."

"그렇군요."

"그리고 그 사람은 모르고 있는 것 같았지만 이 검에는 검반향의 전설을 비롯해 몇 가지 비밀이 있습니다."

"사실입니까?"

말을 하라기에 했지만 실제로 비밀이 숨겨져 있다는 사
실에 성겸이 놀라 물었다.

"사실입니다."

"알겠습니다, 소문주님. 그런데 저 사람 무사히 운남을
벗어날 수 있을까요?"

"그럴 겁니다. 우리도 그렇지만 그 사람도 나름대로 철
저히 준비를 한 것 같으니 말입니다. 이제 단서가 끊겼으니
한동안 무림인들은 그의 행방을 찾을 수는 없을 겁니다. 충
분히 운남을 벗어날 수 있는 시간은 될 겁니다."

"그렇군요. 그럼 이제 곤명으로 향하는 겁니까?"

"일단 그러는 것이 좋을 것 같군요. 어르신들을 만자지
못한 이상에는 곤명에 가서 기다리는 것이 나을 것 같습니
다. 이곳에 남아 있어 봐야 곤란한 일만 벌어질 테니 곤명
에 가는 동안에도 무림인들의 눈도 피해야 할 겁니다."

"그나저나 마교와의 충돌이 어떤 영향을 미치지나 않을
지 모르겠습니다."

"그건 걱정하지 마십시오. 마교에서는 무림맹의 소행으
로 여길 겁니다. 지금 이곳에 우리가 상대한 자들을 처리할
만한 세력은 무림맹밖에는 없으니 말입니다. 그러니 우린
이곳에서 하루 빨리 흔적을 감추어야겠지요."

"그럼 한시라도 빨리 곤명으로 돌아가야겠군요."

"그렇습니다, 빨리 가시죠."

"예, 소문주님."

서린과 사령오아는 금사강의 지류를 따라 경공을 시전했다.

빠른 속도로 사라지는 서린 일행을 지켜보던 시선이 장내에 나타났다.

"검반향의 전설이 담긴 검을 얻었나 보군."

"그런 것 같습니다. 대화를 들어 보니 매우 생각이 깊은 아이로군요."

"그런 것 같네. 만약 목상운이라는 자를 죽였다면 언젠가는 발견이 될 테고, 마교나 무림맹에게 저 아이의 흔적이 발견될 수밖에는 없었겠지. 목상운이 이토록 치밀한 준비를 했다면 당분간 발견이 되지 않을 테니 우리로서도 어느 정도는 시간을 번 셈이로군."

"그런 것 같습니다. 이제는 저 아이를 쫓아가면서 끈이 닿아 있는 자들이 있는지 살피는 것만 남은 것 같습니다."

"그런 일이 없었으면 좋겠군. 저 정도 생각이 깊은 아이라면 향후 사사묵련을 이끄는 데 많은 도움이 될 테니 말이네."

"그럼 이곳의 일은 어느 정도 마무리된 것 같으니 그만 가시죠. 대형!"

"알았네, 가도록 하지."

사밀혼도 서린 일행을 쫓았다.

어차피 이곳에서의 일은 끝이 난 상태였다. 자신들이 나서지 않고도 일이 매끄럽게 끝나 흡족한 마음이 든 사밀혼들은 서린이 마지막 시험을 통과하기를 마음속으로 빌었다.

장천산행을 발휘한 서린 일행은 여강의 동쪽에 있는 금사강의 본류에 다다랐다.

채 한 시진이 걸리지 않은 시간이었다.

금사강에는 이미 마교의 인물들이 철수 한 터라 고기잡이 나온 배만 몇 척 보일 뿐 무림인들로 보이는 이는 아무도 없다. 모두가 옥룡설산으로 검반향의 전설을 쫓아간 것이 분명했다.

"모두들 옥룡설산으로 향한 것 같으니 우리가 빠져나가기가 수월해졌습니다.

밀혼 어르신들과 합류하지 못했으니 일단 곤명으로 돌아가 기다리는 것이 좋겠습니다."

"예, 소문주님."

서린은 사령오아와 함께 빠르게 여강을 벗어났다.

검반향의 정설이 담긴 검이 자신들에게 있는 이상 괜한 시비에 휘말려 일을 그르칠 필요가 없었기 때문이었다.

"일단 살도문에서 마련해 준 안가에서 수련을 하며 어르신들을 기다리기로 하겠습니다. 그리고 가능하다면 살도문을 통해 어르신들의 행방을 알아보는 것이 좋겠습니다."

"예! 소문주님!"

사천성과 경계 지역을 따라 장천산행을 펼치며 달리던 서린 일행은 영인(永仁)과 무정(武定)을 지나 사흘이 지나지 않아 곤명에 도착할 수 있었다.

사밀혼들도 신형을 감춘 채 서린 일행을 따라왔다. 곤명에 도착한 서린은 곧장 수련을 위해 마련된 집으로 향했다.

서린이 장원으로 들어가고 난 뒤 사밀혼들의 신형이 나타났다.

네 사람은 지난 사흘 동안 서린이 다른 곳과 연락을 하지는 않는지 철저히 감시해 왔었다.

지난 시간 동안 어느 누구와도 연락 없이 곧바로 곤명으로 향해 왔기에 의심을 접을 수 있었다.

"으음! 이제는 의심을 하지 않아도 되겠군."

"그렇습니다. 대형! 이제는 저 아이들에게 모든 것을 이야기해 주어도 상관이 없을 것 같습니다."

"그렇겠지. 일단 살도문에 들려 상황을 알아본 후에 아이들이 있는 곳으로 가야겠다."

"살도문에 말입니까?"

"이번 행사에서 살도문의 움직임이 이상한 부분이 있었으니 알아볼 필요가 있을 것 같네. 다녀 올 동안 자네들은 이곳을 지키고 있게."

"무슨 말씀이신지 알겠습니다. 대형!"

장호기는 동생들을 남겨 놓은 후 살도문이 있는 곳으로 향했다.

'걸림돌이 된다면 지울 수밖에……'

서린과 사령오아를 대륙천안에 들이는 일이기에 변수를 허용하고 싶지 않았던 장호기는 빠른 속도로 살도문으로 향했다. 제아무리 살도문이라도 자실들의 계획에 누가 된다면 없애 버릴 생각이었다.

*   *   *

여강에서의 일은 무림에 큰 풍파를 일으키고 있었다. 검반향을 쫓던 인물들 상당수가 죽어 나갔기 때문이었다.

특히나 마교의 외단 중 밀마당이 전멸했다는 소식은 충격적이기까지 했다.

밀마당의 전멸 소식은 여강에 모여든 무림인들의 입을 타고 빠르게 강호로 퍼져 나갔다. 여강에 나온 자들 중에 문파에 속해 있던 자들 또한 소속 문파에 급보를 날리고 향후 사태를 주목하고 있었다. 강호에 피바람이 불지도 모른다는 염려 때문이었다.

단일문파로서는 최대의 힘을 보유하고 있는 곳이 마교.

비록 외단이기는 하지만 한 개 당이 전멸했다는 것은 강호가 진동하고도 남을 중대 사안이었다. 운남을 비롯해 접해 있는 각성의 각 문파들로서는 자신들에게 밀어닥칠 여파를 고심해야 했다.

무림맹도 무척이나 부산했다. 맨 처음 밀마당의 전멸을 발견한 무림맹은 정체를 알 수 없는 암중의 인물들이 손을 썼다는 것을 밝혔다. 죽은 자들을 거두는 한편 마교에 전후 사정을 통보했다.

자칫 무림맹의 소행으로 오해한다면 정사대전으로 번질 가능성이 크기에 괜한 오해의 소지를 남기지 않기 위해서였다.

그러나 무림맹의 통보에도 불구하고 마교에서는 아무런 대응을 하지 않고 있었다. 암중으로 이번 사태를 파악하고 있었던 것이다.

그 와중에 여강에 문도들을 파견한 문파들은 전전긍긍하고 있다. 마교의 칼이 언제 자신들을 향할지 몰라서였다.

특히 암중에 운남 전역에 세력을 구축하고 있는 살도문으로서는 큰일이었다. 자신들이 흉수로 지목될 가능성이 높기 때문이었다.

막수창은 내심 이번 일의 흉수가 흑야애가 아닌지 의심하고 있었다. 살수단체로서 어떤 저력을 가지고 있는지 알지 못하지만 세상에 알려진 살도문의 힘과 비슷할 것이라는 것이 그의 추측이었다.

음지에서 양지로 나오고 싶어 하는 그들에게는 검반향의

전설이 담긴 무공과 그 이면에 감추어진 대리의 보물이 무엇보다 필요하기 때문이었다.

막수창은 여강에서 분 피바람의 여파로 인해 어떻게 해야 할지 교문자와 숙의를 거듭했다.

"문주님, 일단 마교의 대응을 예의 주시해야 합니다. 밀마당의 흑혈대가 전멸한 상황입니다. 마고에서는 무림맹과 충돌이 있더라도 팔마당 전원이 나올 가능성이 큽니다."

"밀마당의 전멸에 대해 무림맹에서 마교에 통보하고 죽은 자들 또한 거두어 주었다는데 충돌할 일이 있겠소?"

"그렇게 생각할 수도 있겠지만 마교에서는 자신들의 무력을 투사할 겁니다. 위신이 깎였다고 생각할 것이고, 무림맹에 대한 의심도 접을 생각이 없을 테니 말입니다."

"이번 일을 기회로 여긴다는 뜻이오?"

"그렇습니다. 지난 시간 동안 조용했으니 말입니다."

"그렇게 생각할 수도 있지만 마교에서는 무림맹만 상대할 것 같지는 않소. 그들도 머리가 있으니 말이오."

"그럴 겁니다. 암중 세력이 있었는지 살피려 할 것이고, 철저히 조사를 할 겁니다."

"맞소. 내 걱정도 그것이오. 아마도 마교에서는 암중 세력을 찾으려 할 것이오. 그렇게 되면 우리부터 주목할 것이오."

"그럴 겁니다. 해서 이미 조치를 취했습니다. 드러난 조직은 연결점을 끊어 버리고 중요한 세력을 모두 잠적시켰습니다."

"벌써 그렇게 했다니 다행이오."

막수창으로서는 교문자가 발 빠르게 조치를 취한 것이 고마웠다.

"하지만 문주님. 우리 쪽은 정리가 됐지만 흑야애는 아직 아닙니다."

"흑야애도 조치를 취해야 한다는 말이오?"

"그렇습니다. 그동안 가졌던 유대 관계도 끊어야 할 겁니다. 어차피 드러난 조직으로만 연계를 했으니 관계만 끊는다면 문제는 없을 겁니다."

"그렇다면 사사묵련은 어떻게 해야 하오?"

흑야애야 그렇다고 쳐도 사사묵련을 함부로 할 상대가 아니었기에 막수창이 물었다.

"사사묵련과는 연대를 계속해야 합니다. 그들은 관과 연계가 이어지고 있는 것이 분명하니 도움이 될 겁니다."

"알겠소. 일단 그렇게 하는 것이 좋겠소. 마교에서 어떻게 나올지는 아직 모르니 말이오. 다음 일은 마교의 대응을 보고 결정하도록 합시다."

"그런데 아가씨는 어떻게 합니까? 전서구를 날렸지만 돌아오시지 않겠다고 하셔서……."

"내 명이라고 하고 돌아오도록 연락을 넣으시오."

"알겠습니다. 문주님!"

교문자는 읍하며 급히 문주전을 벗어났다.

"피바람이 불 것이다. 잘 피해 가야 할 텐데……."

교문자가 적절히 조치를 취하기는 했지만 완벽한 것은
아니었다.

무림맹이나 마교나 막강한 정보조직을 거느리고 있기 때
문이다.

무림맹은 걱정이 없으나 마교의 저력이 무서운 만큼 앞
으로가 중요했다. 준비가 되지 않은 이상에는 조금 피해를
입더라도 감추어야 할 때였기에 막수창은 고심에 빠져 들었
다.

"문주님! 손님이 오셨습니다."

손님이 왔음을 시비가 알려 왔으나 앞으로의 행보를 고
민하던 막수창은 만나고 싶지 않았다.

"누구신지 모르겠지만 오늘은 피곤하니 내일 보자고 하
거라!"

"문주님 만나 보셔야 할 것 같습니다."

"누구시냐?"

"군사님께서 모시고 가라고 해서 모셔 왔습니다."

"군사가? 어서 드시라고 일러라."

막수창은 교문자가 안으로 모시라고 했다는 말을 듣고는
손님을 모시도록 했다.

"어서 오십시오. 그렇지 않아도 기다리고 있었습니다."

안으로 들어오는 이들을 본 막수창은 허리를 깊게 숙이며 포권을 했다. 곤명으로 온 사밀혼들이었다.

백련교의 후신이었던 탓에 관으로부터 지속적인 핍박을 받는 마교다. 관에 대해서는 꺼리는 면이 많았기에 사사묵련은 큰 도움이 되고도 남았다.

사밀혼들이 좌정을 하자 막수창도 자리에 앉았다.

"소식을 들은 모양이군."

"그렇습니다. 마교가 이번 일을 그냥 간과하지 않을 것은 불을 보듯 명확하니 그 여파가 어쩌면 저희 문을 미칠지도 모르겠습니다. 도움을 주셨으면 합니다."

"그것은 걱정하지 말게. 이곳 관아에서 살도문에 사람이 상주하도록 조치를 취할 터이니."

"고맙습니다."

장호기가 선뜻 자신의 청을 수락하자 막수창은 한시름 놓았다. 정확한 정체는 모르지만 장호기의 말이라면 충분히 신용이 있었기 때문이었다.

분명 내일 아침에는 관에서 이곳 살도문에 사람이 상주할 것이 분명했다.

"그나저나 내가 부탁한 일은 잘 이루어졌는가?"

"한적한 곳을 골라 수련할 장소를 마련했습니다. 그런데 그곳에 머물기로 한 분들이 다른 곳으로 수련을 떠났습니다. 언제 돌아올지 기약을 하고 가지 않아 소식을 알 수가 없습니다."

막수창은 서린 일행이 수련을 하기 위해 자신이 마련해 준 곳을 떠났다고 이야기 해 주었다. 물론 감시하고 있었다는 것을 알려 줄 필요는 없기에 여강으로 향했다는 것을 뺐다.

"알았네. 돌아올 테니 그건 걱정 말게. 난 그 아이들이 머물기로 한 곳으로 가봐야겠네."

"그곳에 머무실 생각이십니까?"

"당분간은 그곳에 있을 생가이네."

"알겠습니다. 그럼 편히 모실 수 있도록 사람을 더 붙이도록 하겠습니다."

"신경을 써 줘서. 고맙네."

"벌써 가시는 겁니까?"

자리에서 일어서는 모습을 보며 막수창이 물었다.

"돌아왔을지도 모르니 가 봐야지. 이곳에 있으면 자네에게도 부담이 될 테고."

"아닙니다. 사람을 보내 돌아오셨는지 바로 알아볼 것이니 이곳에 더 계셔도 됩니다."

"아니네. 그곳에서 기다리는 것이 났겠네."

"그러시다면. 여봐라."

막수창은 시비를 불렀다.

장호기 일행을 모실 사람을 부르기 위해서였다.

잠시 후 채비가 준비되었다. 서린이 머물고 있는 곳을 알고는 있지만 내색하지 않고 호위무사를 따라서 살도문을 벗어났다.

"알 수 없는 사람들이다. 관아를 마음대로 주무르다니 말이다. 분명 이번 혈사에도 깊숙이 관여되어 있을 것이 분명한데 산산이가 그자들의 행적을 놓쳤다는 것이 아쉽군."

서린을 통해 사사묵련의 정확한 정체를 파악하고 했지만 무산된 것을 아쉬워했다.

정확한 정체를 알 수만 있다면 더 많은 도움을 받을 수도 있지 않을까 하는 생각에서였다.

하지만 막수창의 이런 생각은 잘못된 것이었다.

사사묵련이 설립된 목적을 알았다면 막수창은 애초부터 사사묵련과 손을 잡지 않았을 것이다.

세외의 세력이 중원으로 파고드는 것을 막기 위해 만들어진 것이 바로 사사묵련이다.

                    *   *   *

서린은 사령오아와 함께 살도문에서 마련해 준 장원에 도착하자마자 여장을 풀었다. 상당히 피곤한 여정이었기에 여섯 사람은 자신의 방으로 간 후에 잠이 들었다.

서린과 사령오아가 한참 잠에 빠져 있을 무렵 장호기를
비롯한 사밀혼 들은 서린이 머물고 있는 장원 앞에 이르렀
다.

"어르신들, 도착했습니다."

"저곳이로군. 수고했네. 자네는 그만 돌아가 보도록 하
게."

"알겠습니다."

　장호기는 자신을 안내해 준 무사를 돌려보냈다.

　─어서 나오게.

　장호기의 전음에 세 사람이 장원근처네 있는 숲에서 걸
어 나왔다. 이미 먼저와 기다리고 있던 사밀혼들이었다.

"별다른 일은 없었나?"

"아직은 없습니다. 피곤했는지 돌아오자마자 모두들 잠
들었습니다."

"그런가. 그러면 다른 볼일을 보고와도 되겠군."

"그러셔도 될 것 같습니다."

"자네들은 계속해서 이곳에서 철저히 감시하도록 하게.
혹시라도 뒤를 쫓는 놈들 없는지 말이야."

"알겠습니다. 대형!"

　장호기는 사밀혼들에게 당부를 마친 후 관아가 있는 곳
으로 향했다. 막수창이 부탁한 일을 해결하기 위해서였다.

　장호기가 떠난 후 남아 있는 삼절은 앞으로의 일을 의논

했다. 서린의 뒤를 밟는 자들이 없다는 것은 이미 확인한 사항이었기에 앞으로의 일이 중요했기 때문이었다.

"아이들에 대한 검증은 모두 끝난 것 같은데 대륙천안에서는 어떻게 할까요?"

곽인창이 철무정에게 물었다.

"아직은 모르지. 비록 혼암마를 비롯해 지옥왜겸을 처치했다고는 하지만 아직은 부족한 부분이 많은 아이들이네. 아마도 상부에서 알아서 판단할 것이네."

"그렇겠군요."

"하지만 조금은 걱정이 드는 일이 있네."

"무슨 일이라도 있습니까?"

"암흑련 쪽에서도 걸출한 아이들이 배출된 것 같다고 대형께서 말씀하셨네."

"암흑련 쪽에서 우리 아이들과 맞먹을 정도의 인재들이 나왔다는 말입니까?"

"으음, 그렇네. 대형께서 알아낸 정보에 의하면 암흑련에서 이번에 대륙천안에 들어설 후보들이 넷이 나왔다고 하네."

철무정의 근심이 무엇인지 아는 터라 두 사람도 안색이 무거워졌다.

"형님, 이번에는 어디서 한다고 합니까?"

곽인창이 다시 물었다.

"그것도 아직은 모르네. 아마도 대형께서는 지금 그것을 알아보러 가신 것 같네."

"그렇군요. 우리가 두 사람이 더 많기는 하지만 누가 남을 것인지는 대륙천안에 들어가 봐야 하는 것이지 않습니까? 정말 걱정입니다."

"하하하, 너무 걱정하지 말게. 이번에 전무연(典武宴)이 어디서 열리는지는 모르지만 서린이와 사령오아는 반드시 대륙천안에 들것이 확실하니 말이야."

"그렇지만……."

"마교의 흑혈대를 상대할 때 아이들이 보여 준 것을 보면 상당한 실력이었네. 전력을 다한 것 같지 않았는데도 말이야. 자신의 것을 모두 내비치지 않을 정도의 심계라면 전무연에서도 별다른 문제가 없을 거네."

나도 그건 확실하다고 본다. 암흑련에서 어떤 놈들을 후보로 올렸는지는 모르지만 우리 아이들에게는 상대가 되지 못할 겁니다."

등섭인 또한 상황을 낙관했다.

"제가 괜한 우려를 한 것 같군요."

"비록 완숙미가 떨어지기는 하지만 사사묵련 사상 이만한 성취를 이룬 이는 아무도 없었다. 형님이 장담하시니 만큼 이번에는 전부 대륙천안에 들어갈 수 있을 것이니 너무 염려하지 마라."

"알겠습니다. 형님,"

곽인창이 철무정의 말에 수긍을 했다. 사밀혼들중 사사밀혼심법의 성취가 제일 높은 이가 철무정이다. 심계 또한 그에 못지않게 깊었다. 철무정이 그렇게 생각한다면 그렇게 될 확률이 높았다.

더군다나 등섭인까지 그렇게 생각하고 있었다. 이미 자신들을 능가하는 재질과 수련 속도를 보이고 있는 서린 일행이었기에 염려를 접을 수 있었다.

'잘해 주리라 믿으마.'

곽인창은 염원이 이루어진다는 생각에 열기 가득한 눈빛으로 장원을 바라보았다. 그것은 두 사람도 마찬가지였다.

*　　　*　　　*

곤명의 관아서 장호기는 누군가와 이야기를 나누고 있었다. 얼굴을 보이지 않으려 면사로 얼굴을 가리고 있었지만 명의 관복을 입고 있는 것이 관원임이 분명했다.

무슨 말을 들은 것인지는 몰라도 냉철하기 그지없는 장호기의 얼굴이 경색되어 있었다.

"그 말씀이 정말입니까?"

"그렇다."

사나이는 자신의 말을 듣고 반문하는 장호기를 향해 아

무런 감정이 없는 목소리로 대답했다.

"설마 그곳에서 전무연이 열릴 줄은 정말이지 짐작도 하지 못했습니다."

"지금 여기저기 불온한 움직임이 보이고 있다. 천에서는 상당히 심각하게 생각하고 있는 중이다. 그동안 웅크리고 있던 마교도 기지개를 펴고 있고, 요녕 쪽에서도 불온한 움직임이 포착되고 있으니 말이다. 특히 서장 쪽은 말할 것도 없고 말이다."

장호기도 천에서 무슨 생각을 하고 있는지 어렴풋이 알수 있었다.

"사사밀교야 세를 일으키려면 아무리 빨라야 십 년은 걸릴 겁니다. 그러니 당분간은 염려를 놓으셔도 될 겁니다. 련주와 삼영주들은 충분히 그들을 상대할 수 있으니까요. 그런데 요녕쪽에서 무슨 일이 있는 겁니까?"

"그건 암흑련 쪽에서 알아서 할 일이니 신경을 끄도록해라."

사나이의 단호한 목소리에 장호기는 고개를 숙였다.

"아직 확인이 안 된 사실이지만 혈교의 움직임이 포착되었다고 한다. 너희들은 그쪽을 살펴보도록 해라."

혈교가 나타났다는 말에 장호기의 얼굴이 꿈틀거렸다.

"그들의 움직임이 포착되었다는 것입니까?"

"그렇다. 감숙과 섬서 그리고 산서 쪽에서 놈들의 흔적이 나타났다."

"이상하군요. 혈교가 나타나다니 말입니다. 그럴 여력이 절대 없을 텐데 말입니다. 한 개 성도 아니고 세 개 성에서 흔적이 발견되다니⋯⋯."

"정확한 경위는 나도 모른다. 상부에서 그런 명령이 왔으니 말이다. 천안에서는 그대들이 이번 일을 맡아 주길 원하고 있다."

"천안에서 지시를 했다고 하니 알겠습니다. 그 일은 저희가 맡도록 하겠습니다."

"그 아이들은 삼 일 후 이곳으로 보내도록 해라. 나머지는 이곳에서 알아서 할 테니 말이다."

"아이들을 말입니까? 그 아이들은 아직 수련이 끝난 것이 아닙니다."

"알고 있다. 전무연이 잡힌 이상, 그 아이들에 대한 수련은 천안에서 알아서 할 것이다."

"무슨 말씀인지 알겠습니다."

장호기는 면사인의 잔호한 지시에 서린과 사령오아가 이제 자신의 손에서 벗어났음을 알 수 있었다."

"그럼 난 이만 가 보겠다. 다음은 내가 사사묵련의 총단으로 넣을 것이다."

"알겠습니다."

장호기는 대답을 한 후 방에서 나왔다. 그리고는 곧바로 서린이 머물고 있는 장원으로 향했다.

그가 장원에 도착하자 철무정들이 모습을 드러냈다.

"그동안 아무런 움직임이 없었나?"

마지막 확인이었다. 이제는 더 이상 서린과 사령오아에 대해 알아볼 필요성을 느끼지는 못하고 있지만 장원으로 온 그래도 장호기는 마지막 확인을 했다.

"예, 대형!"

"뒤를 밟은 놈들은?"

"없었습니다."

"다행이군."

마지막 확인을 끝낸 장호기의 얼굴이 풀어졌다.

"대형, 가신 일은 어떻게 됐습니까?"

"그렇지 않아도 이야기를 해 주려고 했다. 상부의 지시가 떨어졌다."

"뭔가 있군요."

"그래. 삼 일 후에 아이들은 전무연이 열리는 곳으로 가게 될 것이다. 이제는 우리 손을 떠난 것 같다."

"전무연이 일찍 열리는군요. 아이들을 준비시킬 시간이 얼마 없는 것 같으니 서둘러야 할 것 같습니다."

"그런 것 같다. 이제 그만 들어가도록 하자."

"예, 대형."

장호기는 나머지 삼절을 이끌고 장원으로 들어갔다.

장원 안에는 어느새 일어난 것인지 서린과 사령오아가 연무장에서 몸을 풀고 있었다.

"타앗!"

파파팍!

"차앗!"

서린은 성겸과 대타(代打)를 하고 있었는데 장백파에서 배운 것으로 그동안 꾸준히 연습해 온 것이었다. 두 사람은 서로 간에 끊임없이 공방을 주고받으며 연무에 여념이 없었다.

"어서 오십시오."

"어서 오십시오."

연무장 근처로 다가온 사밀혼을 향해 도운이 먼저 인사를 했다. 명수, 호명, 그리고 백천 또한 도운을 따라 사밀혼에게 인사를 했다.

"수련을 하고 있던 중인가?"

"그렇습니다. 잠시 기다리십시오."

도운이 급히 서린과 성겸을 부르려 했지만 장호기는 손을 들어 만류했다.

"그냥 놔두게."

"알겠습니다. 소문주님과 대형께서는 지금 대타로 연무 중 이이라서 조금 후에 끝날 것입니다."

"저것이 장백에서 비전으로 내려오는 칠성구벽투(七星九

劈鬪)라고 했었지?"

"그렇습니다. 본문과 인연이 있으셨던 장백파의 백절광
자 어르신이 은혜를 베푸신 것으로 알고 있습니다."

"보았던 것이지만 참으로 간결하면서도 오묘한 이치가
담긴 것 같네."

"과찬이십니다."

"아니야. 수련하는 방법을 보면 아네. 근접박투는 고수
들도 꺼리는 것이거늘 내기를 실어 대타를 하다니 말이야.
무엇보다 무당의 칠성진이라고 할지라도 저토록 북두칠성
의 움직임을 현묘하게 담아 낼 수 없을 테니 굉장한 것이라
고 할 수 있네."

고원지대를 넘어오면서 숱하게 보아왔지만 장호기는 서
린과 성겸의 대타를 지켜보며 진심으로 감탄하고 있었다.
나날이 실력이 일취월장하는 것이 보였기 때문이었다.

"그렇기는 합니다."

도운도 고개를 끄덕였다. 장호기의 말처럼 두 사람이 시
전하는 대타는 보통의 아니었던 것이다.

칠성구벽투라고 근접박투는 칠성을 기반으로 하고 있었
다. 탐랑(貪狼), 거문(巨門), 녹존(祿存), 문곡(文曲), 염
정(廉貞), 무곡(武曲), 파군(破軍)으로 대별되는 북두칠성
의 묘리가 칠성구벽투 안에 고스란히 담겨져 있는 것이다.

"어르신 그만 수련을 중단하라고 할까요?"

한동안 물끄러미 지켜보고 있던 도운이 물었다.

"아니다. 조금 있으면 끝날 것 같으니 더 지켜보기로 하자."

도운이 수련을 중단시키려고 했으나 장호기는 더 지켜보기를 원했다. 자신이 배울 바는 아니었지만 두 사람의 모습에서 나름대로 얻는 것이 있었기 때문이었다.

일각이 조금 더 걸려서 서린과 성겸의 수련이 끝났다.

사밀혼이 와 있다는 것을 알고는 있었지만 특별한 일이 아니고는 수련 중에 그만두지 않는 것이 그간의 불문율이었다.

두 사람은 수련을 모두 맞힐 수 있었다.

끝날 시간이 되자 서린은 사밀혼에게 다가왔다.

"다녀오셨습니까?"

"일은 잘 마치고 왔다. 그래 너희들은 잘 있었느냐?"

"아주 잘 있었습니다. 그리고 말씀드릴 일이 있습니다."

"우리가 없는 동안 무슨 일이라도 있었느냐?"

장호기가 빙그레 웃으며 물었다.

"방으로 들어가서 말씀드리겠습니다."

중요한 일이기에 서린은 방으로 들어가기를 청했다. 혹시라도 누가 엿듣기라도 한다면 곤란하기 때문이었다.

"알았다."

일행은 모두 서린이 머물고 있는 방으로 향했다.

방으로 들어서 자리를 잡은 서린은 그간 대리와 여강에서 있었던 일을 사밀혼에게 말하기 시작했다.

"허허!! 수련을 하라는 지시를 어긴 것도 모자라 너희들이 마교의 밀마당을 전멸시켰다는 말이냐?"

이야기를 다 듣고는 짐짓 모르는 척 장호기는 서린과 사령오아를 바라보았다.

"죄송합니다. 원하는 것을 얻기는 했으나 마교와의 충돌로 인해 일이 커진 것 같습니다."

"으음, 알았다. 어차피 너희들이 저지른 일이니 할 수 없는 일이지."

"죄송합니다."

"아니다. 그래, 얻었다는 검을 한번 보여 줘 봐라."

장호기는 별다른 탓을 하지 않고 검반향의 전설이 담긴 검을 보여 주기를 원했다. 서린은 한쪽 구석으로 가서 천으로 말아 놓은 검을 들고 왔다.

"여기 있습니다."

서린이 검을 건네자 장호기는 천을 푼 후에 검집부터 세심히 살피기 시작했다.

스르르릉!

검집을 살피던 장호기는 검을 빼 들어 여기저기를 살폈다.

스르릉!

탁!

검을 살피던 장호기는 검을 검집에 집어넣고는 서린을 바라보았다.

정색을 한 장호기의 일장 연설이 이어졌다.

"이번 일은 중차대하기 그지없는 일이다. 단일 세력으로는 최대의 힘을 보유하고 있는 마교가 관련되어 있는 일이기 때문이다. 하지만 너희들이 일처리를 깔끔히 한 탓인지 너희에 대한 소문은 퍼지지는 않은 것 같다. 모두들 어떤 세력에서 밀마당을 도륙하고 검반향의 전설이 담긴 검을 가져갔다고들 생각하고 있다. 이건 천운이라고 할 수밖에 없는 일이다. 강호경험이 일천한 너희들이 이 정도까지 일을 처리했다는 것이 한편으로 대견스럽기는 하다만 다시는 이런 일이 없어야 할 것이다. 알아들었느냐?"

"알겠습니다."

"이 검은 서린이 네가 가지도록 해라. 이 검에는 검반향의 전설이 담겨 있는 것 같으니 도움이 될 것이다."

"제가 어찌!"

"아무 말 말고 가지도록 해라. 나중에 큰 도움이 될 것이다. 그리고 네가 이검을 가지고 있다는 사실은 누구에게도 이야기해서는 안 된다. 련의 사람이라고 해도 말이다. 이점은 분명히 명심해야 할 것이다. 우리 또한 이 시간 이후로는 이 검에 대해서는 잊을 것이다."

"알겠습니다."

단호하기에 수긍을 했지만 의문이 아닐 수 없었다.

'분명 사사묵련에서도 이것을 쫓고 있었던 것이 분명한데 어째서 주는 것이지? 그리고 비밀로 하라니? 도대체 무슨 생각을 하고 있는 것인지 모르겠구나.'

사사묵련에서는 이검을 얻고자 했음이 분명했다. 그런데 자신들을 제외한 사사묵련의 사람들에게도 비밀로 하라는 것을 보면 무슨 일인가 있는 것이 분명했다.

〈『혈왕전서』 제5권에서 계속〉

www.bbulmedia.com